请勿靠近

FORBIDDEN

空菊 著

KONG JU'S WORKS

广东旅游出版社

GUANGDONG TRAVEL & TOURISM PRESS

悦读书·悦旅行·悦享人生

中国·广州

图书在版编目（CIP）数据

请勿靠近 / 空菊著 . — 广州：广东旅游出版社，
2022.12
ISBN 978-7-5570-2869-5

Ⅰ.①请… Ⅱ.①空… Ⅲ.①推理小说－中国－当代
Ⅳ.① I247.5

中国版本图书馆 CIP 数据核字 (2022) 第 172923 号

请勿靠近
QING WU KAO JIN

出 版 人：刘志松

责任编辑：陈　吉

责任校对：李瑞苑

责任技编：冼志良

广东旅游出版社出版发行

地址：广东省广州市荔湾区沙面北街 71 号首、二层

邮编：510130

电话：020-87347732 （总编室）020-87348887（销售热线）

投稿邮箱：2026542779@qq.com

印刷：三河市兴博印务有限公司

（地址：河北省廊坊市三河市杨庄镇大窝头村西）

开本：880 毫米 ×1230 毫米　1/32

字数：258 千

印张：9

版次：2022 年 12 月第 1 版

印次：2022 年 12 月第 1 次

定价：49.80 元

目录
CONTENTS

本文的故事发生在一座架空的国外监狱。监狱似乎总是让人联想到黑暗的犯罪，但本文不讨论人性的善与恶，更不还原真实的监狱生活，只是想讲述一个发生在高墙之内的轻松的故事。文中的监狱在现实中并不存在，个别细节跟现实也有出入，人物的行为也会有不妥之处，切勿将虚构的故事代入现实。如果故事中的人物引起了你的悸动，那么请将所有的情绪保留在故事中，不要对现实的生活产生影响。

准备好了吗？跟我一起进入这场二次元的梦吧。

第一章
Chapter 1

邻居

埃尔法国，弗毕得州，圣瑟亚市。

一个和亚洲相距甚远，正好在地球另一端的地方。

休息日下午，午睡中的艾伦·江被一阵"嘭嘭嘭"的声音吵醒。这个声音不算陌生，他几乎每个休息日都能听到，是住在对面的邻居在打拳。

艾伦·江坐起身来，抬手撩开一旁的遮光窗帘，午后和煦的日光从窗帘的缝隙中溜进屋内，在他的手指上画下明暗的分割线，也投射到他极具东方特色的面孔上。

在这个远离亚洲的地方，却生活着不少华裔，艾伦·江就是其中之一。他的祖父年轻时去过遥远的中国，在归国途中遇到一个快要饿死的男孩，于是带回来收养，那就是艾伦·江的父亲。父亲后来娶了一位华裔女孩，生下了艾伦·江，并为他取了华人名字，江迟景，希望在自己的迟暮之年还能回国看看心中的风景。

江迟景很喜欢自己的中文名，家人和好朋友都会用这个名字称呼他。

随着天气越来越热，江迟景午睡醒来时总是容易口干舌燥，而每当打拳的声音响起的日子，他的这份燥热便会更甚一分。

江迟景盘起双腿，伸了个懒腰，接着又重新撩开窗帘看向窗外，率先映入眼帘的是鹅黄色的建筑外墙。江迟景住的房子位于郊外，这里没有高楼大厦，只有一排接着一排的二层房子。为了整齐美观，所有房子都是黄色的墙壁、褐色的屋顶，连户型设计都是一样的。因此从江迟景的卧室中看出去，正对着的正好是对面那户人家的卧室。

两栋房子中间隔着一条马路，不过八米来宽，他足够看清对面房间里的情景。住在对面的邻居是个二十多岁的男人，身高一米八五上下，跟江迟景一样，都是独自居住在二层房屋内。但和江迟景不同的是，他应该是在市区内上班，每天都会比江迟景早出门半个小时，因此两个人当了大半年的邻居，还从来没有正式打过照面。准确地说，是江迟景刻意避而不见。如果凑巧碰到和对方同时出门的情况，他一定会在屋内静坐两分钟，等屋外的引擎声远去之后再出门。

江迟景不是社恐，只是无法控制探索别人的欲望。比如在路上看到腿脚不便的年轻人，他会不由自主地猜测背后缘由；再比如同事在工作中哈欠连天，他会不自觉地分析别人昨晚的夜生活。

对面的男人和江迟景一样，是个黑发黑眸的华人，在这满是金发碧眼的异域国度，难免会引起江迟景的注意。虽然圣瑟亚市里生活着许多华人，但江迟景所在的社区是高档社区，远离了拥挤不堪的市区，住在这里的人大多都家境不错，并且很少有每天都通勤的上班族。江迟景算是个例外，因此他非常好奇为何对面会住着一个跟他一样的独居男人。

好奇心旺盛并不是件坏事，但是好奇过头就会让人觉得不妥。原先江迟景就是忍不住经常观察对面的住户，知道这种行为越过了好奇心的界限，而他本人并不想这样，所以才主动申请调动工作岗位，搬来了人烟稀少的郊区。

原本家对面是密密麻麻的公寓住户，现在家对面就只有一个独居的年轻男人。这极大程度上减少了江迟景的观察时间，直到对面的卧室里传来了打拳的声音。

"嘭嘭嘭"，缠着白色绷带的拳头一下一下地打到厚实的沙袋上，沉闷的声响在这个宁静的社区中显得格外突兀。今天这位邻居一如既往地裸着上半身。一记凶狠的直拳打出，漂亮的方形胸肌随之延展到修长的手臂上，迸发出令人震颤的爆发力。

原来江迟景不知道，对面那位按时上下班的邻居竟然还有这样一面，只觉得住在对面的男人穿上西装会给人一种社会精英的印象。他猜测对面的男人就是一名社会精英，开着普通人负担不起的好车，茶几上摆满了密密麻麻的报表。起初那几天，江迟景把所有注意力都放到了对面的邻居身上。但没过多久，他便开始觉得有些无趣，纵使那个人外表出色，也不过是普罗大众中的一员罢了，每天只会机械地通勤，甚至让人提不起探索的欲望。

直到时间转眼来到休息日，男人来到庭院，一边抽烟一边给草坪浇水，清晨的阳光洒在他漫不经心的脸上，男人的身影在水雾后显得那样不真实。江迟景一瞬间有些迟疑，总觉得这样的行为不属于中规中矩的上班族。后来他见到男人打拳的模样，更加肯定了心中的想法，这个人的确不只有单一的上班族面孔。

"凯文先生，你在家吧？"
"社区的新管理方案需要签名，耽误不了多少时间。"
两名社区工作人员的喊声打断了拳头击打沙袋的声音。江迟景在窗帘后循声看去，只见两名社区工作人员已经来到了对面那户人家的铁栅栏前。

江迟景能够听见打拳的声音，楼下的两个人照样也能听见。正常来说，那位凯文先生已经暴露了他就在家里，于情于理也该下去接待一下工作人员，但江迟景抬起视线，平视过去，只见凯文先生压根没有下楼的意思，只是站在窗户后的阴影里，一边喝水，一边淡淡地看着楼下的两个人。对方那样子显然是在假装自己不在家里，但这时候的假装，更像是一个明确的信号：不要来打扰我。

"算了吧，我就知道他不关心社区的事。"
"真是的，签个名能花多少时间啊？"
两名社区工作人员一边抱怨，一边来到了江迟景的家门前，按响了他家的门铃。和对待那位凯文先生不同，两个人显然是不确定江迟景在不在家，所以没有直接开口喊人。

由于在监狱工作，江迟景跟普通人比起来，有着更为严苛的善恶标准。他本身不是个有耐心的人，但对恶人以外的人，不介意多给予一些耐心，所以愿意下去签这个名。但现在的问题是，他不想引起对面的男人的任何注意。

对面的男人的视线就停留在两个社区工作人员身上，要是江迟景此时出去，肯定会成为被注视的对象，而他完全不想在邻居面前彰显他的存在感。

两名工作人员等不到江迟景开门，又走向了下一户人家。对面的打拳声不再响起，对面的男人放下矿泉水瓶，解开了缠绕在手上的白色绷带。

午后的太阳正在顶上，阳光只能照到窗户的边缘，明暗的分界线正好位于男人的小臂上，随着他双手绕圈的动作，在他的皮肤上来回跃动。

江迟景愿意跟社区的人员接触，却不愿意跟对面的男人打个照面，也是因为心里有暗中观察别人的负罪感，不允许他直视男人的双眼。他很早就知道住在对面的邻居叫凯文，但其实对他来说，连这点信息都是多余的。

那个男人最好就像电视机里的明星一样，在江迟景需要放松时，提供一点观察的素材就好。除此以外，江迟景不需要任何他的真实信息，也不想和这个男人产生任何交集。

夏至过后，气温逐渐高了起来。

宁静的社区不似喧嚣的都市，没有令人头痛的噪声污染，只有定点驶来的列车在跨越远方的大桥时，短暂响起的鸣笛声。

江迟景原本是不太喜欢夏天的，刺眼的光线和黏腻的汗渍都让他心生反感，他几乎不会在烈日下进行户外活动，就连监狱里的囚犯们都调侃他，皮肤白得一点也不像个狱警。

但反观他的邻居，似乎很享受夏天这个季节。

平日里，这位邻居下班回家之后，会换上毫无特色的家居服，穿着宽松的白色短袖。不过近段时间以来，由于天气变热，对面的邻居开始不穿上衣地在屋子里走动。有一次江迟景竟然目睹了他赤裸着上身，穿着围裙煎牛排的模样。

江迟景也不是没想过像这位邻居那样图个凉快，但即便在家里，他也不习惯光着膀子。

不出意外的话，这样平平淡淡的日常会一直持续下去，但有一天，江迟景下班开车回家，发现对面的那位邻居有点反常。

江迟景所就职的南部监狱，是埃尔法国的大型监狱之一，因在埃尔法国的南部而得名，设施比较完善，提倡以教化为主的人性化管理；与埃尔法国北部的监狱不同，那里以铁血的管理风格闻名。

南部监狱位于圣瑟亚市的郊区，离江迟景居住的社区不过十多分钟的车程。江迟景每天下午五点准时下班，而对面的那位精英在晚上九或十点钟才会回到家里。

今天江迟景和往常一样，把车停进了院子里的私人车库，而刚下车，就听到对面传来了比以往更加激烈的打拳声。他以为自己听错了，还特意来到二楼的卧室偷偷张望了一下，只见对面的邻居的确是在打拳。

这很反常，因为今天是工作日。更加反常的是男人的手上没有缠白色绷带，一拳接一拳地揍到晃动的沙袋上，不像是在练拳，倒像是在发泄。他的表情也跟平日不同，眉宇间满是阴鸷，视线并未聚焦到沙袋上，而是盯着前方的某一点，像是在一边打拳，一边思考着某件事情。

这件事情应该不是什么好事，江迟景心想。男人的烦躁显而易见，江迟景开始不由自主地猜测到底发生了什么事？或许他丢了工作，所以才会在工作日的下午在家里打拳？而他丢工作的原因，说不定是……殴打同事。

等等，自己不能因为别人喜欢打拳，就给他扣上这样一顶帽子。

江迟景倒退一步，重新猜测社会精英会丢掉工作的原因。而就在这时，对面的男人突然停下动作，将双拳放在胸前，打量起了自己的拳头。拳头上面好像有什么东西，江迟景看不真切，只能拿出他的单筒望远镜。对准目标，再放大画面，这下江迟景看清楚了，男人的骨节上沾染上了零星的血迹。

这并不奇怪，谁让这个人不缠绷带呢？他这么用力地打拳肯定会伤到自己的皮肤。但接下来，让江迟景诧异的一幕出现了。男人盯着血迹看了一阵，突然伸出舌头舔了舔受伤的骨节。

诡异的画面让江迟景心头猛地一跳，他下意识地收回视线，但不到一秒钟，又忍不住重新看向窗外，继续观察男人的举动。

刚才还狠戾的表情已经消失不见，取而代之的是毫无波澜的心平气和样子。男人的怒气好似全都发泄在了拳击当中，现在面无表情，不过江迟景还是能看出来，他在思考事情。这次对方是更加冷静地在思考。

江迟景看人向来很准，但此时此刻，他竟然莫名有种看不透对面的男人的感觉。他想到了监狱里最危险的囚犯，男人舔血的神情和那些囚犯如出一辙。他不禁开始怀疑，这个男人到底还有几副面孔？

这天晚上，江迟景没有再观察他的邻居。他觉得他需要缓一缓，否则会对对面的邻居好奇得要命。

夜晚的时间江迟景全靠看电视度过，新闻轮番播着近期轰动全国的经济大案，一家做空机构涉嫌恶意做空数十只股票，获取不当利益近亿美元。目前案件正在侦办中，初步调查是机构员工的个人行为。案件每天都在发生，监狱里也从来不缺新人。江迟景兴致不高地关掉电视，又看了会儿书，十一点一到，便准时上床准备睡觉。

放在床头柜上的腕表又比标准时间慢了两分钟，这是老式机械表的通病，走着走着就会不准。江迟景不是没钱买新表，相反在监狱工作的待遇比普通上班族要好很多。他只是舍不得换掉家里长辈留下来的东西，毕竟这块表已经算得上半个传家宝。

上发条是个需要耐心的活，江迟景拧了半天，眼看着即将结束时，表盘里突然响起了弹簧错位的声音，下一瞬间，手里的发条倏地松了开来。很好，他把发条给拧坏了。犹豫了一瞬间，江迟景琢磨着应该不是什么大问题，便想着自己动手解决。

两个小时后，江迟景把播放着教学视频的手机扔到一边，头痛地看着桌子上七零八落的钟表零件。果然还是得专业的人干专业的事，他就不应该高估自己，心血来潮地想要修表。

时间已经是半夜一点多了，外面的社区街道安静得可怕。虽说江迟景只有二十七岁，是个年轻人，但他平时很注意养生，很少像现在这样大半夜还没有睡觉。

关掉顶灯，躺到床上，在入睡之前，江迟景习惯性地撩开窗帘，看了一眼窗外的风景。鹅黄色的建筑完美地融进了黑夜之中，只有孤零零的路灯散发着幽静的光芒。

江迟景没发现什么异常，便放下了窗帘，但不知为何，总感觉停留在脑海中的画面有种异样的违和感。他重新撩起窗帘看了一眼，果然，只见对面的小院外面徘徊着一个鬼鬼祟祟的黑衣人。

那个黑衣人四下张望了一阵，接着动作轻盈地翻进了不高不矮的铁栅栏里。江迟景立刻想到了"非法侵入住宅罪"这个罪名。他坐直身子，在黑暗中紧紧盯着那个身影的一举一动。

黑衣人先是围着住宅绕了一圈，接着来到建筑侧面，沿着管道爬到了二楼。那个人应该是小偷。江迟景很快做出了判断，但没过一会儿，又推翻了这个结论，因为黑衣人不知道用了什么工具，直接撬开窗户翻进了卧室之中。小偷不可能这么明目张胆地进入屋主的卧室，毕竟那是最危险的地方，再怎么也应该先去楼下的客厅搜刮一圈才对。

四周的空气寂静得好似什么都没有发生，江迟景只能听到自己无限放大的心跳声。他将手机拿在手中，随时准备报警，不过在真正行动之前，留了一段缓冲时间。如果对面的邻居能及时发现黑衣人的入侵，那他就不用暴露自己的存在。

　　江迟景的情况稍微特殊一些，在到监狱工作之前，他在法院工作，平日里见惯了各种审判，心里形成了一套独特的道德标准：如果人做了坏事，那一定要去弥补。就比如现在，他观察了对面的男人那么久，理应在对方需要帮助的时候施以援手。

　　几秒钟的缓冲时间过去，对面的卧室里仍旧一片漆黑。江迟景迅速报了警，但他的神经还是没有放松下来。如果那个黑衣人不是小偷，那会是什么人？在监狱里接触过许多杀人犯，江迟景的脑海中不可避免地浮现了"杀手"这个词。或许是他想多了，但不是完全没有这种可能。

　　尽管最近的警察局就在一公里之外，但短短一分钟的时间，也足以伤害一个人。这样下去实在太危险，他必须想办法提醒他的邻居才行。江迟景没有大声呼喊，毕竟摸不清黑衣人的身份，不想把危险引到自己这里来。他四下看了看，顺手抓起书桌上的签字笔，对准对面的卧室窗户用力扔了过去。

　　然而签字笔还是太轻，"嗖"的一下掉落在了对面的院子里。江迟景不得不重新寻找有分量的物品。他拉开书桌的抽屉，接着便看到了放在里面的墨水瓶。墨水瓶被砸到窗户旁边的外墙上，瓶身"啪"的一声四分五裂，在浅色的墙面上留下了一朵绽开的墨色花朵。

　　不管有没有吵醒邻居，江迟景知道这一下肯定引起了黑衣人的注意。他来不及犹豫，又从抽屉里拿出了一瓶朋友送给他的香水。这次香水瓶精准地砸进了对面的卧室里，不出一秒钟，灯光亮起来，薄薄的窗帘上映出了两个人影，一个半弓着腰，身体有些僵硬，另一个翻身下床，毫不犹豫地扫了一记鞭腿过去。

　　江迟景双手搭在窗框上，目不转睛地关注着对面的动静。在漆黑的夜晚里，眼前的画面就像露天电影一般，灯光打在长方形的幕布上，电影中的两个人呈现出了一场精彩的打斗戏。不过非要说的话，还是江迟景的邻居更占上风一些。他的出拳丝毫不拖泥带水，拳拳到肉，直击要害。江迟景懂一些格斗术，像他邻居那种打法，放在国际格斗比赛中，都会因为太过凶狠而被判作违规。胜负很快见了分晓，与此同时，不远处驶来了一辆警车。

功成身退的江迟景松了一口气，重新拉好了窗帘。不过就在这时，他突然听到了"哐啷"一声巨响。好奇心使他再次撩开窗帘一角，只见对面的卧室窗户碎了一块，黑衣人痛苦地躺在一楼的水泥地上，身边碎了一地玻璃碴子，而他的邻居正双手撑着窗框，冷眼看着楼下的画面。

江迟景不禁感到有些奇怪，黑衣人已经被揍得无力还手，要是从二楼摔下来，那只能是想要逃跑的情况，但这样窗户应该不会碎才对。江迟景又想到了另一种可能，他的邻居把侵入家里的黑衣人从楼上揍了下来，看邻居那冷漠的表情，很有可能是故意为之。也就是说，邻居丝毫不关心黑衣人的死活。

江迟景回想到邻居舔舐伤口的画面，心里突然有种感觉，这个男人好像比他想象中还要危险。就在这时，对面的男人像是忽然意识到刚刚有人给了他提醒，就站在窗边，毫无预兆地抬起了头。如猎鹰般的视线直直地朝这个方向射来，探究的意味中带上了浓浓的戒备。江迟景心头一惊，赶紧放下窗帘，躲进了黑暗之中。

炎热的下午，柏油路面反射着强烈的日光，像是升腾着令人窒息的水汽。

社区的工作人员又来到了江迟景的邻居家门前，对着满地的玻璃碴子和墙上的黑色墨渍抱怨连天。

刚回到家的江迟景从自家车库中走出来，两个人一见着他，便上前问道："艾伦先生，你知道凯文先生什么时候回家吗？"

江迟景礼貌地摇了摇头，表示自己也不清楚。在这干净整洁的社区当中，所有住户都自觉地维护着良好的社区环境。人们会定期修剪自家的草坪，维持精致的庭院景观，哪怕是院子外面的公共马路，也会时不时地主动冲刷一番。

偏偏在这样和谐的环境之中，出现了一栋乱七八糟的屋子，满地的玻璃没人清扫，墙上的墨渍也无人处理，一眼看上去，简直要多碍眼有多碍眼。社区的工作人员几乎每天都会过来一次，但从来没有碰上他们心心念念的凯文先生。

江迟景也记不清具体是从什么时候开始，对面的男人就再也没有出现过。好像是两天前，又好像是三天前，总之那晚出事之后，在江迟景的印象当中，男人就只回来过一次。兴许是觉得这里的环境不安全，男人搬去了亲戚或朋友家里。

江迟景并不觉得奇怪，只是难免有些无聊和不适应。不过往好的方面想，他正好可以管住自己的好奇心。

铁栅栏的外面垒着三个快递包裹，江迟景把包裹抱回家中，用小刀拆开，是他近期网购和送修的三样物品。

第一样是一瓶墨水，江迟景有练字的习惯，墨水对他来说是常用的必需品。

另一样是一瓶香水，虽然这并不是必需品，但一年之中他总会用那么几次，买在家里能够以备不时之需。至于香水的型号，还是那晚被砸坏的那款。这款香水他已经用了好久，没有必要再刻意换另外一款。

最后一件，是被江迟景修坏的老式机械表。尽管表的款式已经是几十年前的旧款，但厂家还是做到了终身保修的承诺。

按照监狱的规定，狱警不能携带手机进入监区，江迟景习惯了用这块旧表看时间，这些天没有戴表的日子，他已经无数次下意识地看向空空的手腕。

缺失和坏掉的物品一一恢复原样，对面院子里的玻璃碴最终也被社区的工作人员清理干净了。只是那位邻居仿佛凭空消失了一般，大敞的卧室窗户始终没有人来修理，从江迟景的家里看过去，莫名有种萧条之感。

“早啊，艾伦警官。”两个多月后，又是一个普通的工作日，宽敞明亮的更衣室内，刚结束夜间执勤的同事一边打着哈欠，一边跟江迟景打了声招呼。

江迟景的工作是监狱图书管理员，属于文职岗位，不算严格意义上的"狱警"，但由于他和监舍管理员们穿着同样的狱警制服，因此大家都把他归到了狱警一类。

江迟景回了声"morning"（早上好），接着脱下白色的短袖，从私人柜子里拿出了深灰色的制服衬衫。

南部监狱的狱警制服分为夏装、冬装、正装三套，夏装和冬装的区别无非就是面料薄厚和衣袖长短的不同，而正装则是一件笔挺的外套，只有在隆重的场合才会穿。

狱警们拿到手的制服是统一版型，只有大、中、小号的不同。而江迟景身形偏瘦，肩宽倒是吻合，肋下和腰围却肥了不少，他拿到一家手工制衣店修改了尺寸，现在的衬衫可以完美贴合。他从上到下挨个扣好纽扣，劲瘦的线条随之隐藏在布料的后面，竖直的衣领被整理得一丝不苟，穿衣镜里很快出现了一个"非典型"狱警。和其他五大三粗的同事相比，江迟景看起来就像是文弱书生一般，虽说也有一米八的个头，却给人一种一拳就能撂倒的印象。这多半是因为他干净清秀的长相，会让人下意识地觉得好欺负。若是他的皮肤稍黑一些，还不至于显得他眉眼精致，奈何他的皮肤白，别人会觉得他好欺负也不奇怪。

当初他入职南部监狱时，监狱长就语重心长地提醒过他，一定要注意自己的人身安全。江迟景当然明白监狱长话里的意思，然而大半年过去，他并没有出过任何意外。

换上狱警制服之后，江迟景去收发室取来寄给囚犯的信件，接着花了半个小时的时间一一检查信件内容。就像探监时会有人监听一样，寄往监狱的信件也必须经过检查。会写信的囚犯大多有诚心悔过的心思，会关心家人，会憧憬未来。江迟景相信这世上没有绝对的恶人，从这些信件当中就能窥见一斑。

把信件送去监舍楼，又把收上来的回信寄出去之后，江迟景早上的工作基本告一段落。老实说，这份工作简直轻松得不像话，福利待遇也非常丰厚，只是因为要跟囚犯打交道，所以才没什么人愿意来这里工作。

　　江迟景的办公区域是在安静的图书室内，位于窗边的一个角落。四分之一圆弧形状的办公桌在角落隔出了一块区域，里面只能容纳一个人办公。除了江迟景外，几乎没有人会进入这里，久而久之，这块区域也成了江迟景的私人领地。

　　江迟景打开电脑看了会儿新闻，前阵子轰动全国的经济大案已经出了判决，该机构的某位华人员工被判处有期徒刑一年，罚款一亿美元，当庭收押。宣判的法院就在本地，看样子监狱里很快就要来新人了。

　　江迟景刚想到这里，远处就传来了大型巴士驶来的轰鸣声。他透过窗户随意地瞥了一眼，接着习以为常地从抽屉里拿出了一本 *The Prisoner Code*，即《服刑人员守则》。每个进监狱服刑的人都必须经过教化和改造，而他们所上的第一节教育课，就是由江迟景来负责。

　　等新来的一批囚犯办好各项手续，时间已经到了下午。监舍楼的监舍长出现在图书室的门外，用文件夹板敲了敲门，操着一口印度口音的英语，对江迟景道："人带过来了。"

　　江迟景答应了一声，将《服刑人员守则》的小册子夹在腋下，从对方手中接过夹着囚犯资料的文件夹板，接着朝小型会议室的方向走去。

　　今天总共来了三名囚犯，江迟景一边下楼，一边翻看几个人的资料。放在最上面的是一个诈骗犯的资料，骗得一个女富豪倾家荡产。紧接着是斗殴致残的小混混，把人打得生活不能自理。那么剩下的应该就是轰动全国的……

　　脚步声突然停在会议室的门口，江迟景一手推开会议室的门，不敢相信地看着文件夹板上的这页资料。Kevin Zheng（凯文·郑），男，二十七岁，一百八十六厘米……千篇一律的资料并不能让江迟景感到震惊，真正让他瞳孔巨震的是照片栏里那张眼熟的脸。头发剪短了不少，衬得五官多了一分刚毅的感觉，无论江迟景怎么看，这张脸都是他的邻居的那张脸。所以，新闻里说的"华裔员工"，其实就是住他家对面的那位"凯文先生"？

　　江迟景震惊得无以复加，怪不得这个人消失了这么久，连修窗户也顾不上，敢情是被收押进了看守所里。

会议室里的三个人都在看动作僵住的江迟景，他很快回过神来，深吸了一口气，放下文件夹板，表情镇定地迎上了那三个人的目光。

不得不承认，在与凯文·郑的视线相接触时，江迟景的心脏还是不由自主地颤抖了一下。他从来没有直视过对方的双眼，漆黑的瞳孔里透着敏锐、警惕、捉摸不透……江迟景几乎瞬间想到了经验丰富的狩猎者。

命运就是这样喜欢开玩笑，本来是江迟景的邻居，却以这种方式毫无预兆地出现在他的眼前。他甚至没有多余的时间继续震惊，因为能感到对方也在不动声色地打量他的长相，打量他的制服，打量他夹在腋下的那本小册子。

大部分的囚犯就像老虎，如果你转身逃跑，可能会被当作猎物，反倒是你镇定地用眼神发出威慑，或许能打消他们试探的念头。

江迟景深知这个道理，重新迈开双腿，走到会议室的桌子前，"嘭"的一声把文件夹板拍到桌面上，微微抬起下巴，淡定地俯视着面前的三个人道："各位好，我是你们的教官，Allen Jiang."

江迟景的话音刚落，离得最近的诈骗犯就谄媚地打起了招呼："教官好，教官好。"那样子就差没递过来一根烟了。监狱里的一部分囚犯会讨好狱警，眼前的诈骗犯显然就是一个典型。

江迟景本人对这种行为并没有什么意见，偶尔也会给个别囚犯施与方便，但他待人的标准并非对方有没有讨好他，而是依照他心里的那套善恶观。

"把你们面前的《服刑人员守则》翻开。"江迟景退到白板边，转过身拿起马克笔，在白板上写下了"服从管理"几个英文单词。

和外表不同，江迟景的书写苍劲有力，使那几个单词看起来更加有威慑力。但只有江迟景自己知道，他到底花了多大的力气才能维持住表面的镇定自若。

那个叫作凯文·郑的男人并没有翻开《服刑人员守则》，双手就那么搭在腿上，视线始终追逐着江迟景的脸。在差点暴露的那晚，江迟景感受过这种注视，当时他及时躲到了窗帘后面，然而现在的情况并不允许他再次逃避。

"壹零壹柒，"江迟景扫了一眼凯文·郑囚服上的编号，"我让你翻开你面前的小册子。"

两个人僵持了一瞬间，又像是很久，一动不动的凯文·郑终于开口，薄薄的嘴唇里吐出了两个短句："你念，我听。"

平淡无波的语气，不卑不亢的态度，比江迟景想象中略微低沉一些的嗓音，这是第二种典型的囚犯，不惧怕狱警，把自己摆到跟狱警平起平坐的位置上。这种囚犯只会是两个极端，要么通情达理，待人温和，不会惹事；要么就是极度危险，一旦被冒犯，不知道会做出什么样的事来。

江迟景倾向于把凯文·郑归为第二种，但现在不是深究这个问题的时候。他收回视线，用马克笔的笔尾敲了敲白板，继续道："人的一生有三次接受教育的机会，一是家庭，二是学校，如果这两次都没能教育好你，那没关系，你还有第三次机会——监狱。"

许多人的善恶观只是一个模糊的概念，他们知道什么事能做，什么事不能做，中间还有说不清道不明的灰色地带。而江迟景的善恶观是一套完整的体系，如果做了坏事的囚犯没有任何向善的心思，江迟景对待他们是不太客气的。

"教官，"一直没有说话的小混混突然用手指着《服刑人员守则》上的一行字，"你帮我看看，这是什么意思啊？"

江迟景的眼睛里闪过一丝诧异神色，他走到那个人身边，歪起脑袋看了看那人手指着的地方，只见上面写着意义明了的几个单词：Insult the c.o.（侮辱狱警）。这又是一个没事找事的人。

在这样充满教育意义的课堂上，一个小混混也敢挑衅狱警的权威。江迟景微微偏过头，面无表情地看了看小混混，接着动作娴熟地取下别在腰间的警棍，"嘭"的一声砸到了小混混的小臂上。小混混痛得骂了一句脏话，身体惯性地歪向被砸到的那边。江迟景用警棍戳住他的眉心，强迫他坐直身子，冷冷地道："你以为这里是看守所？"

看守所是临时羁押疑犯的地方，相对来说管理会宽松一些。刚才江迟景看过这个小混混的资料，知道这个人是第一次进监狱，所以选择了拿看守所做对比，而没有直接问他是不是想被关禁闭。

这是第三种典型的囚犯，不安于管教，总是在挑衅狱警的边缘反复横跳。不过这种囚犯反而最好对付，不听话就关禁闭，关到他服气为止。

"您厉害，教官。"小混混举起双手示弱，"您继续。"

江迟景能在南部监狱待上半年不出事，不是因为囚犯对他仁慈，而是因为他本身就是个不好惹的主。他淡淡地扫了一眼另外两个人，重新回到白板前，念起了小册子上的内容。

古代有位哲学家提出过性恶论的观点，即人性本恶。这并不是一种阴暗的价值观，而是说人们要不断提升教养，去抑制住本性里的恶。江迟景很赞同这种观点，就像良好的教养让他拥有正确的是非观念。所以他给囚犯们上课并不是敷衍了事，而是真心希望他们能听进去。

小混混被收拾了一顿，好歹老老实实地看着白板。诈骗犯被江迟景的警棍吓了一跳，听得无比投入，时不时还会配合地点点头。至于坐在最后面的凯文·郑，压根没有翻开《服刑人员守则》不说，听着听着竟然还闭起了双眼。这个人怎么回事？来这里午睡的吗？

兴许是在自己地盘的缘故，江迟景的心里很平静。

"壹零壹柒，"江迟景再次念出了凯文·郑的编号，"今天讲的内容，明天会进行考试，考试成绩关乎你们在监狱里的表现分数，你最好认真听一听。"

"我在听。"凯文·郑抬起眼皮，眼神清明，似乎刚才只是在闭目养神。

"你确定？"江迟景问，"我刚才讲了什么？"

"不拉帮结派，欺压他人。"凯文·郑答道。他答得一字不差，似乎真的认真听了进去，但这是江迟景刚刚才讲过的内容，他还留有印象也很正常。

"再前面一点的呢？"江迟景继续问。

"你叫 Allen Jiang。"压根没有思索，凯文·郑给出了这个回答。

江迟景愣了一下，才反应过来这是他刚才走进会议室时对大家说的第一句话。也就是说，他让凯文·郑讲前面的内容，而凯文·郑直接无限往前，回到了最开头。这还真是……跳跃的思维。

"我叫 Kevin Zheng，郑明弈，明亮的'明'，对弈的'弈'。"后半句用中文说的，他笃定江迟景听得懂。很好，又是一个跳跃。

江迟景的愣神使话题中断在了这里，他索性不再继续这个话题，继续讲《服刑人员守则》上的重点。

半小时后，江迟景翻完了小册子的最后一页内容，看着面前的三个人问："有什么问题要问我吗？"

小混混举了举手，问道："考试是开卷还是闭卷？"

"闭卷。"江迟景答道。

小混混："如果被抓到作弊……"

"关禁闭。"江迟景没什么耐心地打断小混混的话，"下一个问题。"

"教官，"诈骗犯举了举手，"我们什么时候分配劳动？"

江迟景扫了一眼郑明弈，见他没有要问问题的样子，便将白板翻了个面，指着上面的简易示意图道："接下来我给你们讲一讲南部监狱的情况。"

南部监狱总共有三栋监舍楼，关押着两百多名囚犯。新来的囚犯会先去三号监舍楼适应一段时间，然后会根据这段时间的表现被分配到二号或一号监舍楼。二号监舍楼都是普通的多人牢房，而一号监舍楼有禁闭室和单人牢房，关押着监狱里最危险的囚犯。

"刚才带你们过来的人就是三号监舍楼的监舍长。"江迟景道，"接下来的一段时间，你们主要跟他打交道。"

"他好相处吗？"小混混问。

"看你的表现。"江迟景道。

每个囚犯都必须参加劳动，上午两个小时，下午三个小时，中间有两个小时的午休和放风时间，晚上会有看新闻等集体活动。

"都有什么劳动？"小混混再次打断了江迟景的话。

"有漆工、木工、缝纫、农作物种植等。"江迟景耐着性子回答。

"哪样最轻松？"小混混又问。

这下江迟景的眼神彻底冷了下来，他面无表情地看着小混混。他可以耐心地应对社区的工作人员，但面对这些毫无悔改之心的囚犯，可没有那么好的脾气。

小混混讪讪地摸了摸鼻子，应该是读懂了江迟景眼神里的意思，不再问一些毫无价值的问题。

"你们现在所在的地方是公务楼，一楼除了会议室以外还有大讲堂，二楼有图书室和医务室，三楼是所有狱警的办公区域。"公务楼和三栋监舍楼都是三层建筑，二楼有连廊，人可以在其间穿梭。

江迟景简要地讲了讲南部监狱的情况和囚犯们的作息时间，接着按照惯例问了一句："还有什么问题吗？"

诈骗犯和小混混都没有吭声，似乎都看出了现在的江迟景已经没剩多少耐心。

见没有人问问题，江迟景便收起小册子，准备结束这堂课。不过就在这时，沉默了好久的郑明弈突然仰起下巴，朝着江迟景开口问道："这里所有的地方都装有监控吗？"

江迟景闻言微不可察地皱了皱眉，下意识地在心里猜测着郑明弈问这个问题的意图。所有问题都不是凭空而来，像小混混问作弊的下场，说明他有作弊的想法；他问什么劳动最轻松，说明他倾向于干轻松的活。

然而江迟景想不明白，郑明弈为何会关心监狱里的监控范围？难不成他想越狱？这不太可能。他只有一年的刑期，好好表现还有减刑的机会，根本不需要冒那么大的风险去越狱。

但除此以外，江迟景实在想不出别的可能。他不喜欢这种捉摸不透的感觉，然而住在对面的这位邻居总是这样，动不动就让他感到好奇得要命。

江迟景很快收起杂乱的思绪，给了郑明弈一个不太准确的回答：

"当然。"

如果把江迟景的话补全，准确的回答应该是"当然不是"。

过不了几天，郑明弈就会发现浴室和卫生间里没有安装监控，等他再待得久一点，就会知道即便装着监控的地方，也会存在死角和监控损坏的情况。这并不是什么了不得的机密，之所以没有进行改善，是因为监狱里四处都有狱警把守，还有巡警队的人二十四小时待命，因此监控的作用也就显得没有那么重要。

南部监狱的狱警很少会依赖监控做事，但唯有江迟景一个人，拥有一个其他人都不知道的秘密。

图书室位于公务楼二楼的角落，再往里走，有一间被囚犯们占去了的杂物间。原本杂物间里放着拖把、小推车之类的清洁用品，但不知从何时开始，负责搞卫生的囚犯把这些物品一一挪去了其他地方，最后只留下了两个排柜，把这间杂物间给空了出来。每到寒冬和盛夏的放风时间，一些囚犯不想在操场上被风吹日晒，也不想去图书室里看书，就会来到杂物间里聊天。后来这里铺上了野炊用的垫子，还有囚犯拿过来零食，彻底变成了囚犯们放风时的娱乐室。

江迟景刚调来南部监狱时，曾向监狱长反映过这个问题，娱乐室简直成了囚犯们的天堂。然而这个娱乐室已经存在了好几年了，从来没出过什么大事，监狱长不想引起囚犯们的反抗，便让江迟景自己看着办。

于是江迟景买来针孔摄像头，安装在娱乐室内，只为拍下这些囚犯违反《服刑人员守则》的画面。他倒是逮到过几个在里面抽烟的人，但这点小事也不足以让监狱长整改这间娱乐室。

久而久之，江迟景逐渐放弃了多管闲事的念头，不过那个针孔摄像头还是留在了娱乐室内。每到放风时间，他就会打开电脑，看看娱乐室里的囚犯在做些什么。如果遇到有违规的情况，他也会出手干预。

从小型会议室回到图书室的办公区，江迟景脱力地坐在办公椅上，头痛地揉了揉太阳穴。

先前受到的冲击积攒到现在一起爆发，西装笔挺的凯文先生和身穿囚服的郑明弈在他的脑海中反复切换，搞得他一时间都分不清到底谁才是他的邻居。好好一个人，为什么会去犯罪呢？

江迟景突然坐直身子，重新拿起了被扔在桌子上的文件夹板，翻到了郑明弈的资料页。郑明弈的身高和体重倒是和他预估的八九不离十，但是学历一栏，明晃晃地写着"high school"（高中）两个单词。这和江迟景的猜测大相径庭，因为他一直以为对方是社会精英，至少也该是高校硕士才对。

"怎么了？"头顶突然响起卡尔的声音，打断了江迟景的思绪。和江迟景一样，卡尔也是华裔，所以相比其他同事，他们的关系更近一些，江迟景喜欢称呼他的中文名，洛海。此时，洛海随意地倚在办公桌外围，双手环抱在胸前，问道："今天又来新犯人了？江老师刚上完课？"

听到洛海的调侃，江迟景抄起文件夹板，"啪"的一声拍在洛海的后背上："没事就滚。"

洛海在对面的医务室里当医生，两个人是在华人圈子里认识，平时偶尔也会联系，而正是因为洛海在监狱工作，才给江迟景提供了新的工作思路，原来还有这样一份工作可以做。

放下文件夹板，江迟景背靠到办公椅上，略微感慨地叹道："为什么总有新的囚犯进来？"

"这世道就这样。"洛海收起玩笑的表情，跟着感叹了一声，"今天进来的这个凯文·郑，姓郑的华裔，害得多少人家破人亡？"

"很多吗？"江迟景没太关注这个案子，也不了解具体的细节。

"就他最近干的这票，"洛海道，"至少有三个人跳楼吧。"

江迟景很早就知道股市有风险，所以从来不碰这玩意儿。但世上有太多的赌徒，即便冒着倾家荡产的风险，也想要在股市中博得未来。

"估计监狱里会有很多人看不惯他。"江迟景客观地道。

像这种全国关注的大案，监狱里的囚犯们照样会关注，而郑明弈做的又是引起公愤的事，肯定会有囚犯想要替天行道。

"那肯定。"洛海用中指推了推眼镜，"要不要打赌，他多久会被收拾？"

"一周吧。"江迟景道。

"我赌三天。"洛海道。

江迟景多少知道郑明弈的实力，总觉得这个人应该会保护自己，三天的时间着实有些夸张。他信心满满地道："一顿晚饭，米其林餐厅。"

"没问题。"洛海说到这里，像是突然想起什么，转移话题道，"话说之前说给你介绍个朋友认识，你真不去？"

江迟景没劲地移开视线，淡淡地道："不去。"

"别怪我没提醒你，"洛海老气横秋地拍了拍江迟景的肩，"你老是宅在家里，是会与社会脱节的，兄弟。"

下班回家时，江迟景在社区外的超市门口见到了一个手拎两箱牛奶的中年女性。

那个人是艾琳阿姨，住在江迟景的家后面，休息日偶尔会拿些自制的点心送给周围的邻居，是个挺好相处的人。

江迟景见艾琳阿姨拎得吃力，便放慢车速，在她的身边停下，降下车窗道："上车吧，我捎你过去。"

艾琳阿姨流着汗的眉头松动开来，她舒了口气，道："那麻烦你啦，艾伦。"

江迟景的老毛病始终没法改掉，他和艾琳阿姨只是泛泛之交，但通过仅有的几次接触，他习惯性地分析出了艾琳阿姨的大致情况。艾琳阿姨的家里应该没有男人，否则像拎牛奶这样的活肯定不会由她来做。她应该有子女，但不在身边，所以她才喜欢和社区里的年轻人打交道。

江迟景看人一向很准，后来聊天得知，他的这些猜测无一不中。说起来，至今为止，他完全猜不透的人，也就只有郑明弈一个人。

上午九点，其他囚犯还在进行晨间教育，这边的三名新犯人已经交上来了三份试卷。

试卷的满分是 100 分，由 30 道单选题和一道简答题构成。无论前面的单选题答得如何，只要最后的简答题犯人态度认真，江迟景都会给出不错的分数。

诈骗犯和小混混的试卷都很正常，最后一道简答题至少也写了几百个单词。然而当郑明弈把试卷交上来时，江迟景当即叫住了他："这就是你的试卷？"

郑明弈停下离开的脚步，转过头来看着江迟景道："是。"

"为什么不写简答题？"江迟景问。

"不会。"漫不经心地扔下这句话，郑明弈推开会议室的门，在狱警的带领下离开了这里。

其实简答题的内容非常简单，只要犯人能老老实实地写下一份忏悔书，就能在江迟景这里得到高分。

见过了那么多新犯人，江迟景还是第一次见到一个单词都不答的。不对，准确来说，郑明弈还是在试卷上写上了自己的名字：Kavin Zheng。

江迟景从来没有期待囚犯的字母能写得有多好看，但像郑明弈这样，连自己的名字也能写得这么丑的人，还真是不多见，简直白瞎了他的脸。江迟景一直相信字如其人，如果说郑明弈的外貌给他加了不少分，那他的字就给他减去了同样的分数。

最后批改完试卷，郑明弈的分数为 1 分。要知道，单选题的分数是 2 分一道，哪怕他是瞎蒙，也不至于连一道题都答不对。而他完美地避开了所有的正确答案，仅靠试卷上的名字，让江迟景勉强给了他 1 分。

其实这 1 分江迟景都不想给。他一直以为从事金融行业会有一定的门槛，更别说还闹出了这么轰动的金融大案，主犯应该相当聪明才对。然而现在江迟景的心里只有一个想法，郑明弈就这智商还去犯罪？不被抓才怪。

第二章
Chapter 2
较量

　　三份试卷都被返回给了三号楼的监舍长，不出意外，他会去给郑明弈做思想工作。

　　江迟景这边又闲了下来。他按照惯例在十二点之前吃好午饭，接着回到办公区域，一边看书，一边等待囚犯的到来。

　　囚犯的午休时间是十二点到下午两点，这也是一天之中囚犯们最自由的时间段。大部分囚犯会在监舍楼里午睡，有些囚犯则会跟监舍长申请并在得到允许后出来活动，毕竟监狱里晚上十点就会熄灯，白天的时间显得尤为珍贵。

　　最近随着天气逐渐炎热，来图书室自由活动的人也多了起来。

　　"艾伦警官，"一名囚犯拿着一本推理小说来到江迟景的办公桌前，"这一本看完了，还有什么推荐的吗？"

　　江迟景从远处的角落收回视线，拿起扫码器把书收回来，道："这个作者的作品都不错，你可以挨个看看。"

　　囚犯去了推理小说区域，寻找相同作者的作品，江迟景则继续把视线落到了远处那个人的身上。郑明弈来了图书室，但并没有借阅任何书籍，只是坐在窗边的座位上，看着在外面操场上放风的囚犯，不知道在想些什么。

　　还是看不透这个人，江迟景将半张脸隐藏在电脑屏幕的后面，有些烦躁地注视着郑明弈的侧脸。人本身就是矛盾的结合体，只不过直到今天江迟景才发现，原来看透一个人，会让他觉得无聊，而看不透一个人，也会让他心生烦躁。

这时，对面的郑明弈像是感受到了江迟景的注视，突然转过头来，直直地迎上了他的目光。这次江迟景没有闪躲，因为图书室是他的地盘，他有充分的理由去观察图书室里的每一个囚犯。

郑明弈似乎没想到江迟景会这么直接地打量他。他本来是随意地坐在椅子上，双肩自然下垂，但和江迟景的视线相接触后，便身子后仰，靠在椅背上，将双手环抱在胸前，摆出了一副"回敬"的姿态。

两个人分别坐在图书室里靠窗的两个角落，中间没有任何人阻挡。图书室里本来就安静，两个人的视线在空中无声地交会，一来一回地做着试探和较量，像是达成了某种共识，谁先收回视线，就算谁输。

江迟景的心态和之前完全不同，在郑明弈只是他的邻居时，他会为观察对方而感到心虚。但现在两个人的身份转变了，郑明弈成了囚犯，而他是管理囚犯的狱警，加上图书室又是他的地盘，他没有任何道理去向郑明弈认输。

郑明弈突然淡淡地勾起嘴角，露出了一个似笑非笑的表情。江迟景的心里"咯噔"一下，聚焦的视线瞬间涣散，他又坚持了两秒钟，最后还是败下阵来，略微挪动身子，将整张脸藏在了电脑屏幕后面。

郑明弈为什么要笑？他是发现了什么有趣的事吗？探索的习惯让江迟景止不住地思考着，被打乱节奏的心跳不但没有平复下来，反而还有越跳越乱的倾向。

不过，就在这时，图书室里突然响起了椅子挪动的声音，打断了江迟景的思绪。他抬起头来，闻声看去，只见郑明弈站起身来，跟在一名囚犯身后，从后面那道门离开了图书室。

带路的那名囚犯是监狱里的混子之一，跟的大哥是外号"瑞恩"的杀人犯。

江迟景的心里生出了不好的预感，他等了一阵儿，郑明弈和带路的那个人一直没有从图书室的门前路过，反倒是另外一些人不知道从哪里冒出来，路过图书室门口，朝楼梯的方向走去。

图书室位于二楼的角落，往里走只有一个去处，娱乐室。

江迟景很快明白过来发生了什么，带路的人把郑明弈带去了娱乐室，并把原本在娱乐室里的囚犯赶了出来。娱乐室的地方不大，谁能占用这里的空间，当然是按囚犯们的"资历"来决定的。

江迟景迅速在电脑上调出娱乐室里的监控画面，果不其然，只见瑞恩和另外一个手下正在里面，包括带路的那个人，总共有三个人把郑明弈给围了起来。

江迟景早就预料到会有人想收拾郑明弈，只是没想到这些人里居然还包括瑞恩。瑞恩是个光头，入狱前是帮派成员，在一次械斗中被抓了起来。现在在整个南部监狱的囚犯里，他大概排行老二。

"搞投资的，是吧？"瑞恩比郑明弈矮了一截，说话时不得不仰起下巴，但并没有弱势的感觉，反而有种颐指气使的架势。也不知是不是郑明弈是华人的缘故，这些人多少有些看不起华人。

江迟景只戴了一只无线耳机，声音有点小，他不得不将电脑的音量开大了一些。

"有事？"郑明弈的脸朝着摄像头的方向，他微微挑了挑眉，面不改色地反问。

还能有什么事呢？屏幕后的江迟景心想，当然是收拾你了。

有些囚犯的心理很奇妙，明明自己也干了坏事，但见着比自己更坏的人，竟然会有惩奸除恶的想法。不过话说回来，瑞恩可不是什么善茬，入狱前干尽了伤天害理的事，跟郑明弈比起来，他根本就没有惩奸除恶的立场。

"你坑了股民们不少钱吧？"瑞恩道，"我看新闻里说了，至少有一个亿。"

郑明弈没有立即接话，淡淡地扫了三个人一眼，慢条斯理地问道："你们把我叫过来，就是想聊这个？"

当然不是，江迟景动了动嘴唇，无声地回答了郑明弈的问题。看瑞恩一上来就聊钱，他估摸着除了收拾人以外，瑞恩应该还有别的目的。

"我就开门见山地说了，交点保护费，我可以罩着你。你应该知道，这监狱里有的是人想收拾你。"

"收拾我？"郑明弈显然不了解监狱里的规矩，"为什么？"

"这还为什么？"先前带路的那个人上前一步，推了一下郑明弈的肩膀，"你坑的可是大家的血汗钱，害得那么多人家破人亡，你还好意思问为什么？"

郑明弈皱起眉头，似乎总算理清了里面的逻辑关系，开口却只是轻描淡写地说了一句："我没有害人。"

"嚄，都进来了还觉得自己是冤枉的，是吧？"瑞恩也上前一步，推了郑明弈一把，"劝你这小子识相点，监狱可不是什么好待的地方。"

"我说了，"郑明弈沉下脸来，像是失去了耐心，一字一顿地强调道，"我没有害人。"

江迟景和瑞恩一样，不相信郑明弈的说法。不过他分析郑明弈应该不是想否认事实，而是根本不觉得自己伤害了别人。当然，这也只是江迟景单方面的猜测罢了。

瑞恩又推了郑明弈一把，接着朝两个手下仰了仰下巴。江迟景在心里倒数了三声，倒数结束时，画面里的几个人果然动手打了起来。其中一个手下想要捂住郑明弈的嘴，以免他出声呼救，但郑明弈根本就没有要呼救的意思，抓住伸过来的那只手就是一记过肩摔。

正常来说，狱警发现囚犯斗殴，应该立刻上前制止才对。但娱乐室里只有两个放杂物的排柜，除此以外没有任何家具，几个人动起手来不是撞到地上，就是撞到墙上，根本没有发出大的动静。而江迟景本来就位于远离娱乐室的另一头的图书室里，没理由会知道里面有人正在斗殴。

江迟景也不可能暴露娱乐室里装着监控的事，毕竟还得通过这个监控掌握囚犯们的动向，他便继续看着监控画面。

郑明弈不愧是练过的人，别人的一拳打在他身上，顶多延缓一下他的动作，而他一拳打到别人身上，能把别人揍得后退好几步。

暂且不管和洛海打的赌，老实说，其实这两方谁被收拾，江迟景都无所谓。在他的眼里，这些人都是做了坏事，才会被关进监狱里来，所以大哥别说二哥，都活该被收拾。

这时，无线耳机里突然响起了一声撕心裂肺的惨叫，之前江迟景把音量开到了最大，这一声惨叫差点吓得他从座位上跳起来。

画面里的瑞恩无力地躺在地上，手脚都没有动，看样子是已经没了意识。而郑明弈还跨坐在瑞恩身上，一拳接一拳地揍着瑞恩的脸。

瑞恩的两个手下像是被郑明弈吓到了一般，不约而同地往后退开，靠近娱乐室的门，似乎是在犹豫要不要出来叫人。其实不用他们叫，刚才的那一声惨叫已经引起了图书室里的囚犯们的注意，这些人一会儿看看娱乐室的方向，一会儿又看看江迟景的反应。

这边，江迟景已经把耳机扔进抽屉里，迅速拿起对讲机通知了巡警队的人。他忙不迭地朝娱乐室跑去，因为知道再让郑明弈这么打下去，肯定会出事。

娱乐室的门是不能上锁的，江迟景跑到娱乐室的门前，直接拧开门把手，呵斥道："壹零壹柒，住手！"

挡在门前的瑞恩的两个手下立刻退到一旁，看看江迟景，又看看郑明弈。

巡警队的人紧跟着出现，有人上前查看瑞恩的情况，通知洛海过来，有人拿出手铐，把斗殴的其他三个人全都铐了起来。

"这货真是骗钱的？"

"这是个疯子吧。"

瑞恩的两个手下骂骂咧咧地被巡警队的人押了出去，而跟在后面的郑明弈在经过江迟景的身边时，突然停下脚步，看向江迟景，没头没尾地问了一句："你怎么知道是我？"

江迟景微微一愣："什么？"

"你刚才打开门，"郑明弈看着江迟景，疑惑地问道，"怎么连看都不看，就知道正在打人的是我？"

不等江迟景回答，巡警队的人已经把郑明弈押了出去。

事实上，江迟景也不知道该如何回答。监狱里的监控摄像头不像江迟景安装的针孔摄像头，都是统一的白色长方体，存在感非常强。而娱乐室不过十几平方米，天花板下空空如也，郑明弈只需要瞥一眼，就能知道这里没有安装监控。

退一万步来讲，即便娱乐室里安装有监控，那连接的也应该是监控室，而非图书室。刚才江迟景跑过来时，郑明弈是背对着大门的，撇开这一点不谈，瑞恩的两个手下就挡在门前，无论如何，江迟景也不可能刚一开门就知道是郑明弈在打人。

然而刚才的情况是，江迟景几乎是在拧开门把手的瞬间，就脱口喊出了郑明弈的囚犯编号。也就是说，在进门之前，他就已经知道了这间娱乐室里正在发生什么。

江迟景自认为是个小心谨慎的人，但在这件事上，他不得不承认，的确是他疏忽大意了。刚才情况紧急，他压根没有时间想那么多，现在回过头去看，忽然意识到了另一个问题——郑明弈的脑子怎么会反应这么快？

或许是因为郑明弈一挑三，必须时刻注意身后的动静，又或许是他本身对监控这事就很敏感，所以第一时间发现了江迟景的行为漏洞。总之无论是何种理由，这都不会是低智商的人的思维逻辑。

江迟景的心里突然有了不好的预感，郑明弈似乎并没有他想象中的那样头脑简单。他强压下这种不安的感觉，安慰自己不会有这么厉害的人，仅仅因为他露出了一个小小的破绽，就发现了他的秘密。

"瑞恩有点惨。"临近下班时，洛海从外面的医院返回监狱里，来到图书室跟江迟景闲聊。

"脑震荡就不说了，他的右手腕骨关节，"洛海说着指了指自己右手手腕的位置，"脱位加骨折，也不知道怎么会弄得这么严重。"

其实江迟景知道是怎么回事，当时瑞恩想要揍郑明弈一拳，而郑明弈后退了一小步，对准瑞恩打过来的拳头，回馈了一记凶猛的直拳。江迟景不知道看了这个动作多少回，之前郑明弈在家里打沙袋时，他还没什么感觉，而当他的耳机里响起瑞恩杀猪般的惨叫时，他才知道郑明弈的拳头有多可怕。

"两个字，'活该'。"江迟景总结道。

"先不说瑞恩了。"洛海道，"这才不到三天，郑明弈就被人收拾了，之前说好的米其林餐厅，你可不准抵赖啊。"

"等等，你确定这叫收拾？"江迟景止住洛海的话头，"严格意义上来说，是郑明弈收拾了瑞恩。"

"你这么算？"洛海抗议地挑了挑眉，"郑明弈把瑞恩打成这样，接下来一段时间也不会有人敢来惹他，你赌的期限是一周，那是不是算打平了？"

"不一定。"江迟景道，"万一克里斯要帮瑞恩找回场子呢？"

"你知道不会。"洛海道。

好吧，确实是这样。克里斯是在这个监狱里待的时间最长的囚犯，也是瑞恩跟的大哥。不过两个人的性子大不相同，克里斯在监狱里待了十多年，早已经学会了收敛。他秉持的原则是"人不犯我，我不犯人"，因此只要不触碰他的逆鳞，就不用担心会出什么事。而像瑞恩这样自己去找人的麻烦，又反过来被人收拾的情况，克里斯当然不会插手。

"那就算了吧。"江迟景道。原本江迟景预想当中的走向是郑明弈会赶走来找他的麻烦的第一拨人，然后引起更大的公愤，接着被第二拨势力更强的人找麻烦。结果现在倒好，他一来就把瑞恩揍得保外就医，这下还有谁敢惹他？

"干脆随便吃一顿吧。"洛海提议道，"最近唐人街有家不错的私房菜馆开业，要不要去试试？"

"可以。"江迟景道，"就这个周五吧。"

工作日的晚上时间宝贵，去一趟市里要开四十多分钟的车，也只有到休息日的时候，江迟景才愿意去市里溜达。

下班回家后没多久，炎热的夏日终于迎来了今年的第一场暴雨。天空中乌云密布，雷电交加，像是末日降临一般，全世界只剩下倾盆大雨的"唰唰"声。

江迟景把屋子里的所有窗户都关了个严严实实，不过当他看到对面的那栋房子时，还是不由自主地停下动作，注视了好一阵子。由于没有窗户的阻挡，卧室里的窗帘被狂风吹得飞舞，外墙上的墨渍也被暴雨冲刷开来，显得更加萧条。

郑明弈被判了一亿美元罚金，想必是手里的流动资金不够，连这栋房子也被法院贴上了封条，社区的工作人员还为此念叨了好久。

江迟景收回视线，拉上了屋子里的窗帘。

暴雨总是来得急，去得也快。到江迟景准备睡觉时，外面又恢复了一片宁静。

最近这段时间，江迟景在睡觉前已经不会再去看对面的情况。不过今天他有点好奇雨停之后，郑明弈的房子会变成什么模样，于是随意地撩起窗帘，往对面瞥了一眼，结果就这一下，让他的动作停住了。

郑明弈的房子里竟然又出现了一个黑衣人。由于窗帘被狂风完全吹开，这次江迟景看得更加清楚。

只见那个黑衣人把郑明弈的衣柜翻了个底朝天，就连床垫里面的弹簧也没放过。傻瓜都看得出来，黑衣人是在找东西。

江迟景没有犹豫，直接报了警。不过，这次他不是第一时间发现黑衣人，所以在警车来之前，黑衣人已经离开了郑明弈的屋子，但看起来像是没有找到想要的东西。

警车停在两栋房子中间的马路上，从车上下来一个身穿蓝色制服的警察。他拿着手电筒朝着郑明弈的屋子里照了照，没发现异常，于是又把手电筒的光线转移到了江迟景这边。

"丹尼尔？"江迟景拉开窗户，探了半个身子出去，跟楼下的警察打了声招呼。

"江？"丹尼尔的表情也有点吃惊，显然他是没想到能在这里碰到熟人。

"你怎么在这里？"江迟景问。

之前江迟景还在法院工作时，经常会和丹尼尔打交道，但自从他到监狱工作以后，两个人便断了联系。

"我来查前阵子恶意做空的那个案子。"丹尼尔收起手电筒，"刚才是你报的警吗？"

"对。"江迟景道，"进来说吧。"

两个人简单寒暄之后，丹尼尔说起了他出现在这里的原因。原来不只江迟景换了工作，丹尼尔也从刑事组被调去了经济组，参与侦办郑明弈的案子。

"大概两个月前，我们关注到做空机构恒久公司有内幕交易的嫌疑，成立了调查组去调查，结果无功而返。但是一段时间后，他们机构的员工，也就是凯文·郑，联系到我，说是手上有他们老板进行内幕交易的线索……"

"等等，你说是凯文·郑主动联系你的？"江迟景打断丹尼尔的话道。

"没错，当时我们是在电话里沟通的，他说尽快把线索整理好之后，当面交给我，结果……"丹尼尔说到这里，叹了口气，"当天晚上他就被人袭击了。"

江迟景闻言一愣，立刻回想到了上次黑衣人翻进郑明弈家里时的情景。

"说好要把线索交给我，但自那次袭击事件之后他完全不接我的电话。"丹尼尔又叹了口气。

"他不相信你。"江迟景皱起眉头，语气凝重地道。

其实江迟景和丹尼尔的交情不算很深，但从和丹尼尔的接触来看，江迟景知道他不是一个黑警察。

"我发誓，绝对不是我泄露出去的消息，不过我也理解他，他不相信我才是正常的反应。"丹尼尔道，"后来恒久公司被曝出恶意做空的事，所有的证据都指向凯文·郑，他没有辩解，直接认了下来。"

听到这里，江迟景不禁觉得奇怪："所以到底是不是他？"如果说郑明弈会主动检举自家老板，那应该是个是非分明的人才对，怎么到头来却成了犯罪分子？

"老实说，"丹尼尔深吸了一口气，语气里透着些许无奈，"我也不确定。"

"这么分析吧。"丹尼尔继续说道，"如果凯文·郑是被陷害的，那他面临的对手非常强大，能够制造出完整的证据链去陷害他，而他呢？不相信我们执法部门，所以没有贸然反抗，选择躲到监狱里去。"

江迟景没想到这个案子背后竟然这么复杂，不过仔细一想，如果这个案子就如表面那样简单，那个黑衣人的存在确实有些无法解释。他又想到先前郑明弈问监狱里是不是都有监控，这很可能是郑明弈确保人身安全的手段之一。

"但是反过来说，"丹尼尔突然话锋一转，又说道，"也可能凯文·郑本来就是主犯，我们去调查时打草惊蛇，他便计划把这事栽赃给自己的老板，结果事情败露得比他想象中快，他也就只能认命了。"

完全相反的两种说法，却都解释得通。

"那你觉得事实是怎样的呢？"江迟景忍不住问道。

"警察办案不靠直觉，靠证据。"丹尼尔道，"不过非要说直觉的话，我还是觉得这案子有疑点，所以才过来看看，正好半路接到了报警信息。"

江迟景解释道："刚才有人在凯文·郑的家里找东西。"

"不排除是小偷的可能。"丹尼尔客观地道，"我待会儿再进去看看。"

江迟景点了点头，没再发表意见。他只是一个外人，没道理也没立场去插手别人的案子。不管郑明弈是不是被人冤枉，这个案子还有没有疑点，都跟他没什么关系。

"对了，"丹尼尔放松下来，换上闲聊的语气，"我记得你以前看人很准，刚才你说在监狱里见过凯文·郑，能不能说说你觉得他是一个怎样的人？"

在很早以前，丹尼尔找到的一个证人在法庭上临时改了证词，导致犯人无法被定罪。丹尼尔去给证人做思想工作，始终没有进展，后来江迟景跟丹尼尔闲聊的时候，随口提出可以从证人的孩子身上入手，让丹尼尔成功找到了突破口。

尽管江迟景并非每次都能随口帮上忙，但也确实给丹尼尔提供过不少新思路。江迟景下意识地开口道："我觉得凯文·郑是……"回答到一半，他突然反应过来一个问题，这道题他不会啊。

在丹尼尔的提议下，江迟景跟着丹尼尔去郑明弈的屋子里查看了一圈。

在踏进玄关的那一刻，江迟景的心情就始终无法平静下来。

屋子里的小物件，现在就这么横七竖八地倒在地上，天知道江迟景有多么想把它们恢复原貌。

"屋子被翻成这样，确实有点可疑。"两个人从屋子里出来，脱掉脚上的鞋套，丹尼尔递过来一根烟，而江迟景已经洗漱完毕，于是摆了摆手拒绝。

"凯文·郑不是跟你说他的手上有线索吗？"江迟景道，"如果这是真话，那刚才的人会不会就是来找线索的？"

"不是没有可能。"丹尼尔一边点头，一边吐出一口烟雾，"但如果这个线索真的存在，你说他会藏在哪里？"

线索被带进监狱是绝对不可能的。每个囚犯入狱之前都会经过检查，连一根针都带不进去，更别说内存卡之类的东西了。

"朋友那里吧，不清楚。"江迟景了解郑明弈的生活习惯，但不了解他的人际关系。比如他知道郑明弈喜欢坐在沙发的左侧看电视，但不知道朋友来了是不是也是这样？因为还从来没有人来郑明弈家里做过客。

"今天就先这样吧，明天我再拜托痕检科的朋友过来看一看。"丹尼尔道。

"不能正式立案吗？"江迟景听出了丹尼尔话里的意思。

"你知道的，恒久的案子已经宣判了，想要推翻的可能性很小。"丹尼尔道。

江迟景思量着点了点头。他之前在法院工作过，知道翻案这件事没那么容易。就算郑明弈说的是真话，他手中的线索如果不是决定性证据，也没办法让案子重新来过。更何况他还不相信执法部门，手里藏着的线索都不愿意交出来。

当然，以上假设的前提是，郑明弈说的是真话。如果他说的是假话，那他手上压根就没有什么老板犯罪的线索，与其说他不相信警察，不愿意上交证据，倒不如说他是手里没东西，根本就交不出来。

想到这里，江迟景突然意识到一个问题，他干吗要操这份心？他只是个狱警而已，真是狗拿耗子多管闲事。

话虽如此，这天晚上江迟景还是因郑明弈的事辗转反侧，一直到后半夜才勉强睡去。

第二天早上，他罕见地睡过了头，急匆匆地给面包上涂上草莓果酱，就这么叼在嘴里一路开车赶到了监狱。

等送完信件回来，紧张的上午终于忙完，但就在江迟景坐在座位上打瞌睡时，洛海突然出现在图书室门口，敲了敲门道："帮我个忙。"

"什么？"江迟景有点蒙地抬起头来。

话音刚落，洛海的身后就出现了一个身穿囚服的人影，如果江迟景没记错的话，这个人应该和另外两个人正在被关禁闭才对。

"需要给他做个心理测试。"洛海用大拇指指了指一旁的郑明弈，"缝纫厂那边有人缝到了自己的手指，我得花些时间处理，现在忙不过来。"

对一些可能有潜在心理问题的囚犯，监狱里会预先进行心理评估，以免日后出现严重的暴力血腥事件。

昨天郑明弈把瑞恩打得那么惨，他的心理状况和危险程度足以引起监狱里的重视。

"把题目打印出来，让他回去做完了再给你不行吗？"江迟景略微带着抵触情绪说道，不想给自己找事。

"不行。"洛海无奈地晃了晃食指，"他有阅读障碍。"

"阅读障碍？"江迟景莫名其妙地扫了一眼无聊地站在一旁的郑明弈，又对洛海道，"意思是要我给他念？"

"没错，你明白就好。"洛海说完之后就转过半个身子，把手中的平板电脑塞进郑明弈的手里，对江迟景道，"我这边还得处理病人，他就交给你了啊。"

"喂，等等！"江迟景仰着下巴想把洛海叫回来，但洛海一溜烟地消失在了门口，而郑明弈已经拿着平板电脑走了进来，手腕上还戴着手铐。

"放哪儿？"郑明弈问。

江迟景无奈地从郑明弈的手中接过平板电脑，用下巴指了指离他的办公桌最近的桌椅，道："你坐那边。"

郑明弈很快走过去坐下，接着一动不动地看着江迟景，眼神里倒也没有之前那种较量的意思，只是在等江迟景开口。

"你不识字？"江迟景问了一句。说起来，这还是江迟景第一次和郑明弈单独说话。

"不是。"郑明弈道，"只是有阅读障碍。"

阅读障碍分两种情况，一种是智力低下导致的阅读障碍，而另一种，是智商极高导致的阅读障碍。历史上不少天才人物在儿童时代都被认为是"差生"，但后来的研究表明，这些人都是具有阅读障碍的典型例子。

江迟景问这句话，只是想确认郑明弈到底是哪种情况，毕竟昨天在娱乐室门口，郑明弈的那句话还是让江迟景耿耿于怀。

"你连题目都认不了吗？"江迟景点开屏幕上的心理测试，继续问道。

"一两行字可以，多了不行。"郑明弈道，"你要让我自己做，可能得做一天。"

"那入狱考试也是？"江迟景又问，"你懒得看题目？"

"不是我懒得看。"郑明弈道，"是题目为难我。"

考试题目是江迟景出的，题干都不难，但选项确实有些绕，比如名词和形容词混杂在一起。

这样看来，题目确实有些为难有阅读障碍的人。不过江迟景更关心另一个问题，从郑明弈的言谈举止来看，他的阅读障碍好像真的是第二种情况。也就是说，昨天在娱乐室里，他并非偶然发现了江迟景的行为漏洞。

江迟景突然感到有些烦躁，没好气地说道："你真应该好好练练你的书写。"

"我的书写？"郑明弈挑起一侧眉头，好像是没想到江迟景会在意这个问题，不过他的回答一如既往地思维跳跃，"你的书写很好看。"

那当然。莫名其妙地被夸，江迟景的脑子突然像打了个结，他也不知道该如何接话。他索性不再纠结这个问题，把视线转移到手里的平板电脑上的问题上，开始给郑明弈读题目。

"认识你的人，倾向形容你为：A. 感性和矛盾；B. 理性和逻辑。"

"没有人形容我。"郑明弈道，"我认为我自己是 B。"

他还真是严谨。

江迟景抬起头来瞥了郑明弈一眼，在平板电脑上点击选项，继续道："下列哪一件事听起来比较吸引你？ A. 与恋人约上朋友去人多的地方聚会；B. 跟恋人待在家里，做喜欢的食物，看有趣的电影。"

"我没有恋人。"郑明弈道。

"这是假设。"江迟景压抑着额头隐隐冒起的青筋，"假设你有恋人，你想跟她做些什么事？"

郑明弈移开视线，思索了两秒钟，接着重新看向江迟景道："我都可以，主要是看对方想做什么。"

"……"江迟景失去耐心，把平板电脑放在桌面上，"你在逗我玩吗？"

"是你问我想跟恋人做些什么。"郑明弈耸了耸肩，似乎不明白江迟景为什么生气。

"回答 A 或者 B。"江迟景耐着性子重新拿起平板电脑，"除此以外我不想再听到任何废话。"

“好。”郑明弈答应了一声，但立刻又问道，“你对犯人都这么凶吗？”

江迟景："你还知道自己是犯人？"

郑明弈："那就 B 吧。"

“什么？”突然冒出来一个回答，江迟景一时间还没有反应过来。

郑明弈："我说选 B，跟恋人待在家里。"

一个简简单单的问题，绕了那么一大圈才得到答案，江迟景就感觉有条该死的猫尾巴一直在不轻不重地挠着他，让他濒临抓狂。

好在后面郑明弈没有再扯东扯西，江迟景问什么，他就答什么。

“你喜欢：A. 你的工作总是井井有条；B. 你的工作总是充满创意和未知。”

“A。”

“你认为交际非常重要，A. 是；B. 否。”

“B。”

“相较于猫，你更喜欢狗，A. 是；B. 否。”

“B。”

十多分钟后，敲门声再次响起来，洛海从图书室门口走进来，一边用卫生纸擦着手上的水，一边问江迟景道："怎么样了？"

江迟景看了看剩下的进度条，道："还有 1/2。"

洛海朝江迟景伸出手："那剩下的我来吧。"

“行。”江迟景说着把平板电脑递给了洛海，但这时坐在对面的郑明弈突然开口道："我希望艾伦警官给我念。"

“嗯？”洛海愣了一下，“为什么？”

郑明弈："他的英文发音比你好，有助于我听清题目。"

江迟景："……"请别给我找事行吗？

洛海没有答应郑明弈的要求，把他带回了对面的医务室内。结果不出十分钟，洛海就一脸头痛的表情把郑明弈带了回来，对江迟景道："我怕会忍不住揍他，还是你来吧。"

江迟景的脑袋上冒出一个问号。

洛海："我问他关于聚会的问题，参加聚会是守时还是不守时？他说他不参加聚会；我问他相信直觉还是经验？他说他相信数据。"

江迟景大概知道洛海为什么会头痛了，简直跟他刚才经历的情况一模一样。唯一的不同是，他问了几道题之后，郑明弈便开始配合他的节奏，但看这个样子，郑明弈一点也没有要配合洛海的意思。

"还是你来吧，"洛海把平板电脑放到江迟景的办公桌上，利落地转身离开，"赶紧弄完把他送回禁闭室去。"

押送郑明弈过来的狱警已经在楼道上守老半天了，江迟景偏过脑袋看了一下，正好看到那个狱警在看表，显然是等得有些不耐烦。他无奈地长出一口气，对郑明弈仰了仰下巴道："你还是坐那边去。"

郑明弈在刚才的那个位子坐下，安静地等待江迟景问他问题，那个样子一点也不像是个不配合狱警工作的囚犯。偏偏就是这样的人最难搞，因为你完全无法看出他的不配合到底是有心还是无意的。

"当你发现别人的问题时，你会，A.委婉地指出；B.直截了当地指出。"生怕郑明弈又东拉西扯，江迟景赶紧补充了一句，"不要跟我说你懒得关心别人的问题。"

其实在江迟景补充后一句的同时，郑明弈已经张开嘴准备回答，反倒是江迟景的补充打断了他到嘴边的话。他停顿了一下，不答反问："你怎么知道我懒得关心别人的问题？"

江迟景心说：你连门都懒得给社区的工作人员开，还能有多关心别人？当然他表面上还是面不改色地催促道："A还是B？"

"B。"郑明弈答道。

接下来的几分钟，江迟景问完了所有的基础人格测试问题，发现郑明弈的性子并没有他想象中那样捉摸不透，无非就是冷静、理性、敏锐，然后再带那么点跳跃。

但是接下来，问题的"画风"逐渐走向"清奇"，变得复杂起来，有时一个问题会同时考查好几个方面的内容，而郑明弈的回答也显而易见地慢了下来。

"如果有人当面辱骂你的恋人，你会，A. 充耳不闻；B. 与对方讲道理；C. 喜闻乐见；D. 拔掉对方的舌头。"

郑明弈思索了片刻，问道："不能打掉对方的牙吗？拔舌头有点恶心。"

江迟景道："没有这个选项。"

郑明弈道："那 B，与对方讲道理。"

江迟景感到有点诧异，还以为郑明弈会选 D。

后面的问题大多跟暴力倾向有关，而郑明弈的回答总是跟江迟景预估的不太一样。

比如有一道题是：如果你发现你的敌人即将坠入悬崖，你会，A. 视而不见；B. 提醒对方；C. 推他下去。

郑明弈的回答是 B，提醒对方，这显然和江迟景的认知相悖。之前郑明弈和黑衣人打斗时，在对方已经处于弱势的情况下，还能把人从二楼揍下去，这样性格的人怎么可能对敌人仁慈？事实证明，江迟景的想法没错，洛海也觉得不太对劲。

测试报告出来之后，洛海拿着好几页 A4 纸来到图书室，问江迟景道："这上面说凯文·郑是个性格温和的人，你相信吗？"

"不信。"江迟景直截了当地道。要是郑明弈性格温和，那瑞恩也不会保外就医了。

"所以你知道他给我什么感觉吗？"洛海推了推眼镜，"我觉得他是在选正确答案。"

"或者说安全答案。"江迟景道。

心理测试的结果关系到以后郑明弈在监狱里的待遇，那当然是越正常越好。这种情况很像人工智能和图灵测试，真正厉害的人工智能知道图灵测试意味着什么，因此就算它能够通过图灵测试，也会选择假装通不过，把自己隐藏起来，寻求安全的结果。

"看来你也这样认为。"洛海正色道，"凯文·郑这是有意识地美化心理测试结果，结合他有阅读障碍以及打架不知道轻重这两点，我觉得有

040 清零景延
FORBIDDEN

必要把他列为极度危险的囚犯。"

"不至于吧？"江迟景没有认同洛海的说法，"他只是最后一部分的回答不太真实，前面应该没有刻意隐瞒什么。"

洛海："但最后一部分测试题跟暴力倾向相关，或许可以说明他有潜在的暴力倾向。"

江迟景不置可否。他没有偏袒郑明弈的意思，只是单纯觉得情况没有洛海想的那么复杂。目前两次郑明弈对别人出手，前提都是别人先招惹他，或许郑明弈的反击确实凶狠了一些，但这也只能说明郑明弈对敌人缺乏同情心。

如果换作江迟景，面对这样追根究底又事关紧要的心理测试，也不会想要暴露自己缺乏同情心这一点。隐藏只是一种自我保护机制，不代表是一种心理问题，江迟景不认为郑明弈有问题。

"你不赞同。"洛海读出了江迟景表情里的意思，"怎么，你要大发善心吗？"

江迟景无语地抽了抽嘴角："我没有。"

洛海："不过测试结果还是得送去专业心理医生那里，我怎么判断也不重要。"

"你知道就好。"江迟景道，"这些问题里设置有陷阱，结果可不可信，会有专业人士判断。"

"话说……"洛海拉长了尾音，故意吊人的胃口似的，"你的反应让我突然有种感觉。"

"什么？"江迟景问道。

洛海："你俩是同类。"

江迟景面露不解的表情，只听洛海又道："前面 90% 的部分都很正常，就最后那 10% 的部分，非要把自己隐藏起来。"

江迟景立刻听懂了洛海话里的意思。他们两个人虽然交情不错，但江迟景仍然不愿意向洛海敞开心扉。江迟景这么一想，好像真的就像洛海所说，他在心里为郑明弈辩护，其实也是在为自己辩护。

"所以你觉得我是一个危险的人吗？"江迟景看着洛海问。

"倒也没有。"洛海思忖道。

"那不就行了？"江迟景懒洋洋地收回视线，这时却听到洛海突然意味深长地"啧"了一声。

江迟景莫名其妙地又看向洛海，只见洛海正一脸痛心地看着他，说道："你竟然帮囚犯说话？"

心理医生出具的专业报告在第二天午后反馈给了监狱里，这时候郑明弈已经被关满 24 小时，从禁闭室里被放了出来。

洛海还是认为报告低估了郑明弈的危险程度，不过专业的人做专业的事，他也知道自己的想法并不怎么重要，所以顶多就是来图书室跟江迟景闲聊了几句。

眼看着放风的囚犯在狱警的监督下即将到来，洛海没有继续逗留，返回了对面的医务室里。

江迟景拿起新送来的周报，无聊地翻到趣味小栏目，发现这一周趣味小栏目的谜题是数独游戏。数独是考查数学和逻辑思维的一项小游戏，需要在九宫格里填上剩余的数字，保证每一行、每一列、每一粗线格里的数字均包含 1 ~ 9，而且不能重复。

之前江迟景也做过不少数独，但今天这个明显难度偏大，推到一半的时候就无法再使用排除法，必须一个一个去尝试所有的可能性。

本来午休时间就不适合过度用脑，江迟景索性把报纸放到一边，拿起了洛海没有带走的那张 A4 纸报告。报告上写着凯文·郑是内向、实感、思考、判断型人格，而且总体倾向度高达 90%。他理性、冷静，没有易怒和暴躁的特征，不具有进攻性，不存在暴力倾向，但不排除在受到威胁时，会有极端过激的举动。

这样的报告结果不会对郑明弈在监狱里的待遇有任何影响，他还是会在结束适应期后，根据表现被分配到二号或一号监舍楼。就目前的表现来看，他没有主动挑事、惹事，对狱警的管理也较为配合，不出意外应该会被分到二号监舍楼去。

江迟景想到这里，面前突然有人递过来一本书。有的囚犯会把书借回牢房里看，等看完之后，再在放风时间拿过来归还。

江迟景习以为常地接过那本书，发现书名是《草莓种植技术》。如果他没记错的话，这本书应该没有被囚犯借出去过。他下意识地抬起头看了一眼，结果就对上了郑明弈的视线。

"你要借书？"江迟景诧异地挑眉，"我以为你不会看书。"有阅读障碍的人竟然要看书，这不是自虐是什么？

"不借。"郑明弈道，"我就在这里看。"他第二次和江迟景说起了中文，发音还挺标准。

江迟景莫名有一丝亲切，也用中文回答："就在这里看不需要跟我报备。"

郑明弈："但我需要你给我念。"郑明弈的语气太过理所当然，以致江迟景一瞬间有些怀疑，他刚才的语气是不是过于和善了，导致郑明弈误以为他是个好脾气的？

"你说什么？"看在都是华裔的分上，江迟景耐着性子地问了一句，但脸上的表情已经表达出了他内心的想法：为什么要给你念？

"我需要你给我念。"郑明弈又重复了一遍，"在监狱外面我可以用手机听书，但是这里不行。"

江迟景耐着性子道："所以这里是监狱，不是你随心所欲的地方。"

"监狱不是提倡学习改造吗？"郑明弈一动不动地看着江迟景，"我现在想学习草莓种植技术，我觉得监狱应该为我提供支持。"

道理是这个道理，随便哪个监狱，都巴不得囚犯积极向上地改造自己。但问题是，江迟景不想给自己找事。

"你可以向监狱长提出申请，如果他同意你的要求，那我可以给你念。"江迟景了解监狱长的性子，这个临近退休的男人信奉的行为准则是多一事不如少一事，非常擅长和稀泥，只要不到万不得已，都会选择维持原状，而不去做出改变。

如果他同意给郑明弈特殊待遇，那可能会带来许多麻烦，比如其他囚犯也找理由要求特殊待遇，又比如看郑明弈不顺眼的囚犯对此提出抗议等。总之无论怎么看，江迟景都不觉得监狱长会同意郑明弈的要求。

郑明弈缓缓地把手中的书收了回去，若有所思地低着头，也不知道在打什么主意。这时，他的目光落到了一旁的周报上面，他看着上面用铅笔写的数字，问道："你在做数独？"

这没什么好隐瞒的，但这个数独江迟景还没有解出来，他自然不想暴露这一点。他把报纸翻了个面，淡淡地道："跟你没关系。"

郑明弈从报纸上收回视线，看向江迟景道："那个地方是 5。"

"什么？"江迟景又一次没有跟上郑明弈跳跃的思维。

"你被卡住那个地方，"郑明弈道，"正确的答案是 5。"

江迟景没有和郑明弈讨论数独的心思，微微皱起眉头："你还有别的事吗？"

郑明弈把那本《草莓种植技术》放回书架上，接着径直离开了图书室。

江迟景始终想着这件事，重新拿过报纸，在他被卡住那个地方填上数字 5，接下来，这个高难度数独就像被攻破的城池一样，接二连三地被江迟景拿下了阵地。所以那个地方的确是 5。

这到底是什么变态能力？郑明弈光是看一眼就能把数独解开？江迟景的脑子里突然冒出了一个奇怪的念头，既然郑明弈有这么强的逻辑运算能力，怎么没有预想到自己犯罪会被抓？还是说，真的就像丹尼尔分析的那样，他只是为了人身安全躲进监狱里来？

江迟景越想越烦躁，索性不再去想，但等他回过神时，电脑屏幕上打开的网页全是跟郑明弈有关的新闻。

郑明弈之前是恒久做空机构的头牌经理，曾经主导过一次非常著名的做空案例。当时市场上全都看涨某一行业，然而郑明弈认为这一行业股价虚高，崩盘只不过是时间问题，因此投入庞大的资金，高价卖出这一行业的股票，只等最终股价崩盘。所有同行以及客户都认为郑明弈的脑子有病，但不久之后，这一行业的股价在朝夕之间崩塌，股市中绝大部分人亏得倾家荡产，然而郑明弈从中大赚，恒久机构也由此一役打出了名号。

江迟景看完这些报道，脑海里重新浮现出一个社会精英的形象。确实跟囚服比起来，郑明弈穿西装的样子更好看。等等，他的重点歪了。

江迟景另外打开了一个搜索网页，打算再看看恒久机构的情况，但当他按下回车键后，网页上没有弹出相关链接，而是出现了一幅漫画，上面写着"I'm a capitalist. I only love money"（我是资本家，我只爱钱）一行英文。在漫画的右下角，有一个小灯泡的图案。江迟景无语地抽了抽嘴角，心想这臭小子才出去多久，又想进来了？

图书室门口响起了引人注意的声音，江迟景循声看去，只见是洛海在小声招呼他过去。江迟景瞅了一眼图书室里的囚犯，大家都安安静静地在看书，他便起身走到外面的走廊上，问洛海："你也看到了？"

"我要被气死了。"洛海深吸了一口气，眉心难得地皱成一团，"我让他好好找份工作，他又给我黑人家的网站。"

洛海口中的"他"叫作莱特，混血，带着点华裔血统，是个十九岁的年轻人，前一阵子才刚刚被放出去。这个年轻人总觉得自己干的是伸张正义的事，别人怎么劝他都不听，江迟景则把他这种正义叫作"傻瓜正义"。

"他出去之后你跟他还有联系吗？"江迟景问。

"那当然。"洛海头痛地道，"除了我还有谁管他？"

江迟景不禁觉得好笑："你的话他又不听。"

洛海："所以这次我一定要好好地管教管教他。"

洛海的话音刚落，江迟景别在肩上的对讲机里突然响起了监狱长的秘书的声音："艾伦警官在吗？来一下监狱长的办公室。"

"监狱长找你有事？"洛海诧异地问道。

江迟景的工作很悠闲，正常情况下，监狱长不会有什么要紧事找到他的头上。不过江迟景回想到刚才他跟郑明弈说的话，心里隐隐约约有了一个不太好的预感。他转过头，对着对讲机回复了一句"OK"，接着对洛海道："我上去看看。"

　　江迟景推开监狱长的办公室的大门，果然见到了郑明弈的身影，而且不妙的是，郑明弈的神态极为泰然自若，仿佛已经把事情谈妥。

　　江迟景心里的不妙感觉逐渐扩大，但他还是相信自己对监狱长的判断，监狱长是个怕麻烦的人，不会同意郑明弈的要求。

　　监狱长："小江啊，壹零壹柒号想要学习草莓种植技术，这是一件好事啊。"

　　江迟景："是……"好吧，或许是他的判断有误，那只能靠他自己了。

　　"壹零壹柒号有阅读障碍，我听说你帮他做了心理测试，那接下来还是由你来帮助他看书吧。"

　　"监狱长，这样不太好。"江迟景诚恳地道，"他每天能够看书的时间只有中午十二点到两点，这段时间我得守在图书室里，难道当着其他囚犯的面给他念书吗？"

　　"时间的事你不用担心，都可以调整。"监狱长道，"除了中午，以后早上的晨间教育，他也交给你单独负责。"

　　"什么？"江迟景尽量压抑住语气里的难以置信。

　　"我们应该鼓励囚犯学习，至于晨间教育的内容嘛，"监狱长说着清了清嗓子，"你可以多给他读读经济新闻，这样今年的囚犯评比，就可以让他去参加了。"

　　监狱长把话说到这里，江迟景终于想起他漏掉了某个关键线索。埃尔法国每年都会对监狱进行评比，通过举办囚犯之间的各项比赛，来判断监狱的整体改造水平。其中有一项比赛是投资比赛，简直再适合郑明弈不过。

　　"艾伦，"监狱长又说道，"评比对咱们来说可是很重要的啊。"

　　江迟景看向坐在对面的郑明弈，只见他微微歪着脑袋，很轻很轻地勾起了嘴角。

第三章
Chapter 3
试探

接近下午两点的时候，囚犯们陆陆续续地离开图书室，前往厂区参加劳动。

有一个人却没动，那就是经监狱长批准并在狱警处报备后，可以在图书室多待半个小时的凯文·郑，始终坐在江迟景的对面，没有要离开的意思。

等图书室里的囚犯都走完后，郑明弈拎着椅子来到江迟景的办公桌前，意有所指地叫了一声："Allen Jiang 警官。"

他停顿了一下后接着说："我可以称呼你的中文名吗？江警官？"

监狱长决定安排郑明弈参加比赛，江迟景只能尽全力提供支持。他没有回答郑明弈的问题，没好气地说道："你就坐在外面。"

郑明弈微笑了一下，道："我需要看股票走势。"是的，为了赢得比赛，监狱长竟然同意郑明弈用电脑，江迟景就没见过这么荒唐的事。

电脑屏幕连着各种数据线，不方便将显示器换个方向，而江迟景又得盯着郑明弈不能用电脑做坏事，只能同意郑明弈坐到他的身旁。他的身上带着警棍和手铐，加上图书室里安装有监控，他也不怕郑明弈有什么逾矩的举动。

不过话说回来，从江迟景入职至今，还从来没有人进入过他的办公区，更没有人碰过他的电脑。然而现在，狭小的扇形办公区内挤着两个大男人，让江迟景有点不适应。

在此之前，江迟景和郑明弈之间始终隔着8米来宽的马路，这条马路就代表着安全距离，能让江迟景感到非常安心。现在别说是安全距离，就连人与人之间正常的社交距离都无法保持，天知道江迟景有多想把郑明弈从他的办公区里丢出去。

"江警官，这是什么？"郑明弈的声音打断了江迟景的思绪，江迟景顺着郑明弈的视线，瞥了一眼电脑屏幕，只见鼠标正停留在一个软件图标上，而这个软件打开之后，将会出现娱乐室的监控画面。

"跟你没关系。"江迟景赶紧把鼠标从郑明弈的手里抢了回来，他的指尖碰到了郑明弈的手指和手背，那上面还留有前几天郑明弈打架时造成的伤痕，指尖碰上去，感觉有些粗糙。

"除了炒股软件以外，其他东西你都不准碰。"江迟景道。

"好。"这次换成郑明弈从江迟景手中拿走鼠标。

江迟景刚把手抽回来，就听郑明弈又道："你可以开始念书了，江警官。"

江迟景的额头上倏地冒起青筋："你不是要看股票吗？"

郑明弈转头看向江迟景："这跟我听书有什么关系？"

江迟景还是头一次这么近距离地对上郑明弈的双眼，窗外明亮的光线把他的瞳孔映成了浅棕色，就跟之前他站在二楼的窗边喝水时，江迟景见到的一样。

江迟景不自在地收回视线，烦躁地拿起桌上那本《草莓种植技术》念了起来："草莓为喜光植物，光照过弱不利于草莓生长。草莓喜温凉气候，气温高于30℃并且日照强烈时，需采取遮阴措施……"

郑明弈的眼神始终停留在电脑屏幕上，江迟景莫名觉得不耐烦，看向郑明弈道："你确定你有在听吗？"

"我当然在听。"郑明弈道，"江警官的发音很标准。"

这是重点吗？江迟景愈加烦躁，他盯了郑明弈一阵，最后还是拿起手中的书，重新念起了草莓的特性。

半个小时的时间很快过去，监狱长同意郑明弈在图书室学习到两点半，这会儿正好是股市准备收盘的时间。江迟景跟监狱长报备之后，接着便让郑明弈跟其他囚犯一样，去公务楼后面的厂区参加劳动。

"明天见，江警官。"

郑明弈起身离开图书室，在他的身影即将消失在门口时，江迟景实在没忍住，叫住他道："郑明弈。"这次江迟景没有再叫郑明弈的囚犯编号。

郑明弈侧过半个身子，回头看向江迟景。

"你真的想学习草莓种植技术吗？"江迟景问。

郑明弈轻声笑了笑，像是终于撕去了所有的伪装一般，眼里露出明显的玩味："你猜？"

扔下这两个字，郑明弈跟随守在门口的狱警离开了图书室。

江迟景闭上双眼深吸了一口气，勉强忍住捶办公桌面的冲动。这家伙果然是没事找事。

有些人在吵完架之后，会对刚才的表现进行复盘，如果没有表现好，就会有一种非常不甘心的感觉。江迟景此刻就是这样，恨自己没法拆穿郑明弈的意图。

江迟景简直越想越生气，干脆从抽屉中拿出烟盒，来到了对面的医务室里。

医务室的窗户朝着公务楼后面的厂区，和图书室不同的是，这边的房间有小阳台，江迟景和洛海经常来这里抽烟。

"怎么了？看你很不高兴的样子？"洛海给两个人点上烟，轻轻吐出一口烟雾。

"你遇到过让你头痛的囚犯吗？"江迟景没有直接说郑明弈的事，主要还是觉得太丢脸，被一个囚犯耍了一回。

"当然遇到过。"洛海道，"莱特那小子就是一个。"

"他？"江迟景淡淡地瞥了洛海一眼，"你明明很乐意为他头痛。"

洛海没有再接话，也了解江迟景的性子，知道江迟景不想说的话，再怎么问也没用。

两个人默契地看着眼下的一片平房，安静地抽着烟。

这时，农作物种植区的大棚里突然走出来一个人，江迟景抽烟的动作一顿，他问洛海："那个大棚是种什么的？"

图书室的窗户朝着放风的操场，江迟景可以迅速说出囚犯之间的关系，但不了解办公楼后面的厂区分布。

"凯文·郑走出来的那个吗？"洛海用下巴指了指，"草莓种植棚。"

江迟景："……"不是吧，郑明弈竟然真的在种草莓。

所以他还真的在学习草莓种植技术？

郑明弈手里拎着一个水桶，此时正站在半人高的水龙头边接水。

下午三点钟的太阳正是一天中最晒的时候，但郑明弈的脸上丝毫没有烦躁的神情，他只是静静地等着水桶接满水，偶尔用手上的麻布手套擦一擦额头上的汗珠。江迟景果然还是习惯在这样的状态下观察郑明弈。两个人之间保持着安全距离，他可以看清郑明弈的每一个动作，而郑明弈丝毫没有察觉他的窥视。

"喂。"响指的声音忽然打断了江迟景的观察，他转过头去，对上了洛海奇怪的眼神。

"怎么了？"江迟景问。

"我叫你三声了。"洛海道。

"哦。"江迟景又瞥了远处的郑明弈一眼，只见他已经接满了水，拎着水桶回到了大棚里。

"你怎么回事？"洛海问，"我了解你，你不对劲。"

江迟景没有接话，就如洛海所说，他也知道自己不太对劲。

"周五吃饭，我另外再叫个朋友。"洛海道。

"哪个？"江迟景问。

"之前说过的那个律师。"

江迟景撇了撇嘴，不想被洛海拉着去社交。但沉默了片刻，最后他还是不情不愿地答应了一声："好吧。"

江迟景和洛海认识这么多年，即使算不上知根知底，也可以说是非常熟悉。

洛海比江迟景大两岁，总是像个大哥哥一样，希望在各个方面帮助江迟景。江迟景很早就发现，洛海喜欢把他当成弟弟来看。

就比如觉得江迟景太宅，洛海就非要给他介绍朋友。

江迟景知道洛海是关心他，虽然心里百般不情愿，但也只好老老实实地准备今天晚上的聚会。

新买回来的香水还没有拆封，江迟景吃完吐司，把草莓果酱放进冰箱之后，好歹想起了这一茬。尽管也不是去见什么重要的人，但出去聚会，多少还是得收拾一番。这款香水的留香效果还行，而江迟景本身也不想显得太刻意，在出门上班之前把香水喷了些在耳后和手腕上，等到下班时间，淡淡的香味就恰到好处。

上午九点，等江迟景送完信件回来时，郑明弈已经等候在图书室的门口。

江迟景也是才知道，原来中央银行会在早上公布一系列数据，影响当日的股市走向，而这项数据对做投资的人来说，自然是非常重要。

江迟景坐进办公区，启动电脑，看着电脑屏幕，摆明了懒得搭理郑明弈。

电脑很快响起开机音，江迟景把鼠标放到郑明弈的面前，正想让他自己打开网页，就在这时，郑明弈突然毫无预兆地凑了过来，江迟景下意识地转头看过去，只见郑明弈已近在咫尺。

"壹零壹柒！"江迟景皱起眉头，不过还未等他有所动作，郑明弈已经退了回去，若有所思地看着他道："你喷了香水。"

"你一直用的这款香水吗？"郑明弈坐下后，双眼看着电脑屏幕，漫不经心地问道。

直到这时，江迟景才想起一个问题。之前他为了提醒郑明弈，把整瓶香水砸进了郑明弈的卧室里。上次他跟丹尼尔去郑明弈家里查看时，卧室的地板上还残留着香水瓶的碎片。这个人的鼻子不会这么灵吧？

"跟你没关系。"江迟景冷冷地道。

"这一页。"郑明弈仰了仰下巴，示意江迟景读网页上的信息，"麻烦你了，江警官。"

江迟景见郑明弈不再提香水的事，暗自松了口气，耐着性子念起了网页上的新闻，但才念两行，郑明弈便看着他道："你知道吗？江警官，我家卧室里全是你的这种香水味。"

"消费者价格指数是……"江迟景差点没咬到自己的舌头。

"挺特别的一种味道。"郑明弈问道，"西柚？"

这个人的鼻子还真灵。江迟景假装没有听到，继续念道："生产者价格指数是……"

郑明弈："你不好奇为什么我家会有你的这款香水的味道吗？"

江迟景知道没法再糊弄下去，长出一口气，看向郑明弈问："用同一款香水很奇怪吗？"

郑明弈思索了一下，道："倒也不奇怪，您继续。"

江迟景算是发现了，对付郑明弈不能用糊弄这一招。他越是糊弄，郑明弈就越是试探，只有堂堂正正地应对，才不会被郑明弈看出破绽。

念完晨间的重要经济新闻后，郑明弈开始看股票走势，通过这些走势，他能及时把握住有潜力的行业，用他说服监狱长的话就是，可以提高在监狱评比考试中的胜算率。

江迟景原本还以为可以休息一阵，结果郑明弈又把那本《草莓种植技术》递到了他面前，道："拜托了，江警官。"

江迟景实在忍不住，问道："你看着股票能听到我在念什么吗？"他非常怀疑郑明弈是右耳进左耳出，把他的声音当作看股票时的背景音乐。

郑明弈却露出莫名其妙的表情，看着江迟景问："你不能一心二用吗？"

不能。看书就是看书，看股票就是看股票，江迟景相信正常人都不能同时做两样都需要思考的事情。他出其不意地发问："草莓的花期是……？"

郑明弈立刻回答："4 ～ 5 月。"

江迟景："果期又是……?"

郑明弈："6 ～ 7 月,一株草莓能结六七个果实。"

好吧,算你厉害。

江迟景被噎得无话可说,重新拿起手上的书,这时,郑明弈突然问道："江警官,你炒股吗?"

"不炒。"江迟景道。

郑明弈："为什么?"

江迟景："不想被当成'韭菜'。"

"你跟着我,就不会被'割韭菜'。"郑明弈看江迟景的眼神很真诚,好像真的想教江迟景炒股一样,但江迟景不怎么想领情。

"你确定?"江迟景挑了挑眉,毫不给面子地说道,"你是不是忘了你为什么会进监狱里来?"

郑明弈犯的罪是恶意做空,是指利用虚假交易、散布不实谣言等手段,恶意操纵股价,谋取自身利益。羊毛出在羊身上,既然资本家赚取利益,那普通的散户就只能被当作"韭菜"来收割。退一步说,哪怕郑明弈没有恶意做空,只是正常做空,那也总有傻傻的"韭菜"被他割走。

江迟景这话说得很不客气,毕竟郑明弈只是在跟他聊天,他却把人嘲讽了一顿。

郑明弈难得没有接话,像是被江迟景坏了兴致,不想再聊这个话题。他静静地看着股票走势,似乎刚才的对话未曾发生,但江迟景看着他的表情,突然变得好奇起来。

"问你个问题。"江迟景主动问郑明弈。

"嗯?"郑明弈转过头来。

"恶意做空这事,"江迟景停顿了一下,才问,"真的是你做的吗?"

江迟景从不管囚犯的闲事,监狱里混杂着太多心思不单纯的人,每个人都能编出一套美化自己的故事。而他之所以询问郑明弈,发誓不是想多管闲事,顶多就是想给丹尼尔提供一点帮助而已。

郑明弈没有正面回答这个问题，而是反问道："你觉得呢，江警官？"

江迟景没有多想，脱口而出道："我不知道。"

话音刚落，江迟景就见郑明弈淡淡地勾起了嘴角，仿佛刚才被撑的阴郁情绪都一扫而空。

"你不知道。"郑明弈噙着笑重复了一遍，而江迟景这才后知后觉地反应过来他说漏了嘴。他怎么能说不知道呢？他是狱警，郑明弈是囚犯，他当然应该无条件相信法官的判决，对郑明弈说：我觉得就是你干的。这才是正常的逻辑。

然而，江迟景刚刚表现出迟疑的语气，这意味着他在内心有些相信郑明弈是无罪的，否则也不会回答不知道。江迟景不禁感到有些懊恼，郑明弈这个该死的逻辑怪才，怎么反应那么快，专挑他的漏洞？

郑明弈的心情显而易见地变得好了不少，他看着电脑屏幕，转移话题道："江警官，你今天打扮得这么帅，是要去市区玩吗？"

江迟景还是那句话："不关你的事。"

郑明弈转过脑袋，上下打量了江迟景一眼，问道："见网友？"

江迟景懒得说太多，索性敷衍道："是。"

"这样吗？"郑明弈若有所思地点了点头。

江迟景也不知道自己在隐藏什么，似乎在他的潜意识里，有个声音一直在提醒他不能在郑明弈面前暴露太多个人信息，否则就会被当成猎物。

郑明弈点到为止地没再继续这个话题，看了看时间，站起身道："聚会愉快，江警官。"

下班之后，江迟景和洛海分别开车来到了市里新开的一家高档的中餐馆。

两个人在小包间里等了将近半个小时，就在江迟景的不耐烦情绪都要掩饰不住时，一个西装革履的高个男人从外面走了进来。

"抱歉，所里有事耽搁了一阵。"男人拉开椅子坐下，把手里的高档车钥匙放在了一旁。

"可以理解。"洛海连忙打圆场，"律师都比较忙。"

江迟景扯出一个礼貌的微笑，违心地表示自己不怎么在意。

洛海给双方做了介绍，男人叫作张帆，也是华人，三十出头的年纪，已经是一家知名律所的高级合伙人。他和洛海是在钓鱼俱乐部认识的，两个人的工作都跟罪犯有关，所以比较聊得来。而在这异国他乡，华人的圈子不大，因此洛海便想着把他介绍给江迟景认识，扩大一下他的社交圈。

"看不出来，江警官竟然也在监狱工作。"

张帆是个很健谈的人，自然而然地把话题引向了江迟景。虽说江迟景不想社交，但毕竟是个成年人，该应付的社交场合还是会好好应付。

江迟景："跟其他狱警比起来，我的工作跟囚犯打交道的机会不多。"

张帆："那会遇到一些很难管教的囚犯吗？"

"会有。"江迟景的脑子里突然浮现郑明弈的身影。其实准确来说，郑明弈算不上难管教，多数时候会配合狱警的工作，只是偶尔会让江迟景感到抓狂。

张帆："我听洛医生说，江警官不仅能力突出，还一表人才，今天见到真人，果然如此。"张帆这个人很会说话，夸赞得毫不做作，打骨子里透着一股真诚之意。之前由于迟到，江迟景对他印象不好，但聊起来之后，对他的印象逐渐改观。

吃到一半，江迟景突然发现洛海去洗手间好久了还没回来，心里生出一股不祥的预感，拿出手机一看，果然有一条洛海发来的未读消息。

洛海："我还有事，先走了。"

"洛医生说他有事。"江迟景皮笑肉不笑地看着手机道。

"看到了。"张帆也看了一眼手机，"应该是临时有事，又不想打断我们的交流吧。"

江迟景不是一个有事业心的人，否则也不会去监狱当那么清闲的图书管理员。张帆三句话不离工作，好像他的生活就是由工作组成的一样，很明显是个典型的工作狂。和工作狂相比，江迟景更喜欢懂得享受生活的人，比如闲暇时间会在家里煎个牛排，打理自家庭院，而不是一心扑到工作上。

"你还在戴老钟表吗？"张帆的视线落到江迟景的手腕上，"你一定是个怀旧的人。"

老钟表就是江迟景手上这块老表的品牌，一听名字就土得掉渣。一般戴这个品牌的手表的人，不是怀旧就是穷，第二种情况占大多数。

江迟景扫了一眼张帆的手腕，那块闪闪发光的名表应该值好几十万美金。

"还好，也不是很怀旧。"江迟景淡淡地道。他属于第三种人，单纯懒得买新表而已，不过这不是重点，他能看出张帆在打量他。

年龄越大的人越难交朋友的原因在于，人们不愿再花时间去了解另一个人的内在，而是习惯通过各项外在条件去看是否合得来。打从见面开始，两个人就知道这是一场拓宽朋友圈的社交，都在以自己的标准去衡量对方。有的人不介意这样的方式，有的人却不喜欢这么功利。至少在江迟景看来，在这种状态下交的朋友，不是真真正正的朋友。

"听洛医生说你住在郊区，那平时来市里的时间多吗？"张帆继续问道。兴许是认清了这次见面的实质，江迟景立刻意识到张帆仍在打探他的经济情况。其实这也不奇怪，毕竟人家是精英律师，年收入至少是七位数，交朋友挑剔也是应该的。

"我平时不怎么来市里。"江迟景如实答道，"我比较喜欢安静。"

张帆："城里确实有些吵。"

江迟景听着张帆聊城市和郊区的生活，脑子里突然闪过一道白光。郑明弈怎么知道他出去玩，需要"去市区"？当时郑明弈的原话是：你今天打扮得这么帅，是要去市区玩吗？

监狱里至少有一半的狱警就生活在市里，正常来说，这些人出去玩，当然就在市里，根本不需要刻意"去"。只有生活在郊区的人，出去玩才会有另一个选项，去市区。而郑明弈的问法，显然是默认他没有住在市区。

难不成郑明弈知道他住在哪里？江迟景越想越觉得不对劲，但还是得应付和张帆的对话。

张帆："你之前在法院工作，好多人羡慕不来，怎么会想要到监狱去工作呢？"

江迟景很想说，不是所有人都把工作放在第一位，他愿意去郊区享受生活，怎么就不行？但他知道这一点跟张帆说不通，因为从这次短暂的聊天中，他了解到张帆是普通家庭出身，通过拼搏、努力实现了阶层的跃升，所以张帆非常在意社会地位这种东西，从张帆戴的表和摆在桌面上的车钥匙就看得出来。

"我住在郊区，在监狱工作方便。"江迟景道。

"原来如此。"张帆点了点头，并没有表现得失望，但从这里开始，话明显少了。

到结账时，张帆主动掏出了钱包，果不其然又是名牌。江迟景在张帆之前扫了收款二维码，道："我来吧。"

"不用，江警官。"张帆拦下江迟景，"应该我来。"

这话就有意思了。两个人一起吃了一顿饭，没有谁欠谁的人情，按理来说谁来付钱都可以，压根不存在"应不应该"一说。那么张帆唯一的判断标准，只能是他认为江迟景的经济条件比较困难，所以理应是他来付钱。

"不用客气，张律师。"江迟景扫码付款比张帆掏出信用卡的动作更快，他一边在屏幕上输入金额，一边表情淡淡地说道，"我家在市中心有很多套房产。"这话题有些跳跃，但江迟景的意思很明白，他不想给张帆面子。

张帆没有再抢着付钱，默默地把他的名牌钱包收了起来。

江迟景不是个看重金钱的人，因为他家真的不缺钱。他搬去郊区，单纯是为了住得舒心。而他懒得跟着郑明弈炒股赚钱，也是因为压根就没有挣钱的欲望。

新的一周，监狱里来了个老熟人，江迟景得给他上教育课，就没有让狱警把郑明弈带来图书室。

"艾伦警官，好久不见。"会议室里，剃着平头的莱特朝江迟景行了个礼，两只眼睛看着江迟景，一点也没有正在坐牢的觉悟。

"很久吗？"江迟景"啪"的一声放下小册子，摆出凶人的模样，"你以为监狱是你家吗？这么快又进来？"

"嘿嘿。"莱特一点也不怕江迟景，神神秘秘地说道，"艾伦警官，我这次进来是带着使命来的。"使命，多么热血的词，整个南部监狱里也只有这个臭小子能说出这样的话来。

"什么使命？"江迟景配合地问。

莱特："我已经打听过了，凯文·郑是被关在这里吧？"

从莱特的口中听到郑明弈的名字，江迟景微不可察地挑了挑眉头，不动声色地问道："你打听他做什么？"

"这万恶的资本家，明明被判了一亿罚金，结果就只交了几百万。他一定把他的资产转移了，我要替天行道，把他的老底都给挖出来。"

江迟景："……"回想起来，莱特最痛恨的人就是资本家，江迟景知道一些莱特的家庭背景，他的父亲就是因为炒股倾家荡产，害得他的母亲患抑郁症自杀身亡。

"一亿不是个小数目。"江迟景不忍心打击莱特的热情，旁敲侧击地提醒道。郑明弈的房子都已经被查封，显然是因为交不上一亿罚金。

但莱特不相信资本家会没钱，自顾自地分析道："他很可能在境外还设有账户，我要一点一点地打探出来，然后黑掉他的账户。"

江迟景觉得头痛，这个人也是没心没肺，一来就把他的"犯罪计划"暴露在狱警面前，是想要怎样？

"你最好给我老实点。"江迟景道，"不然我让你洛哥收拾你。"

一提到洛海，莱特果然变得心虚起来，支支吾吾地说道："你别告诉他我的计划。"

江迟景冷笑了一声："你想得美。"这种天真的人，就是需要赤裸裸的现实来教他做人。

莱特显然不是放风时间能老实待着休息的人，于是跟狱警申请了去图书室。到了放风时间，莱特来到图书室，在几个书架间蹑手蹑脚地挑书，一看就是在躲对面医务室的洛海。

江迟景大概知道这小子为什么非要来图书室这么危险的地方，因为没过多久，郑明弈也来到了这里。

江迟景给郑明弈念书是在两点钟之后，在这之前，郑明弈就跟普通囚犯一样，会来图书室里打发时间。

莱特几乎是立刻锁定了郑明弈的位置，双手捧着一本书，眼神却暗中跟随着郑明弈的身影移动。

郑明弈还是习惯坐在后排窗边的角落，而从进门的地方走到那里，需要经过莱特身边。两个人之间的距离越来越近，江迟景眼看着莱特悄悄地伸出了一条腿，意图不能再明显地想绊郑明弈一下。

江迟景叹着气摇了摇头。他原以为郑明弈会直接跨过莱特的腿，结果没想到这个人够狠，脚步不带停顿地朝着莱特的脚踝踩了上去。

"嗷！"图书室里响起了一声惨叫，江迟景看到郑明弈面无表情地瞥了莱特一眼，眼神里写着两个大字：傻瓜。

与此同时，洛海的身影出现在图书室门口，莱特一见到洛海，就委屈地喊道："洛医生，我的脚受伤了。"

洛海把莱特拎去了医务室，图书室里终于重归安静。

江迟景看了看时间，接着又抬起头，直直地看向窗边坐下的郑明弈。

两个人的视线相对，郑明弈歪着头，表情似乎在说：看我干什么？

老实说，江迟景已经感到有些迫不及待了。他憋了一个周末，今天终于可以好好问问郑明弈关于"去市区"的问题。

午后的时间从来没有这么难熬过，江迟景每过几分钟就会忍不住看郑明弈一眼。

郑明弈的手上拿着一本漫画书，他优哉游哉地看得津津有味，而江迟景什么都做不下去，连娱乐室的监控都没心思打开。江迟景会这样的原因很简单，他已经是第二次没有发挥好。

郑明弈可以立刻听出江迟景话里的漏洞，而他过了好久，都到了吃晚饭的时候，才意识到郑明弈的话里有问题。这简直比吵架输掉还要让人不甘心。

时针慢悠悠地走向两点，图书室里的囚犯终于陆续离开。但郑明弈就像是看漫画看得入了迷，当图书室里已经没有别人时，他还是一动不动地坐在窗边的位子上。

"壹零壹柒。"最终还是江迟景先沉不住气，"你到底过不过来？"

郑明弈抬起头来看向江迟景，嘴角勾起一个弧度，把漫画书放回书架上，来到江迟景的身边坐下，迎上江迟景的视线道："江警官，你今天看我的眼神好奇怪。"

"你是不是有什么事瞒着我？"江迟景没有做任何铺垫，直接先发制人，不给郑明弈准备的时间。

这个问题明显带着试探的意味，江迟景也不指望郑明弈能老实交代什么，只是想看看他的反应如何。然而，没想到郑明弈沉默了一下，居然回答："是。"

"什么？"江迟景不自觉地皱起眉头，神经跟着紧张起来。

郑明弈缓缓张开嘴，像是故意吊人的胃口似的，停顿了半晌之后才说道："我觉得你穿制服的样子很帅。"

就这？江迟景愣了一下，立刻反应过来，郑明弈这个家伙又在耍他。他压着心头蹿起来的火气，沉下脸来问："郑明弈，我看起来很好欺负是吗？"

"没有。"郑明弈态度诚恳地道，"我见过江警官拿警棍打人的样子，那么厉害，怎么会有人敢欺负你？"

和郑明弈打人的样子比起来，江迟景打人的样子简直是小巫见大巫。他也说不上来什么感觉，但总觉得郑明弈就是在反复试探他。

"话说，江警官，"郑明弈语气自然地转移了话题，"聚会怎么样？"

"还行。"江迟景随口回了一句，立刻又把话题拉了回来，"你上次问我是不是去市区，你怎么知道我不住在市区？"

"我有吗？"郑明弈面不改色地反问。

江迟景也是没想到，郑明弈竟然会直接否认。这也怪他当时没有发挥好，否则郑明弈根本不会有装傻的机会。

"你有。"江迟景盯着郑明弈道，"你问我是不是去市区玩。"

"哦，那个啊。"郑明弈随意地回答道，"你下班之后不是回市区吗？"

回市区和去市区玩当然有差别，但要辩明其中的逻辑，需要花费不少口舌，而且江迟景突然意识到一个问题，无论他怎么说，郑明弈都可以说是他想多了。这不像那句"不知道"，有明显的漏洞。郑明弈给他的感觉倒像是故意露出尾巴，却只是给他看看，偏不让他逮住。真是让人觉得烦躁。

"你到底知不知道我住在哪里？"江迟景见什么都试探不出来，忍无可忍地问出了心里憋了一个周末的疑问。

"你住在哪里？"郑明弈好奇地问，"离我家很近吗？"

江迟景差点就要忍不住自己说出来了：是的，我就住你家对面。但他的理智好歹拉住了冲向悬崖的他，让他很快恢复了平日里的冷静。

"不近。"江迟景冷冷地道，"我住在市区。"既然问不出来，那不问也罢。他不确定郑明弈是不是在装傻，如果是，那他跟着装傻便是。

"是吗？"郑明弈摸了摸下巴，摆出一副难以理解的模样，"江警官，你怎么知道住在市区，就离我不近？"言下之意，你怎么知道我家住在哪里？

江迟景愣了一下神，等脑子绕过弯之后，顿时有种被打击到的感觉。他竟然又说漏嘴了。他说两个人住得不近，但问题是，他只有知道郑明弈住在哪里，才能判断出两个人住得近不近。

"江警官。"郑明弈叹了口气，表情有些无奈，"你真是……"

江迟景看向郑明弈，眼神就如刀子一般。他已经打定主意，如果郑明弈追根究底地问下去，他就假装什么都不知道。

不过郑明弈并未深究这个问题，只是歪着脑袋，漫不经心地吐出几个字："有点笨。"

说完之后，郑明弈就动作自然地拿过鼠标，看起了股票走势，似乎丝毫没有意识到，在"笨"之前加上一个"有点"，也不能掩盖他在骂人的事实。

"起开。"江迟景站起身来，顶着额头上的青筋俯视着郑明弈。

"怎么了？"郑明弈问。

"我要去找监狱长。"江迟景就搞不懂了，他又不欠郑明弈什么，凭什么要花时间给郑明弈念书？

郑明弈应该是读懂了江迟景眼神里的意思，从鼠标上收回手，随意地搭在腿上，对江迟景道："那你去吧。"

"你让开。"扇形的办公区域只有一个出口，位于郑明弈的那一侧。

"我没有拦着你。"郑明弈悠悠地道，这样子显然是不打算让了。

江迟景不想在这种事上浪费时间，只犹豫了一下，便打算推开郑明弈。然而当他刚伸出手，突然想起一个问题，他不能让郑明弈单独使用电脑，必须让电脑进入睡眠状态才行。于是他不得不转过身，在键盘上按下了待机键。

就在这时，图书室的门口突然响起脚步声。江迟景循声看去，看到了门口的洛海。

"找我什么事？"江迟景走到图书室门口，问洛海。

"聊天。"洛海回道。

江迟景从工作区出来，往楼梯的方向走去："我找监狱长有事，回头再聊。"

当江迟景来到监狱长的办公室时，监狱长正专心致志地看着电脑屏幕，似乎一秒钟都不舍得挪开。他迅速扫了江迟景一眼，又看着电脑屏幕道："小江，今年的评比就安排在下个月啊。"原来监狱长是在关注着监狱评比的事。

江迟景不禁感到奇怪，监狱长怎么会没头没尾地跟他聊起评比？只听监狱长又道:"刚才凯文·郑给我打了内线电话,说你不想帮他念书了。"

图书室的办公桌上有座机,平时江迟景会用那部电话给监狱长报备郑明弈的情况。

江迟景没想到郑明弈竟然还会先发制人,心里隐隐生出了不好的预感,但还是抗议道:"是,我不想跟囚犯走得太近。"

"囚犯想学习,我们监狱当然得支持。这样吧,你找个人代替你就好。"监狱长道。

听到这话,江迟景暗自松了口气,郑明弈本身就归三号监舍楼的监舍长管,到时候直接把他扔给监舍长就好。

"不过,"监狱长突然话锋一转说道,"你找的人最好也是华人,免得出什么问题。"

江迟景:"……"他明白监狱长的用意,越是人员复杂的地方,越要注意别被有心之人扣上种族问题的大帽子,监狱长这么做无非也是为了避嫌。但所有狱警里只有他和洛海是华裔,而洛海是医生,医务室的工作很忙,这还怎么换?

结果他还是白跑了一趟。

江迟景面无表情地回到图书室,郑明弈像是早就知道结果一般,略带遗憾地说道:"两点半了,江警官。"

半个小时的时间说短不短,说长也不长,两个人只不过聊了会儿天,江迟景又出去了一趟,下午的阅读时间就这么一晃而过。

郑明弈站起身来,对江迟景说了一句:"明天见,江警官。"接着他便跟随门外的狱警离开了图书室。

江迟景坐回办公椅上,图书室恢复了往常的安静,让他烦闷的情绪跟着平复了下来。但就在这时,江迟景的眼神突然瞥到了桌面上的鼠标。

江迟景对自己办公区的物品摆放位置非常敏感,他清楚地记得,刚才离开之前,鼠标的位置和现在不同,应该更偏向他坐的那边一点。他敲了一下回车,电脑仍旧处于未解锁的状态,正常来说,应该不会有人动锁屏的电脑才对。但是他绝对没有记错鼠标的位置，也就是说，刚才他离开之后……郑明弈可能动了他的电脑。

在江迟景入职之初，图书室里的工作电脑就自带了默认的密码：1234。平时不会有人来图书室的办公区，更不会有人来使用这台电脑，因此江迟景没有刻意更改过电脑的密码。现在他想来，这或许是个错误的决定。1234 作为密码实在太过简单，如果郑明弈有心留意，很可能早就根据江迟景的手势猜出了这个密码。

江迟景接连点开了七个子文件夹，直到确定监控软件的图标处于隐藏状态，不可能被发现之后，才松了口气。之前为了安全起见，江迟景把监控软件给藏了起来。他相信即使郑明弈真的趁他不在用过电脑，也绝对找不到软件隐藏的位置。

江迟景又点开浏览器看了看，没有任何新的浏览记录。难不成郑明弈只是不小心碰到了鼠标？不可能。根据这些天的接触，江迟景更倾向于相信郑明弈的确使用了电脑，并且对方一定是删除了浏览记录。但是话说回来，郑明弈上网做什么呢？

这台电脑上没有任何社交软件，郑明弈也就只能看看网页。对大多数人来说，使用网页是为了检索信息，如果是经济方面的信息，郑明弈每天都在了解，那为什么要藏着掖着？

江迟景胡思乱想了大半天，始终没有琢磨明白，直到第二天早上去监舍楼送信时，满脑子都还想着郑明弈为何要动他的电脑。

三号监舍楼离公务楼最近，郑明弈的牢房就挨着连廊，每次江迟景从公务楼去到三号监舍楼，都会从郑明弈的牢房前经过。但今天很奇怪，早上的整理内务时间，郑明弈竟然没有在牢房里面。

"壹零壹柒吗？他被调去二号监舍楼了。"三号监舍楼的监舍长对江迟景道。

"怎么这么快？"江迟景问。

初次入狱的囚犯至少会在"新手区"待上一个月，或者更长时间，才会被转到普通牢房。而郑明弈入狱不到两周时间，按理来说应该不会这么快被调走才对。

"因为瑞恩回来了。"监舍长压低声音道，"壹零壹柒住的那间牢房的人都提出了抗议，估计是瑞恩放了话。"

新来的囚犯大多不想惹麻烦，如果瑞恩发话让这些人孤立郑明弈，那无论把他安排到三号监舍楼的哪个牢房，都会有囚犯抗议。

"把他调去二号监舍楼不会很危险吗？"江迟景皱眉问。虽然瑞恩在隔壁的一号监舍楼，但二号监舍楼鱼龙混杂，其中不乏瑞恩的小弟。

"那边的人会看着办的。"监舍长道，"已经给他找了个最安全的房间。"

江迟景不禁加快了送信的脚步，连囚犯跟他打招呼也懒得寒暄两句。在二号监舍楼绕了一圈后，他最终在一楼角落的牢房里见到了郑明弈的身影。

和郑明弈一个牢房的5个囚犯都还算本分，其中只有一个叫厄尔的人跟瑞恩的交际圈有关系，江迟景曾经在监控里见过他们在娱乐室里打牌。只要不是四五个人围殴一个人就还好，单就一个厄尔，江迟景相信郑明弈自己也能搞定。

江迟景略微松了一口气，和牢房内的郑明弈对视了一眼，接着恢复了平日的步伐，继续去送剩下的信件。

时间转眼来到九点，郑明弈准时来到了图书室门口。

这边江迟景正好从一楼的收发室上来，掏出钥匙打开图书室的门，随口问道："还习惯吗？"

"还行。"郑明弈跟上江迟景的脚步，"谢谢江警官的关心。"

江迟景淡淡地瞥了郑明弈一眼，想说"我没有关心你"，但最后还是懒得开口，径直走进了办公区内。

这次江迟景在输入电脑密码时，刻意把键盘完全挪到了他的那一侧，并且输入了一连串超级复杂的密码，复杂到他自己都差点没记住。他没有避讳郑明弈探究的目光，因为就是想让郑明弈知道他换密码了。

在江迟景的预想当中，此时郑明弈一定在思考自己到底哪里露出了马脚，并因此感到惴惴不安。然而他没想到郑明弈竟然主动问道："你换密码了吗，江警官？"你还敢问？

江迟景意有所指地道："那当然，免得有人动我的电脑。"话已经说得如此明白，江迟景心想郑明弈再怎么也该感到心虚了。

结果郑明弈仍旧没什么反应，反而还赞同地点了点头道："确实该换了，之前的密码有点低级。"

江迟景："……"

如果把两个人之间的对话梳理一下，大概可以简化为以下版本。

江迟景：我知道你动了我的电脑。

郑明弈：谁让你的密码那么低级。

江迟景转过头，面朝窗户的方向，闭上双眼吐出了一口郁结之气。他就不该太放心，说到底，郑明弈还是一个囚犯，必须牢牢看着才行。

"江警官。"郑明弈提醒道，"总行该发布数据了。"

江迟景终于逮着扳回一次的机会，没好气地说道："自己看！"

"你知道我看不了。"郑明弈说道，"你是在生我的气吗？"

江迟景没有回答，自顾自地拿起报纸看了起来，摆明了懒得搭理郑明弈。

"那好吧。"郑明弈无奈地道，"我只能勉强自己看了。"

郑明弈打开网页，盯着几行字看了好久，鼠标始终没有往下滑。虽然江迟景手里拿着报纸，但他的视线一直固定在电脑屏幕上。

不一会儿，郑明弈突然转过头来，江迟景赶紧把视线移回了报纸上。

"江警官，这上下两行哪个是消费者指数的涨幅？"郑明弈问。

江迟景一动不动地看着报纸，对郑明弈的问题充耳不闻。

两个人僵持了一阵，最后还是郑明弈呼出一口气，放轻声音道："我错了，江警官，我向你道歉。我没有用你的电脑做任何不好的事情，不会给你惹麻烦，请你放心，我只是不想浪费时间。"

"哪里？"看在郑明弈还算诚恳的分上，江迟景放下报纸，端着架子问。

"这几行。"郑明弈仰了仰下巴,"都给我念一念吧。"

在郑明弈看行情的时候,两个人之间基本上能够相安无事。江迟景仍旧念着那本《草莓种植技术》,而郑明弈思考着各行业的股票走势,几乎不会说话。

时间很快来到了九点半,在郑明弈离开之前,江迟景鬼使神差地叫住他道:"你知道瑞恩从医院回来了吗?"

郑明弈停下脚步,回头看向江迟景道:"知道。"

"小心厄尔。"江迟景提醒道,"他跟瑞恩有来往。"

郑明弈沉默了一下,重新看着江迟景问:"他是什么罪名?"

江迟景道:"强奸。"

郑明弈若有所思地点了点头,接着离开了图书室。

江迟景不敢说自己完全了解郑明弈,但直觉告诉他,郑明弈绝不是随口问一句厄尔的罪名。他心里隐隐生出了一股不安,而就在这时,对面的医务室里突然传出了一声号叫。

"好疼啊,洛医生。"

江迟景来到医务室门口,斜倚在门框上,看着坐在单人病床上的莱特道:"你怎么刚进来就被人揍了?"

莱特的嘴角上有明显的伤痕,而洛海正皱着眉头给他上药。

"同牢房的人嫌他太吵了。"洛海的表情不怎么好看。

江迟景不禁觉得好笑:"你就不能安静会儿吗?"

"不是,你们都不知道,Go 神又现身了啊。"莱特躲开洛海手中的棉签,喋喋不休地对江迟景道,"Go 神已经消失好久了,昨天终于又在论坛上出现了!"

江迟景不解地看向洛海问:"Go 神是谁?"

洛海摁住不安分的莱特,回答江迟景的问题:"他那破论坛上的什么'大神'。"

"什么破论坛?"莱特不满地道,"那是最有名的炒股论坛好吗?"

听到这里,江迟景立刻发现了重点,挑眉问洛海道:"你昨天让他用了电脑？"

"昨天我这台电脑中了病毒。"洛海道，"监狱的网管昨天请假了，他不是懂电脑吗，劳动分配的时候就让他帮着维修电脑，于是行政的人便让他来修理了。"

医务室里也有一台电脑，囚犯当然不能使用，这小子也就是趁着维修电脑的时机才能接触到。

"这都不是重点，你们真的不知道 Go 神是谁吗？"莱特问。

江迟景还真不知道，毕竟他又不炒股。按照莱特所说，Go 神是炒股论坛上的一个传奇人物，曾经预言过几年前的一次重大股灾。他每周都会在论坛上分析股市行情，给散户们提供炒股建议，积累了一大批忠实粉丝。

但在一个多月前，Go 神突然消失不见，不少人担心他的安危，直到昨天，他重新出现在论坛上，简单提了几句看涨的版块。

"这有什么传奇的？不就是神棍吗？"江迟景自己不感兴趣，所以也就不相信。

"不许你这么说我的偶像。"莱特一脸严肃地道，"有好几次垃圾上市企业坑股民的钱，都是 Go 神看破了真相，让散户及时止损的。"

江迟景觉得奇怪："你也炒股？"

"对付资本家当然要用资本家的手段。"莱特义正词严地道，"Go 神就是我们的领袖。"

"年轻人就喜欢瞎崇拜什么英雄。"洛海头痛地收起医药箱，"这世上哪有那么多英雄？"

确实。如果英雄这么好当，那满大街都是英雄了。Go 神是吗？江迟景无聊地心想，名字起得一点创意也没有。

第四章
Chapter 4
熟悉

事实证明，江迟景的直觉果然很准。他想过厄尔可能会招惹郑明弈，所以好心提醒了郑明弈提防着厄尔。但他实在没想到，郑明弈才刚被调去二号监舍楼两天，那边就会发生这么严重的事故。

一楼的角落响起了撕心裂肺的喊声，整栋楼的狱警都一起朝那个角落冲去。

江迟景刚通过两栋楼之间的连廊来到二号监舍楼，手里还拿着未送完的信件。他身为文职狱警，只能倚在二楼的围栏边，看着一楼的角落里发生了什么。

厄尔率先从牢房里被带了出来，表情极其扭曲，脸上满是汗珠。他的四周一直有狱警挡着，直到狱警把他带上二楼，从江迟景的身边经过时，江迟景才看清楚，厄尔的左手掌心上插着一根被磨尖了的牙刷，鲜红的血滴在他的身后连成了一条线。

"怎么回事？"江迟景拉住一个熟悉的狱警问。

"他跟壹零壹柒打了起来。"狱警停下脚步，"先送去卡尔医生那儿看看，估计又得保外就医。"

"是厄尔先动的手吗？"江迟景又问。

"他说是壹零壹柒先挑衅他，谁知道呢？"狱警道。

每次发生打架斗殴事件，参与者都会给自己找个理由。厄尔说是郑明弈先挑衅他，也不知道有几分是真的。

"这壹零壹柒也是够狠，动了两次手，送走两个人。"狱警道。

这个狱警说着，郑明弈也被其他狱警带了上来，不过和厄尔不同的是，他的手上戴着手铐。

围在郑明弈身边的狱警大多没有他高，一群人朝着江迟景的方向走来。

郑明弈的脸上没有任何表情，就连呼吸也很平稳，要不是他的手上还留有动手后形成的伤口，根本看不出来他刚刚废了一个人的手。

两个人之间的距离越来越近，在经过江迟景面前时，郑明弈的脸上终于出现了表情，但也很淡，他只是从容地看着江迟景，仿佛在说：早上好，江警官。

江迟景可没有心思跟郑明弈问候。这段时间他和郑明弈走得近，以至于差点忘了这个男人有多么危险。

厄尔被送去了外面的医院就医，而郑明弈在洛海那里处理好伤口后，又被关进了一号监舍楼的禁闭室。

监狱长当即下令全面查房，收缴所有违禁物品，监狱上下忙里忙外，也只有江迟景和洛海能够悠闲地在阳台上抽烟、聊天。

"押厄尔过来的狱警，说是厄尔先动的手。"洛海给厄尔的左手做了简单的处理，比江迟景更能接触第一手消息。

江迟景并不感到意外，在他的印象中，只有别人先惹郑明弈，郑明弈才会表现出进攻性。

"但有个问题，"洛海吐出一口烟雾，看向江迟景道，"同牢房的囚犯都说是凯文·郑先挑衅厄尔。"

江迟景用拇指抖了抖烟灰，问道："怎么挑衅？"

"不清楚。"洛海耸了耸肩，"我只是想提醒你，最好和他保持距离。"

江迟景没有立刻接话，并不觉得他和郑明弈的关系已经到了需要保持距离的程度。他沉默了片刻，问道："万一是瑞恩指示他们那样说的呢？"

"你还在帮凯文·郑说话。"洛海道。

　　江迟景觉得他已经很客观了，但洛海的想法也不无道理。他思来想去，只能是因为他平时和郑明弈接触较多，知道对方"正常"的状态，而洛海基本上只看到了郑明弈打人的一面。

　　时间再往前，江迟景不仅知道郑明弈正常的状态，还见过他在生活中的样子，所以总是习惯性地替他辩解。

　　"你还是老样子。"江迟景道，"总是担心别人。"

　　"你知道的，改不了。"洛海道，"听说这次被关禁闭出来，凯文·郑会被转到一号监舍楼去。"

　　"看来你之前的判断没错。"江迟景长出了口气，"还不如一开始就把他列为极度危险的囚犯。"

　　不管中间过程如何，结果郑明弈还是去了管理最严格的一号监舍楼。那边的囚犯跟普通牢房的囚犯完全不一样，大多数囚犯身上背有人命，被判的不是无期徒刑就是死缓。

　　这些人每个月的探监次数有限，傍晚也不能参加集体娱乐活动，尽管每个人有单独的牢房，但普通囚犯根本不会愿意被关到这边来。

　　这次郑明弈被关禁闭的时间长达七十二小时。或许三天的时间看起来很短，但犯人在这样一间狭小又黑暗的禁闭室中，每一秒钟都会感到无比煎熬。

　　禁闭室位于一号监舍楼的三楼，平时江迟景送信不会到这层楼来。但今天，送完一号监舍楼的最后一信封后，江迟景犹豫了一下，最后还是掉转方向，来到了他很少踏足的楼层。

　　"艾伦警官？"一号监舍楼的监舍长正好在三楼巡楼，"你怎么上这儿来了？"

　　"来找壹零壹柒了解一下情况。"狱警来找囚犯问询是挺正常的事，而且这里是别人的地盘，江迟景也没隐瞒他的必要。

　　监舍长也没有多问，说道："行，他在过去第三间，你直接找他就是。"

　　和其他牢房不同，禁闭室的铁门上没有窗户，只下方有一个送饭的小窗口。

江迟景蹲下身来，把小窗口打开，房间里立刻传出了粗重的呼吸声。他瞥了一眼，是郑明弈在做俯卧撑。

"壹零壹柒。"江迟景喊了一声，"是我。"

郑明弈没有穿上衣，微弱的光线照在他的背部，隐隐能看到起伏的肌肉线条。

"江警官？"郑明弈停下动作，拿起一旁的衣服擦了擦汗水，接着来到门边盘腿坐下，"有什么事吗？"

小窗口的位置实在有些低，既然郑明弈就在铁门后面，江迟景索性背靠铁门坐下，收着下巴，对着小窗口的方向道："有个问题想问你。"

郑明弈轻声笑了笑，也改为背靠铁门的姿势："你真的有好多问题。"

如果没有中间这扇铁门，那两个人的后背应该会贴在一起。江迟景安静了一阵，直到铁门后面郑明弈的呼吸已经平复下来，才问道："你是故意的吗？"

"什么故意？"郑明弈语气平淡地反问。

"厄尔。"江迟景道，"你是故意挑衅他的吧？"

郑明弈："如果无视他也算的话。"

江迟景："你怎么无视他？"

郑明弈："大概就是……把他当空气。"

每个牢房里都有囚犯排名，排行老大的人可以拥有许多特权，比如分配物品等。郑明弈所在牢房的老大就是厄尔，他如果把厄尔当作空气，那肯定会被视为挑衅。

江迟景得到了心里的答案，轻轻"嗬"了一声，道："你果然是故意的。"

他故意挑衅厄尔，惹厄尔发火，等厄尔忍不住动手的时候，再"被迫"进行反击，这样可以把责罚降到最低。

虽然江迟景在洛海面前替郑明弈辩解，但其实心里早就预感到郑明弈不会是个被动出击的人。他这样做的目的很简单。

江迟景："你想要单人牢房。"

郑明弈没有否认:"被你发现了,江警官。"

虽然单人牢房会失去一些自由,但总好过不知什么时候会被人暗算。如果郑明弈继续待在二号监舍楼,那等于始终暴露在危险之中,反倒是被调来看似危险的一号监舍楼,在牢房里的时候可以保证安全。

"你这样会越来越被孤立。"江迟景道。

单人牢房不是酒店里的单人房间,而是只能自己一个人闷着,而人是社交动物,闷久了肯定会出问题。

"我不需要跟囚犯打交道。"郑明弈说到这里停顿了一下,换上了轻松的语气,半开玩笑道,"再说,还有你啊,江警官。"

江迟景没心思跟郑明弈开玩笑,对着小窗口的方向道:"下次别这样了。"

"哪样?"郑明弈问。

江迟景:"靠暴力解决问题。"

铁门后的人不甚在意地笑了一声,问道:"你是在给我上教育课吗,江警官?"

"我没有跟你说笑,郑明弈。"江迟景沉声道,"你如果再这样,我真的不给你念书了。"

这次郑明弈沉默了下来,铁门后一直没有回应。就在江迟景以为不会有回应时,只听郑明弈轻轻呼了口气,问道:"那如果只能靠暴力来解决问题呢?"

江迟景也没指望自己随便说两句,就能改掉郑明弈一贯的行事作风。他道:"如果必须动手,那请你注意一下你下手的轻重。"他不是把人揍骨折,就是把人的手废掉,江迟景就没见过这么胡来的人。

郑明弈淡淡地答应道:"好,听你的,江警官。"

江迟景也不确定郑明弈是不是在敷衍他,反正已经表达了自己的意思,郑明弈听与不听,都跟他关系不大。他站起身来,准备离开,这时小窗口里又传来了郑明弈的声音。

"我听你的,那你明天也能来吗?"郑明弈懒洋洋地拖着尾音,"这里很无聊。"

禁闭室里当然无聊。

江迟景转身离开，不咸不淡地扔下一句："看你表现。"

图书室里没了那个眼熟的身影，江迟景还有些不习惯。

监狱里的囚犯来来往往，今天这个人出狱，明天那个人转监，少了谁都不奇怪。但或许郑明弈还是稍微特殊一些，毕竟那本《草莓种植技术》就差最后几页没有念完，江迟景总感觉心里悬着一件事没有结束。

这些天莱特的身影经常出现在医务室里，因为他的日常工作就是打扫整栋公务楼的卫生。每天忙完之后，他会来洛海这里偷偷闲闲，帮洛海的电脑更新软件和杀毒，偶尔洛海让他浏览下网页，只是洛海全程都盯着他，不会让他用电脑干坏事。

"唉。"电脑后的莱特没劲地靠在办公椅上，双眼放空地看着天花板道，"Go 神又消失了。"

"这才几天你就这么想他？"洛海问。

"他一直没有回我的私信啊。"莱特没精打采道，"以前他都会回复我，这次不知道怎么回事。"

"可能你的偶像压根懒得搭理你。"江迟景忍不住说道。

莱特："他确实懒得搭理别人，但我是他的老粉丝，他对我不一样的。"

好吧，这小子也是中毒不浅。

"他很可能被资本家盯上了。"莱特坐直身子，表情严肃地分析，"像他这样泄露天机的人，肯定是资本家们的眼中钉，说不定他已经被囚禁起来了。"

莱特这小子总是喜欢一些阴谋论，不过说到囚禁，江迟景莫名地想到了郑明弈。炒股"大神"这么多，应该不会这么巧吧？但时间上似乎……

"你还真听他瞎说？"洛海拿胳膊肘撞了撞江迟景，打断了他的思绪，"他的那个偶像可能就是不想上论坛了而已。"

网络上有各种各样的兴趣小组，看起来每个人都热情高涨，但现实生活中发生任何事情，都有可能改变一个人的兴趣。仔细想来，江迟景曾经也有聊得来的网友，但现在几乎都已经断了联系。

"我的偶像肯定出事了。"莱特显然不同意洛海的说法，"我一定要帮他。"

"你确定？"江迟景接话道，"你忘了你进监狱的使命了吗？"

"什么使命？"洛海问道。

江迟景说过要告诉洛海这事，但一直没放在心上，结果就渐渐忘了这茬。他不顾莱特的眼神，把莱特打算招惹郑明弈的事跟洛海说了一遍，这下谁都能看出洛海是真真切切地生气了。

"你知道他有多危险吗？你就去招惹他？"洛海劈头盖脸地对莱特道，"看看瑞恩，看看厄尔，上次你只是脚踝受伤，你要是再去惹他，他可能揍得你生活都不能自理。"

"放心啦，洛医生。"莱特窝在椅子里不肯走，"那个坏蛋被关禁闭呢，我怎么可能去招惹他？"

算起来，郑明弈应该明天早上就能从禁闭室里出来了。

上次江迟景说看表现去看他，实际上到现在也没有去。倒不是他没心情，就是单纯懒得去而已。不过今天确实有点无聊，江迟景想了想，跟洛海打了声招呼，去图书室里拿上了那本还未读完的《草莓种植技术》。

一号监舍楼离公务楼最远，江迟景通过二楼的连廊朝一号监舍楼走去，一路上都有同事好奇他为什么会出现在监舍楼里。江迟景只说自己有事，顶着同事们好奇的目光来到了禁闭室所在的楼层。

这也是江迟景懒得来找郑明弈的原因，一号监舍楼太远，他从图书室走过来，不知道要跟多少同事打招呼。本来去找郑明弈就没什么正事，他也只能拿本书夹在腋下，如果真有人追根究底地问起来，他就糊弄说是去让郑明弈学习。

郑明弈的精神状态显然没有前两天好，当江迟景打开小窗口时，他懒洋洋地靠过来，打招呼道："你来了，江警官。"语气里带着一丝不易察觉的抱怨，仿佛在说怎么现在才来。

江迟景和上次一样，背靠着铁门坐下，一边翻开手中的书，一边随意地问道："被关禁闭的滋味好受吗？"

"不好受。"郑明弈答道。

江迟景见过囚犯在禁闭室里精神崩溃的样子，知道那里面不是好待的地方。而郑明弈用72小时的禁闭换取单人牢房，可见他对自己也是够狠。

"不好受就少惹事。"江迟景道。

郑明弈："嗯。"

江迟景把书翻到之前停下的地方，清了清嗓子接着念道："草莓果酱的做法是……"

"江警官。"郑明弈打断江迟景，"你难得来一趟，就给我念书？"

"不然呢？"江迟景可不是来探望邻居的，本来以他的身份就没什么理由来找郑明弈。

郑明弈似乎也想到了这一点，兴致不高地道："那您继续。"

这本《草莓种植技术》与其说是一本书，不如说是一本指导手册，统共不过几十页。江迟景平淡地念着纸张上的每一个单词，偶尔分心感受铁门上传来的细微响动。郑明弈应该是把脑袋仰靠在铁门上了，每次一动，衣服和发丝都会摩擦铁门，细微的振动通过铁门传到江迟景这一侧。

过了好一会儿，江迟景终于念完了书上的最后一个单词。他合上书，看了看时间，对着小窗口的方向道："念完了。"

"完了吗？"郑明弈的声音从铁门后传来，"那你再从头给我念一遍吧。"

江迟景抽了抽嘴角："我很无聊吗？"

郑明弈道："我很无聊。"这个理由还真是理直气壮。

江迟景坐着没动，也没有开口，反正要他再念一遍，绝对不可能。

郑明弈应该也知道江迟景不是个有耐心的人，没有再强求，而是改口道："那你给我讲笑话吧，江警官。"这个要求听起来也不正常，而且——

"我不会讲笑话。"江迟景道。

"不是吧？江警官。"郑明弈的语气听起来有些诧异，"你怎么连笑话都不会讲？"

这话说得好像江迟景不是个正常人一样。江迟景在这一瞬间不禁有些怀疑，难道讲笑话是人类的基本社交技能？江迟景自认为在社交能力上还算过得去，跟同事们的关系都很友好，反倒是郑明弈没说几句话就能把人气死，怎么好意思嘲笑他不会讲笑话？回想到之前好几次跟他"过招"都没有发挥好，江迟景心底的那股不甘又莫名其妙地冒了出来。

"那我给你讲个滑稽的故事吧。"江迟景故意将中文说得字正腔圆些，"从前有只鸡，从山上滑了下来。"

他讲完之后，安静了好久。郑明弈不确定地问道："江警官，这就是你的滑鸡的故事吗？"

"是啊。"江迟景道，"不好笑吗？我觉得很好笑。"话虽如此，江迟景说这话的时候并没有在笑。

两个人又安静了下来，铁门后半天都没动静。江迟景突然有些后悔，人的笑点并不相通，何况郑明弈又不是正常人的思维，他干吗要在这种事上跟对方争个输赢？不过就在这时，江迟景突然听到了一声轻笑，接着是一连串笑声。他就没见郑明弈笑得这么开心过。

"江警官。"郑明弈好不容易才止住笑声，"原来你私底下是这么有趣的吗？"

江迟景皱起了眉头，不喜欢郑明弈这么说他。

"走了。"江迟景站起身来拍了拍裤子，不想再跟笑个没完的郑明弈说话。

新一天的早上，江迟景去一号监舍楼送信时，正好碰到了从禁闭室里出来的郑明弈。他跟在狱警身后，手上拿着私人物品，应该是要转移到新的牢房去。

被关在一号监舍楼的瑞恩带头起哄，楼道里响起了不友好的声音，不过郑明弈对此充耳不闻，双眼始终直视着前方，只有在看到江迟景时，他的视线停留了几秒钟，算是打过了招呼。

监舍长用警棍敲击栏杆，让起哄的人安静了下来。

江迟景没有久留，按照往常的节奏收发完信件后，返回了公务楼内。

今天江迟景的事情有点多，等郑明弈整理完内务之后，他还得花时间给郑明弈上教育课。

这次是正儿八经的教育课，专门针对总是惹事的囚犯。如果郑明弈的思想倾向还是很危险，那江迟景可以向监舍长反映，延长他被关禁闭的时间。

"你可别又帮他说话。"洛海提醒江迟景道。

江迟景已经懒得辩解，敷衍地否定道："不会。"

郑明弈出现在图书室的门口，手上还戴着一副手铐。

"直接带他去一楼会议室等我吧。"江迟景对陪同郑明弈的狱警道。

普通牢房的囚犯只有在特殊情况下才会戴上手铐，而一号监舍楼的囚犯在离开牢房之后便会戴上手铐，只有在放风或者劳动的时候才会取下来。

江迟景推开小型会议室的门，对跟在后面的狱警道："把他的手铐打开吧。"

狱警提醒道："他刚犯过事。"

"没事，"江迟景道，"出问题我负责。你就在门外，有事我会喊你的。"

郑明弈活动着手腕，跟在江迟景的身后进入了会议室。这次他没有坐在最后，而是来到第一排坐下，对江迟景道："谢谢江警官。"

江迟景没有回答，直接翻开手上的《服刑人员守则》念了起来。

其实这节教育课的主旨与其说是教育，不如说是交流，最终目的是看郑明弈的态度有没有改变。如果他还是一副不服管教的模样，那就再丢回禁闭室。

江迟景按照流程念完关于打架斗殴方面的内容，接着抬起头看向郑明弈问："这些内容你都清楚了吗？"

郑明弈的样子看起来有些无聊，似乎他并没有认真听江迟景讲的内容，但嘴上还是配合地道："清楚。"

对于郑明弈的态度，江迟景还算放心，不然也不会让狱警解开他的手铐。他合上小册子，来到前方，靠在桌子边，双手环抱在胸前，对郑明弈道："你的刑期不长，很快就会出去，在监狱里惹事划不来。"

"嗯。"郑明弈答应了一声，视线有些漫不经心。

江迟景注意到他的视线，微微皱起眉头，问道："你有没有在听我说话？"

"在听。"郑明弈抬起头，对上江迟景的双眼，"我可以一心二用。"这意思是承认他在分心了。

江迟景的额头隐隐冒起青筋："谁让你一心二用？"

郑明弈抬起右手，用食指敲了敲自己的脑袋，道："控制不住。"

听到这话，江迟景心里蹿起来的火气"咻"的一下消了下去。他知道这种感觉，因为他也会控制不住去分析别人。有些时候人的大脑就好像是潜意识中的自己，根本不受外在这个自己的支配。

江迟景没再多说什么，重新站回讲桌后面，转移话题道："你为什么要学打架？"其实江迟景想问的是打拳，但那样一来会暴露自己，所以换了个安全的说法。

郑明弈出拳有章法，显然是个练家子。在江迟景接触过的囚犯当中，从来没有人像郑明弈这样，明明犯的是经济罪，打起架来却丝毫不输那些凶狠的囚犯。

"你真的想听？"郑明弈问。

"这难道是什么秘密吗？"江迟景挑眉。

"倒也不是。"郑明弈笑了笑，"因为有些人很欠揍。"

江迟景："比如？"

郑明弈似乎并没有深聊的意思，但见江迟景就这么等着他的下文，沉默了一阵，最后还是妥协地长出一口气道："比如笑我不识字的那些人。"

这个回答让江迟景着实感到有些意外，他问道："你识字的吧？"

"嗯，只是很困难。"郑明弈道，"笔画的组合方式在我眼里跟常人不一样，但我也不是完全不认识。"

有阅读障碍的人拥有跟常人不同的空间感，这也使得这类人拥有更加敏捷的思维。但思维这种东西很难体现，反倒是"不会读书"这一点，会给人更加直观的印象。

在江迟景的认知当中，一个正常的成年人不会当面嘲笑别人不识字。他回想到郑明弈是高中学历，猜测道："你揍的人是你的同学吗？"

"是。"郑明弈道，"所以我经常转学，是老师眼中标准的'差生'。"

江迟景突然想到一句话：劝人大度，天打雷劈。人类的悲欢很难感同身受，没有经历过他人的事情，就想当然地劝人大度，是很自我的行为。他没有立场去评判郑明弈的做法对不对，不过就现在的情况，还是说道："监狱的环境比较特殊，该忍还是忍一忍。"

郑明弈轻笑了一声，道："我说了，江警官，我听你的。"

和江迟景的严肃相比，郑明弈倒是语气放松。江迟景觉得自己真是咸吃萝卜淡操心，只听郑明弈又道："话说江警官，我给你讲了我的事情，你能不能也讲一讲你的？"

"我的经历很普通。"江迟景道。家庭条件不错，父母的感情还行，他只是比普通人有更加强烈的好奇心，但非常清楚不可逾越的底线在哪里。

"你就没有什么特别的爱好？"郑明弈问。

江迟景的心里突然响起了警报，他敢肯定郑明弈绝对不是随口问这一句。他反被动为主动，从容地看着郑明弈道："你不是知道吗？"

郑明弈很轻地挑了挑一侧眉头，显然是没想到江迟景会来这一招，眼里聚集起浓厚的兴趣，他微微勾着嘴角道："我不确定。"那看样子自己还没有完全暴露，江迟景心想。

江迟景算是学会了郑明弈的套路，故意露出一截尾巴，引诱对方上钩，接着再从对方的嘴里套出想要的信息。没想到这一招还挺好使。

江迟景看了看腕表，道："时间差不多了，你先回去吧。"

第五章

Chapter 5

信任

　　最后江迟景给郑明弈的考核表上填上了"合格"二字。等十二点一过，郑明弈的身影又出现在图书室里。他还是坐在窗边的角落看着漫画，只是今天其他囚犯都自动远离了他。

　　江迟景扫了一眼安静的图书室，见所有人都安分老实地看书，便无所事事地翻出监控软件图标，点开了隔壁娱乐室里的画面。其实江迟景并不是每天都会查看那边的情况，囚犯前往娱乐室需要经过图书室的门口，有时江迟景只看一眼人，就大概知道娱乐室会发生什么。

　　如果是抽烟、打牌的话，他就会懒得打开监控，但如果是意想不到的人聚到一起，那情况就不一样了。

　　比如今天，有两个人一同去了娱乐室，其中一个是和郑明弈同期入狱的小混混。至于另一个，则是南部监狱里鼎鼎有名的"杜克"。

　　杜克之所以鼎鼎有名，倒不是他在外面有什么势力，而是因为他是瑞恩的大哥克里斯的表弟。克里斯对这个表弟非常看重，之前郑明弈把瑞恩揍到保外就医，克里斯对此不闻不问，但如果有人敢碰杜克一根汗毛，那就是触碰了克里斯的逆鳞。

　　在监狱里待过一段时间的人都不会随随便便跟杜克扯上关系，也只有小混混这种刚进来的愣头青，不知道惹不得杜克。画面里的两个人很快推搡起来，江迟景替小混混默哀了一把，接着关掉了监控画面。

　　杜克和克里斯比起来，非要说的话，克里斯还算好一些，至少不会主动去祸害无辜的人，杜克则是看谁不爽，就找谁的麻烦。

　　十多分钟后，图书室的后门被人推开，杜克从外面走了进来。江迟景瞥了一眼前门的方向，只见小混混已经离开，也不知这两个人是因为什么产生争执。

　　不过话说回来，杜克来图书室做什么？上次杜克来图书室，还是因为对新来的江迟景感到好奇，现在这图书室里……

　　江迟景的神经突然绷紧，因为他看到杜克直直地走向了郑明弈。图书室里的桌子是长条形，并且座位很多，一般不认识的人压根不会坐到一起。但杜克进入图书室后，径直来到郑明弈的身边坐下，用手撑着下巴，就这么毫不避讳地看着郑明弈。

　　郑明弈往窗户的方向偏了偏身子，面无表情地瞥了杜克一眼，又把视线放回了漫画书上。

　　图书室里非常安静，江迟景能听到杜克细声细语地对郑明弈说道："小哥哥，你好帅啊。"

　　郑明弈皱起眉头，莫名其妙地看着杜克道："有事？"

　　"厄尔的手是你弄的吗？"杜克往前挪了挪，手肘压得更低，仰着下巴看向郑明弈。

　　"是又怎样？"郑明弈反问。

　　江迟景的眉头不知不觉地拧到了一起，郑明弈这个家伙为什么要老实回答杜克的问题？

　　"你好厉害。"杜克抬起另一只手，搭在郑明弈的肩膀上，"能教教我吗？"

　　江迟景用报纸拍了下桌面，皱起眉头朝着杜克的方向警告："安静。"

　　杜克懒洋洋地坐直身子，朝江迟景的方向看过来。他已经在监狱里待了七八年，属于不害怕狱警的那种囚犯，加上又有克里斯给他撑腰，监狱里的狱警大多不会跟他过不去。

　　但图书室是江迟景的地盘，就像他不会去别人的地盘撒野一样，他也不允许有人来他的地盘撒野。

杜克和江迟景对视了一阵，其间郑明弈也在看江迟景。

半晌后，杜克收回视线，重新看向郑明弈道："小哥哥……"

"再说话就给我出去。"江迟景直接提高音量，打断了杜克的后半句话。

图书室里的其他囚犯都小心翼翼地看着两个人，一副怕引火烧身，但又忍不住好奇的样子。

江迟景的态度很坚决，要是杜克再开口说一句话，他就会把人赶走。然而两个人的无声较量还没个结果，倒是郑明弈先站了起来，俯视着杜克道："让开。"

郑明弈的位置位于角落，只有杜克让开他才能出来。

杜克面朝前方，瞥了郑明弈一眼，接着身子后仰，将双手抄在胸前，脸上的表情不怎么好看。他这样子不算完全让开，只是留了一点空间出来，如果郑明弈想要出去，只能从他身上跨过去。但郑明弈并没有那样做，而是毫不客气地用膝盖撞开他的腿，就这么当他不存在一样，把他挤到了一边。

从角落里出来后，郑明弈径直来到了第一排。这里原本坐着另一个囚犯，郑明弈走到那个人面前，面无表情地看着对方，而那个人也很有眼力见，缩了缩脖子，拿上书去了其他座位。

第一排靠窗的位置是离江迟景最近的地方，郑明弈在这里坐下，重新翻开了漫画书，淡定的模样好似刚才什么都没有发生一样。

江迟景也没想到，郑明弈才进来没多久，监狱里的一些老资格连座位都不敢跟他抢了。

后面的杜克翻了个白眼，没劲地离开了图书室。但依照江迟景对他的了解，他应该不会这样轻易放弃，就算最后实在搞不定郑明弈，至少也会让克里斯知道，有人让他吃瘪了。

刚才的这一出并没有影响图书室里的其他囚犯，大家该看书就看书，等时间慢悠悠地走向两点后，自觉地归还书后离去。

郑明弈也把漫画书放回了书架上，不过当他来到江迟景的工作区时，手上拿着另一本书《冷笑话大全》。

江迟景的嘴角抽了抽:"把书放回去。"

郑明弈轻声笑了笑,来到江迟景的身边坐下,收起不正经的神情道:"刚才那是什么人?"

"你说坐在你边上的那个?"江迟景道,"外号杜克,你最好离他远一点。"

"为什么?"郑明弈问。

江迟景把杜克和克里斯的事说了说,提醒郑明弈道:"你已经招惹了瑞恩,克里斯是瑞恩的大哥,如果你再惹到杜克,克里斯一定不会放过你。"

郑明弈面露思量地问:"那个克里斯是什么罪名?"

江迟景心头一跳:"你又想'替天行道'?"上次郑明弈问了厄尔的罪名,结果就搞出那么大动静,要是他再和克里斯对上,那惹出来的事很可能被关禁闭都无法处理,说不定还会增加刑期。

"克里斯杀过人,是死缓改无期。"江迟景正色道,"我再说一遍,你不要去招惹他。"

郑明弈若有所思地点了点头,又问:"那要是他的表弟杜克来招惹我呢?"

这种情况倒是很有可能发生。

"杜克在缝纫厂那边工作,除了中午这会儿,一般你们两个人碰不上。"江迟景说到这里停顿了一下,思索着道,"只要吃饭的时候你避开他,放风时间你来图书室,我可以帮你看着他。"话音刚落,江迟景便觉得不对劲。他和郑明弈非亲非故,为什么莫名其妙地要帮郑明弈看着杜克?

郑明弈似乎也发现了这一点,看着江迟景问:"江警官,你罩我?"

"喀。"江迟景清了清嗓子,表情不自在地道,"我的意思是说,我作为狱警,去看着他。"

"好。"郑明弈道,"谢谢江警官。"

江迟景总觉得没有解释到位,又补充了一句:"监狱长还需要你参加投资比赛,我不想他找我的麻烦。"

"嗯。"郑明弈漫不经心地答应了一声。

"而且我也不希望有人在我的图书室里闹事。"江迟景又道。

"是。"郑明弈道,"总之,江警官帮我的理由是为了监狱长、为了图书室,绝不是为了我个人。您想说的就是这个吧?"

江迟景抿了抿嘴唇,也发现自己有些刻意,但又不好收回刚才说出去的话,只好硬着头皮道:"没错。"

"知道了。"郑明弈点了点头,像是一点也不在意这个问题。

不过江迟景心里知道,他根本什么都没藏住。之前听了丹尼尔的案情分析,他心里有些相信郑明弈是无辜的,但还是把郑明弈当作囚犯看待。但自从郑明弈打伤厄尔之后,江迟景心里的天平就向郑明弈发生了倾斜,他总觉得郑明弈会先询问厄尔的罪名,说明郑明弈不想无缘无故伤害别人。

江迟景的善恶标准非常分明,他对待两种人的态度也截然不同。因此他刚才脱口而出说要帮郑明弈,才不是为了图书室,更不是为了监狱长,单纯就是心里那股正义感作祟而已。

郑明弈已经好几天没有了解经济新闻,江迟景替他补了补这几天发生的重要事件,接着就任由他在一旁看起了股票。

图书室里非常安静,平常这时候江迟景会给郑明弈念那本《草莓种植技术》,但这本书已经念完,江迟景也变得无事可做。他拿起新一期的数独,铅笔刚指上一个空格,正打算推算时,旁边的郑明弈就报出了一个数:"3。"好吧,还真是3。

江迟景继续往下,郑明弈又道:"8。"

江迟景深吸了一口气,迅速推算下一个空格,但还没等他确定,又听郑明弈道:"1。"

江迟景:"……"

"好简单。"郑明弈慢悠悠地收回视线,继续看着屏幕上江迟景看不懂的K线图。

"你有事吗?"江迟景火大地瞪着郑明弈道。

"有点无聊。"郑明弈转过头，看着江迟景道，"真的不能讲笑话吗？"

江迟景："不能！"

郑明弈将手肘搭在桌面上，撑着自己的下巴，一副无聊透顶的模样。

江迟景才懒得管郑明弈无不无聊，重新拿起数独做了起来，不过做着做着，也觉得有点无聊，便问郑明弈："问你件事，你老实交代。"

"嗯？"郑明弈就着撑下巴的姿势，转头看向江迟景。

"你是不是被冤枉的？"江迟景问这话的时候，视线一直停留在手里的报纸上，像是在问一件微不足道的小事。

郑明弈没有立刻回答，而是从前倾的姿势改为倚靠在椅背上，反问江迟景道："我要是说我是被陷害的，你会相信吗？"

江迟景放下手里的报纸，迎上郑明弈的视线，回答道："我信。"

这两个字也像江迟景的问题一样，说得云淡风轻，仿佛一点分量也没有，但江迟景清楚地看到郑明弈的眼神一瞬间有些发怔，郑明弈像是没想到他竟然会这么坦诚，这么毫不犹豫。

想想也是，两个人自从认识以来，就一直在互相试探来试探去，江迟景始终在郑明弈面前隐藏自己，从没有告诉过他自己的真实想法。现在江迟景突然表露一下心声，也难怪会让郑明弈措手不及。

郑明弈很快调整过来，再开口时连下颌线都变得柔和起来："江警官，你真是个好人。"

"你还没回答。"江迟景道，"别转移话题。"

"你可以相信我。"郑明弈这次总算正面回答了江迟景的问题，"我也是个好人。"

江迟景从郑明弈的脸上收回视线，安静地继续做报纸上的数独题。虽然他心里早已预感到郑明弈很可能是被冤枉的，但这件事从郑明弈的嘴里说出来，感觉还是不太一样。

现在江迟景又陷入了一种复杂的情绪当中。之前他不再对偷偷观察过郑明弈而感到愧疚，是因为觉得郑明弈是个囚犯。现在依照他心里的善恶标准，郑明弈被划分到了恶人之外，他似乎、好像、貌似……又有一种愧疚感了。

临近下班时，江迟景在心里列好了待会儿要去超市采购的物品。

今天又是周五，通常情况下他会在这一天去逛一逛超市，买些啤酒或零食，在家里度过一个悠闲的周末。

这个周末有体育比赛，他可以多买点啤酒，对了，草莓果酱快要吃完了，还得补充点库存。

江迟景的早餐通常是草莓果酱加吐司面包，做起来简单，吃起来也不费事。有时他起来晚了，还可以直接叼着吐司就走。

时间很快来到下午五点，江迟景去更衣室换上便服，接着跟往常一样，朝停车场的方向走去。

门卫室的老约翰还是用手机看着电视剧，江迟景像往常一样地跟他打了声招呼，然而今天老约翰一见到他，便把他叫住了。

"哎，等等，艾伦。"老约翰从桌子上拿起一个东西，从窗口里递了出来，"有个囚犯托他的狱警送来这个东西，让我交给你。"

"哪个囚犯？"江迟景接过老约翰手里的东西，是一个玻璃罐，里面装着一堆黏稠的红彤彤的东西。

"哪个……咦……"老约翰像是想不起囚犯的编号和名字，"就你给他念书那个！说是在劳动改造过程中做了这个，感谢你给他念书，特意跟狱警申请给你留了一罐。"

郑明弈？江迟景又看了看手里的东西，是一罐草莓果酱。

江迟景居住的社区附近有一家大型超市，南部监狱生产的农产品很多会在这里出售。

江迟景很早就知道，他吃的草莓果酱是监狱生产的，只不过手中的玻璃罐和超市中贩卖的不太相同，这个罐身上没有贴标签，果肉的颗粒也没有贩卖的那样细碎。这很显然不是工厂里的流水线产品。

他听老约翰的转述，这是郑明弈手工制作的草莓果酱，看上去跟工厂的产品确实有些差距。

江迟景把这罐果酱放到副驾驶座位上，启动汽车驶离了监狱停车场。

最近一段时间，江迟景心里一直有个模糊的念头，总觉得郑明弈知道他们是邻居。无论是香水也好，还是居住的距离也好，郑明弈的试探都太过精准，仿佛一开始就带有明确的目的性。而江迟景的回答也算不上合格。

郑明弈问江迟景为何他的卧室里有江迟景身上的这款香水味，江迟景选择了回避。正常来说，江迟景应该对郑明弈的问题感到莫名其妙才对，因为江迟景不会知道有人把一瓶香水砸进了郑明弈的卧室里。至于距离远近的问题，江迟景的回答更是直接暴露了自己知道郑明弈的住址。

江迟景可以有许多借口敷衍过去，比如他是狱警，看过郑明弈的详细资料，但郑明弈并没有给他敷衍的机会，从他嘴里套出想要的信息之后，就没再继续问下去。那感觉就好像郑明弈的心里早已有了答案，他只是再确认一下而已。

简直脑仁疼。如果说江迟景对郑明弈的第一印象是这个男人很帅，第二个印象是这个男人很危险，那么第三个印象就是，这个男人很聪明。

随着汽车驶向自家社区，江迟景也逐渐接受了他可能已经暴露的事实。但他还是想不明白，到底是何时暴露的？又为何会暴露？郑明弈对他又了解多少？不过可以确定的是，是他先对郑明弈说了"我信"，表达了他的信任，所以郑明弈才会有这样"自爆"的举动。

在大型超市的门口缓缓停下车，江迟景解开安全带，不想再为郑明弈耗费自己的脑细胞。

周末的时候他就应该好好放松，把监狱里的公事带到休息日来，实在不是他的行事作风。

江迟景去超市采购了一番，将列表上的东西一一买齐，但唯独没有买草莓果酱。一罐果酱能吃上大半个月，现在车上有一罐多的，他提前买了也只能放着消耗保质期。

回到家之后，江迟景把大包小包的东西放到茶几上，接着拿起那罐没有生产日期、没有质量合格证以及生产厂家的三无产品来到了厨房。他在橱柜中拿出一把勺子，从玻璃罐里挖出一小勺草莓果酱尝了尝，入口便是弥漫整个口腔的甜味，细细抿过之后才能感受到草莓自带的微酸香气。

好甜。江迟景皱起眉头，被甜得缩起肩膀，后背的鸡皮疙瘩都冒了起来。郑明弈是想腻死他吗？每个人对酸甜苦辣的感受不一样，总之，对江迟景来说，这罐草莓果酱妥妥地甜度超标。

江迟景犹豫了一番，最后还是再次出门，去超市买来几个柠檬，把这罐三无产品重新加工了一遍才勉强符合他的口味。

这个周末，江迟景花了大半天的时间打理了自家草坪，顺便把车库和门前的马路也冲刷了一遍。

对面的那栋房子一如既往地萧条，庭院里杂草丛生，卧室的鹅黄色窗帘变成了深灰色。屋子里翻倒的物品应该没有人整理，恐怕已经积攒了不少灰尘。也不知道郑明弈出狱之后，看到他的房子变成了这样，会是怎样的心情。

不过话说回来，这栋房子已经被法院查封，说不定在郑明弈出狱之前就会被拍卖掉。就算最后郑明弈洗刷冤屈，按照法律的规定，拍下房子的人不用归还产权，到时候郑明弈也不会再是江迟景的邻居。

好像他想得有点远了。这段时间以来，对面的房子一直空着，江迟景反倒逐渐习惯了。

这天晚上，临睡之前江迟景又给老钟表上好了发条。也不知道怎么回事，最近这块表走得越来越慢，之前两三天才需要拧一次发条，现在他几乎每天都得拧。或许这是老表的通病，如果实在不行，江迟景可能还是得另外买一块新表。

把手表放到床头柜上，江迟景在床上躺了下来。

在郊外居住的好处就是夜晚非常安静，也不会有恼人的光污染。

江迟景闭上双眼之后，世界就只剩下宁静、黑暗，不过还没等他进入睡眠状态，眼前的黑暗突然开始闪烁起来，夹杂着不祥的红色光芒。

他立刻意识到不对劲，睁开眼睛，拉开窗帘，只见对面的房子被熊熊的火光包围，大敞的卧室窗户里疯狂地向外喷射着火舌。

"着火了，快救火！"

周围已经有邻居穿着睡衣出来灭火，江迟景迅速拨打了火警电话，接着也翻身下床加入了救火大军之中。

消防车很快到来，消防员们开始灭火，配合消防车上的高压水枪，大火最终在一个小时以内被扑灭。

邻居们围在四周议论纷纷，江迟景隐约听到了一些消息，比如有人说这种程度的大火肯定有助燃剂，否则不会烧得这么快，也不会花这么长的时间才被扑灭。

江迟景回到家中，给丹尼尔打了个电话，告诉了他郑明弈家着火的事。丹尼尔立刻火急火燎地从市区赶过来，站在郑明弈家的"废墟"前，一副气得不行的样子。

"我最近又给上级提了调查恒久机构的事，但是没有证据，无法立案。"

"要什么样的证据？"江迟景问。他不太了解经济案的情况，但多少知道监管方不会无缘无故地去审查某家机构，一定要有可疑的事情出现，才会去立案调查。

"上次我们调查恒久，是因为他们做空的几只股票有明显的异常波动。这件事已经以凯文·郑入狱告一段落，不可能再重新调查。除非股市又有新的异常波动或者其他可疑的线索出现，否则我们就没法再对恒久进行立案。"

江迟景皱起眉头思索了一下，问道："所以最关键的东西还是凯文·郑手里的线索是吗？"

"没错，我现在倾向于相信凯文·郑的手里的确有线索。"丹尼尔道，"不然哪有那么巧的事？我前几天才向上级提议，这边凯文·郑的屋子就被人烧了。"

算起来，这已经是第三次有人入侵郑明弈的屋子了。想必是前两次没有找到想要的东西，对方又始终觉得放心不下，所以干脆一把火把郑明弈的屋子烧了个干净。

"到底是什么样的线索?"江迟景问。

丹尼尔:"上次在通话里他提过,有恒久机构老板帕特里克和某个重要人士吃饭的照片和录音。"

江迟景:"会不会是藏在网上?"

丹尼尔:"我们查过他的电脑,没有上传这些东西的记录。而且网上的东西很容易被抹除,他肯定会拿在手上。"

"这样吗?"江迟景思索着道,"所以还是放在内存卡里。"

"头疼。"丹尼尔胡乱地抓了抓后脑勺,"他的人际关系很简单,能查的我们都查过,这个东西他又不能带进监狱,难不成真的被烧了?"

江迟景抬起下巴看了看郑明弈的屋子,连窗框都已经被烧得变形。如果东西真的就在他家里,即使他藏得万无一失,恐怕现在也已经失去了价值。

"放心。"江迟景道,"他一定留有后手。"

丹尼尔从郑明弈的屋子上收回视线,莫名其妙地看向江迟景问:"你怎么知道?"

"直觉吧。"江迟景道。郑明弈的脑子那么好使,他肯定会把线索藏在最安全的地方。主要就是看他愿不愿意相信丹尼尔,把线索交出来。

想到这里,江迟景长出一口气,幽幽地看着丹尼尔道:"我说你们内部,是不是该好好自查一下?"

"嘻,我也知道肯定有内鬼。"丹尼尔忍不住骂了句脏话。

换作江迟景,在这种情况下,也绝对不愿意轻易把手中的筹码交出去。

"我之前申请了会面,他没有同意。"丹尼尔道,"我想下周再申请一下,你能不能帮忙跟他说说?"

江迟景沉默了下来。老实说,他不是很想帮丹尼尔这个忙。倒不是他懒得管这事,只是郑明弈本身就不信任丹尼尔,如果他去当这个担保人,要是丹尼尔那边出了什么问题,他真的没法跟郑明弈交代。

"你放心,我就跟他随便聊聊。"丹尼尔道,"他应该也想知道现在恒久的情况吧？"

　　江迟景又仔细想了想，多了解外面的情况对郑明弈来说也没有坏处，再说郑明弈本身就很聪明，会做出合适的判断，江迟景便道："行吧，我跟他说说。"

　　江迟景不喜欢掺和囚犯的私事，因为出现冤案的概率真的非常非常小。他可以看出哪些人是真心悔过，但不代表这些人就值得同情。他在南部监狱工作的这大半年以来，只有郑明弈一个人的案子有诸多疑点。他也是头一次遇上这种情况，他那没用的正义感总是在敲打他，或许他可以为郑明弈提供一点帮助。

　　新一周的周一，郑明弈来到了图书室内。

　　江迟景和往常一样坐进办公区，打开电脑输入密码，看着电脑屏幕问："你怎么知道我喜欢吃草莓果酱？"

　　郑明弈活动着刚解放的手腕，语气平淡地回答道："在超市里碰巧见到你买过。"他已经不是试探，也不是暗示，而是明白地告诉江迟景：我就住在你家附近。

　　江迟景输入密码的手一顿，接着他敲下回车键，电脑响起了悦耳的开机音。他往后靠在椅背上，看着郑明弈道："昨天晚上你家被烧了。"

　　两个人都没有提到住址的问题，但已经默契地完成了信息的交换。谁也没有再隐藏，都在主动告诉对方：我知道你知道我是你的邻居。

　　"怎么回事？"郑明弈问。

　　"应该跟之前是一拨人。"江迟景道。

　　郑明弈闻言陷入了沉思，江迟景无聊地用食指敲着桌面，道："顺带一提，你做的草莓果酱太甜了，还得我自己再加工一下。"

　　"是吗？"郑明弈挑了挑眉，看向江迟景，"我还以为你吃得很甜，特意为你多放了糖。"

　　江迟景无语地道："你哪只眼睛见我吃得甜了？"

　　"不知道。"郑明弈微微歪过头，上下打量着江迟景，"就感觉你应该爱吃甜食。"

江迟景瞪着郑明弈，很想说：我跟你很熟吗？

在整个南部监狱里，也只有洛海会对江迟景说话随便一些。同事之间都不太熟，说话自然客客气气的，没事找事的囚犯在被收拾一顿之后，也不敢再对江迟景出言不逊。

唯有郑明弈总是在江迟景的舒适区反复试探，明明两个人认识才没多久，这个人简直比洛海说话还要随便。

"你是不是觉得我的脾气很好？"江迟景问。

"没有。"郑明弈诚恳地道。

江迟景瞪了郑明弈一眼，见他没有再要自己的意思，又把话题拉回了正事上面："调查你的案子的丹尼尔警官跟我认识，他相信你是被陷害的。"

"是吗？"郑明弈再次低下头，陷入了沉思。

江迟景很想通过郑明弈的表情来判断他在思考什么，但最终还是解读失败。郑明弈应该不知道江迟景跟丹尼尔认识，因为自从江迟景被调来监狱之后，就跟丹尼尔的联系不多。但郑明弈接收到这个新信息，脸上的表情也没有任何变化，就像是严阵以待的猎人，随时准备好了应对各种突发状况。

"你真的不打算跟他见一见吗？"江迟景问。

"是这样的，江警官。"郑明弈抬起眼睛，双手十指交握，随意地搭在腿上，"我现在见他没有任何意义。"

"为什么？"江迟景不解地问道。

"他的能力有限，我指望不上。"郑明弈一针见血地道。

江迟景沉默了下来，郑明弈说得没错，不管他主观上是否相信丹尼尔，总之从客观上来看，丹尼尔甚至无法找出他们内部的内鬼，要是郑明弈跟他合作，反倒是给自己增加危险。从郑明弈被烧掉的房子来看，事实也的确如此。

"那你就这样坐以待毙吗？"江迟景思索着道，"我觉得还是可以争取一下。"或许郑明弈是打算出狱之后再做打算，但江迟景总觉得这样白白浪费一年的时间，不像是郑明弈的行事作风。

"还不是时候。"郑明弈道，"一局棋，最重要的不是进攻，而是布局。"

"你在布局？"江迟景眉头一跳。

"没有。"郑明弈耸了耸肩，"输了就是输了，我在等下一局棋开始。"输掉一局棋，不为之懊恼，而是冷静地分析敌我的优势、劣势，为下一局棋做准备……郑明弈的思路简直清晰得可怕。

江迟景突然觉得自己有点多管闲事，或许郑明弈压根不需要他的帮助。不过他的好奇心还是让他忍不住问道："你的手里有线索吧？"

郑明弈的眉头松动开来，他不似刚才那般专注，而是眼尾带笑道："江警官，你这么关心我的事？"好吧，这家伙又开始打太极了。很奇怪，明明江迟景和郑明弈也没有认识很久，但他就是能够看出郑明弈什么时候愿意坦诚，什么时候不想暴露自己的想法。

比如现在，江迟景一问到线索的事，郑明弈就不再直接回答，而是使出了老招反问。江迟景几乎立刻知道不用继续问下去了，因为郑明弈要是不愿意说，他肯定问不出个结果来。

"这跟我没关系。"江迟景道，"是丹尼尔拜托我帮忙，我才问问你。"

"那看在江警官的面子上，我也不是不可以去跟他见一面。"郑明弈道。

江迟景略微感到诧异，毕竟郑明弈刚刚才说见丹尼尔没用。他说道："事先声明，我不参与你的事，丹尼尔靠不靠得住，你自己判断。"

"我知道。"郑明弈道，"江警官还没有那么大的魅力，让我盲目相信。"

江迟景："……"

中午的时候，郑明弈没有第一时间来到图书室，江迟景估摸着他应该是去会面室见了丹尼尔。但图书室里又出现了那个让人头疼的身影——杜克。杜克在最后一排靠窗的角落坐下，也没有拿书，就这么无所事事地看着自己的手指甲。

十多分钟后，郑明弈来到了图书室，看到杜克时脚步一顿，继而拿上漫画书转向第一排的方向，又用眼神赶走了原本坐在那里的人。

江迟景总觉得杜克来图书室不会就这样干坐着，事实证明他的预感很准，在郑明弈坐下之后，杜克起身来到了第一排，坐在了郑明弈的身旁。

"小哥哥，又见面了。"

郑明弈转过脑袋瞥了一眼杜克，接着看向江迟景，仰了仰下巴，示意江迟景身边的位置，似乎在用眼神问：能坐你的旁边吗？

现在还不到两点，图书室里还有那么多囚犯，江迟景当然不能让郑明弈坐进他的工作区来。他轻轻地摇了摇头，表示不可以。

杜克注意到了两个人之间的眼神来往，兴趣盎然地挑起一侧眉峰，来回打量着两个人。

郑明弈很快收回视线，翻开了手中的漫画书，不过就在这时，杜克突然抬起下巴朝窗外张望了一下，接着用食指戳了戳郑明弈的胳膊，用下巴示意操场的方向道："小哥哥，请你看戏。"

郑明弈顺着杜克的视线看向窗外，另一边的江迟景也下意识地跟着看了过去。

自从入夏以来，午休时间在操场上放风的人就少了起来，但操场的角落处还是有阴凉的地方，所以仍旧有个别囚犯会聚集在那边，因为那是离狱警最远的地方。

现在操场上就聚集了三五个人，江迟景一眼就看到了人高马大的克里斯。

克里斯在监狱里待了十几年，如今已经三十八岁。他常年坚持健身，身材保持得很好，厚实的臂膀一眼看上去就让人感觉很不好惹。

克里斯的面前站着前几天跟杜克一起去娱乐室的那个小混混，此时小混混正半弓着身子，表情焦急地想解释什么，而他每次往后退，都会被站在两旁的人给推回来。

看样子克里斯要动手了。江迟景的脑子里冒出了这个念头。他在心里默默地叹了口气，拿出对讲机通知了守在操场外围的狱警同事。

克里斯这个人很复杂，入狱时本来被判的是死缓，后来因为有个囚犯袭击狱警，他替狱警挡了下来，于是因为立功加表现良好减刑为无期。平时他非常配合狱警的工作，甚至会帮助狱警管理囚犯，也只有在别人惹到他时，他才会有出格的举动。就像现在，在狱警赶过去之前，他猛地踢了小混混的下体一脚，小混混当场疼得倒在地上，被狱警抬到了对面的医务室，而克里斯也随之被押回了一号监舍楼。

这出"戏"很快结束了，前后不过几分钟时间。江迟景从窗外收回视线，注意到了杜克笑嘻嘻的表情。杜克是克里斯在世上唯一的亲人，克里斯对他无比纵容，也正因如此，养成了杜克横行霸道的性格。杜克刚入狱时还是二十出头的年轻人，因为偷窃罪被关了进来。后来他到了出狱的日子，不想一个人出去无依无靠，便又犯事，延长了刑期。

当然，这些都是江迟景从洛海那里听来的，他入职监狱这大半年以来，还没怎么跟那两个人说过话。和普通人相比，囚犯的心理没那么好琢磨，江迟景也无法理解，为什么有人会觉得自由没那么重要。

"看到了吗，小哥哥？"杜克的声音打断了江迟景的思绪，"那个又高又霸气的人是我老大。"

郑明弈没有接话，面无表情地等着杜克的下文。

"你要是让我不开心，"杜克的手臂又搭上了郑明弈的肩膀，"我老大会收拾你。"

郑明弈扫了一眼杜克的手，接着看向江迟景，用下巴指了指杜克，眼神里的意思很明显：都不管管这个人吗？

江迟景这才从杜克和克里斯的事里回过神来，坐直身子，微微仰起下巴，叫了一声："壹零壹柒。"

话音刚落，杜克便跟着看过来，眼神里带着一丝不耐烦，想必是已经预感到江迟景又要坏他好事。

"去第二排书柜。"江迟景直接无视了杜克的眼神，看着郑明弈说道，"有本植物图鉴你看一看。"

江迟景帮郑明弈找了个离开的理由。他当然知道他的举动意味着什么。他从来不会管囚犯的闲事，而这一次，选择为郑明弈站出来，因为他知道对付杜克这种人，不痛不痒的呵斥没有作用，要态度强硬才行。

郑明弈在所有囚犯的注视中去书柜拿出了一本书，接着来到离江迟景最近的座位坐下。杜克没有再没事找事，其他囚犯也收回了目光。

监狱长想让郑明弈代表南部监狱参加投资大赛的事，在狱警之间不是什么秘密。

郑明弈每天可以晚半个小时上工，还有狱警帮他把草莓果酱送到门卫室去，都是看在他对监狱有用的面子上。知道这件事的囚犯不是没有，但并不算多，所以江迟景故意在图书室帮了郑明弈一把，也是为了让杜克知道，最好不要骚扰郑明弈。

然而，信息的传递极容易出现偏差，并且人们总是喜欢听更精彩的故事。

随着八卦的不断发酵，就连原本知道内情的人，也开始相信江迟景和郑明弈之间私下里有什么条件，保证郑明弈在监狱里的安全。

"你知不知道那些囚犯怎么说你？"江迟景被洛海叫来了医务室，原先还以为叫他过来是抽烟、聊天，没想到刚一进去，就被洛海念叨了一顿。

"杜克要找凯文·郑的麻烦，那只能说明凯文·郑倒霉，无论如何也轮不到你去插手。"

江迟景兴致缺缺地走向小阳台，掏出一根烟点上，吐出一口烟雾："那凯文·郑遇到我，只能说明他幸运。"

"艾伦警官，"电脑后面探了一个脑袋出来，"你真的跟凯文·郑有什么交易吗？"

如果不是莱特把那些八卦消息传到洛海的耳朵里，洛海也不会知道江迟景在图书室里公然为郑明弈撑腰。

"你怎么又在这里？"江迟景问。

通常洛海找江迟景说事，会直接在图书室里说。江迟景被叫来医务室这边，误以为是叫他过来抽烟、聊天，也是算漏了莱特在这里，而洛海必须守在医务室里盯着莱特。

"我偏头痛。"莱特道，"过来拿药。"

江迟景没再接话，把目光移向窗外，想要把郑明弈的话题敷衍过去。然而洛海并没有让他得逞，接着莱特的话问："你真的跟凯文·郑有什么交易吗？"

"没有的事。"江迟景无奈地答道。其实他可以告诉洛海，郑明弈是被冤枉的，但在这种时候说出来，洛海只会认为他是油盐不进。他也可以讲清楚前因后果：郑明弈是他的邻居，他偶然之下见到郑明弈被黑衣人袭击，还有丹尼尔的出现等。

但这样一来不知道要费多少口舌，而且江迟景没有一开始就告诉洛海，郑明弈是他的邻居，等于错过了坦白的最佳时机，现在洛海的重点只会是他为什么不早说，反而会觉得他的确在隐瞒什么。

"艾伦警官，你很可疑哦。"莱特盲敲着键盘，看向江迟景道，"你不会真是这么没原则的人吧？"

"什么没原则？"江迟景一脸莫名其妙的表情。

"莱特说囚犯之间搞了个投票。"洛海接话道，"投票结果，你是囚犯公认的最黑的狱警。"

江迟景："……"

江迟景也没想到，他不过帮了郑明弈一把，就被那些闲得发慌的囚犯传成了这个样子。

"你觉得我没原则吗？"江迟景抽着烟，漫不经心地对莱特说道。

"我还是相信艾伦警官的。"莱特朝江迟景敬了个礼，接着又"噼里啪啦"地敲打起了键盘。

"你说你这是何必呢？"洛海对江迟景道，"本来就没你什么事，你为什么非要为郑明弈出头？"

"脑子发热行吗？"江迟景的这句话不是敷衍，他回过头去看，自己真的是有点脑子发热。

"你果然不对劲。"洛海双手抄在胸前，叹了一口气，"是不是闲得发慌？要不跟我一起去打打网球？"

洛海真的是很操心江迟景的社交问题，上次给他介绍个律师，这次又要给他介绍网球圈的朋友。

"你闲得慌还是我闲得慌？"江迟景淡淡地道。

其实江迟景也知道洛海是关心他，怕他"误入歧途"，但他真的不需要洛海为他操心。相比起来，明明莱特那小子更让人觉得不省心。

想到这里，江迟景仰了仰下巴，指着莱特的方向道："他在干吗？敲键盘那么大动静。"

整个医务室里全是键盘"噼里啪啦"的声音，洛海像是才意识到这回事，走到电脑边瞅了瞅，当即皱着眉头拎起了莱特的后衣领："你小子又给我干坏事？"

"不是啦。"莱特伸长胳膊，挣扎着去够键盘，"我马上就要成功了！"

"成功什么？"江迟景掐灭烟头，好奇地走了过来。

"我查了 Go 神的论坛 IP 地址，就在我们市里。"莱特兴冲冲地说道，"再给我一点时间，我可以定位到他的具体位置！"

"你是不是忘了你现在在坐牢？"洛海头疼地道，"就算你找到他又怎样？你被关在监狱里，难道还想让你的偶像来探监吗？"

"这不是我个人的事情！"莱特义正词严地道，"Go 神肯定出事了，他最近一次发帖的 IP 地址和之前的都不一样，我只要找到他在哪里，后续行动可以交给论坛上的其他人负责。"

"还后续行动？"洛海拍了一下莱特的后脑勺，关掉电脑显示器，"坐牢就好好坐牢，少给我搞事。"

莱特捂着脑袋，嘴巴噘得老高："洛医生好凶。"

洛海："我还能更凶，你要不要试试？"

莱特不吭声了，眼神里满是抗议。

江迟景跟洛海打了声招呼，返回了图书室。

第六章
Chapter 6
暴露

这天下午，杜克又来了图书室。

江迟景相信杜克知道了郑明弈是监狱长指定的要参加监狱评选比赛的人，原以为杜克会收敛一点，不再来招惹郑明弈，结果杜克确实比之前收敛了，不再"小哥哥"地叫来叫去，而是挑衅地看着江迟景，那个表情似乎在说：你能拿我怎样？

由于杜克没有吵到其他人，江迟景也不好开口斥责。加上他不想让郑明弈在监狱里被孤立，所以也不好再让郑明弈坐到他的身边来。

江迟景面无表情地看回去，只见杜克做了个挑衅的动作，而他做这个动作的时候，目光一直看着江迟景的方向。

郑明弈的双眼直视着手里的漫画，但他眉头紧锁，满脸烦躁的表情，应该是已经觉察杜克在一旁使坏。

江迟景越看越火大，就在他想出声制止杜克时，一直沉默着的郑明弈突然站起身，俯视着杜克道："你跟我出来一下。"

杜克诧异地挑了挑眉，眼睛里随即涌出了浓厚的兴趣。

江迟景立刻意识到，郑明弈这是要自己解决杜克。但他怎么解决？

那个小混混被克里斯打伤，已经被送去了外面的医院就医。要是郑明弈对杜克动手，江迟景简直不敢想象克里斯会做出什么事来。

两个人从图书室的前门出去，郑明弈直接拐向了娱乐室的方向。

江迟景赶紧打开娱乐室的监控，拿出无线耳机戴上，只见里面原本有几个囚犯在打牌，但见到郑明弈和杜克之后，都自觉地让出了空间，离开了娱乐室，也不敢站在门口偷听。

"你到底想怎样？"郑明弈面朝着监控的方向，江迟景能清楚地看到他脸上不耐烦的表情。

"还能怎样啊？"杜克走到郑明弈面前，"做我的人，让我罩着你。"

江迟景用力捏紧鼠标，努力压抑着心头蹿上来的怒火。虽然郑明弈并不是他的什么人，两个人甚至连朋友都算不上，但在江迟景已经表态要替郑明弈解围的情况下，杜克还这么肆无忌惮地挑衅，显然是没有把他当回事。

江迟景估摸着郑明弈会把杜克推开，但这个时候，画面里让他震惊的情况出现了。

郑明弈趁杜克不注意，突然抬起头来，直直地看向针孔摄像头的方向，用口型对屏幕后的江迟景说道：过来。

江迟景的心猛地揪紧，他生平头一次意识到，原来被人逮住，是这样惊悚的一件事。他几乎是下意识地关掉了监控，不敢直视画面里郑明弈的双眼。他缓了好一阵，心底里发麻的感觉才逐渐散去，还来不及思考郑明弈为何会知道监控的位置，赶紧起身从图书室的前门跑了出去。

守在楼梯边的狱警见到江迟景的身影，右手摸着腰间的警棍，跟上来道："出什么事了？"

江迟景头也不回地跑向娱乐室的方向："过去看看。"

郑明弈通过这种方式把江迟景叫去娱乐室，江迟景只能想到一种可能：郑明弈应该是想挑衅杜克，设计被殴打的假象，让自己目睹这一切，然后给杜克扣上斗殴的罪名。但这样也有问题。就算杜克被关禁闭，那也顶多只能被关几天。郑明弈这样去设计杜克，完全是治标不治本，反而会变本加厉地惹恼克里斯，给自己招来更大的麻烦。

图书室的前门到娱乐室的距离不过几十米，不够江迟景更加冷静和深入地思考这件事。他预想当中推开娱乐室的门，郑明弈会是一副受害者的模样，但结果与他的预想大相径庭，他的呵斥已经到了嘴边，却见杜克站在郑明弈两米外的地方，一脸嫌弃地上下打量着郑明弈。

江迟景一时间有些搞不清状况，准备好的呵斥卡在喉咙里，最终变成了不痛不痒的一句话："你们在干什么？"

杜克见到江迟景和另一名狱警，翻了个大大的白眼，接着神色复杂地打量着江迟景，越过他身边离开了娱乐室。

"怎么回事？"跟过来的狱警问。

"好像没事，我以为会出问题。"江迟景仍旧处于云里雾里的状态，但还是不忘把自己跑来的事给圆住，"麻烦帮我看着图书室，我和壹零壹柒说几句话。"

这名狱警日常驻守在二楼，也没有多问，比了个 OK 的手势就离开了娱乐室的门口。

狭小的空间里只剩下江迟景和郑明弈两个人，江迟景暂且舒了口气，但立刻皱眉看向郑明弈问道："你和杜克怎么回事？"

"搞定了。"郑明弈一脸轻松地答道。

江迟景明明记得在他关掉监控画面之前，两人还在推搡，怎么短短一分钟的时间，杜克的态度就发生了这么大的变化？

"你是怎么让他放弃的？"江迟景奇怪地问道。

郑明弈："我说我是受虐狂，喜欢挨打。"

江迟景："……"

江迟景无语地看着郑明弈，大脑飞快地运转，总算想到了郑明弈把杜克叫来娱乐室的另一种可能。郑明弈无论是迎合还是拒绝杜克，都会被克里斯找麻烦，因此最佳的解决办法便是让杜克自己失去兴趣。

郑明弈之所以能让杜克产生兴趣，是因为他身手够好，打架够狠。但当他表现出和表面不一样的特质时，只会让杜克觉得没劲。

至于郑明弈为什么要把江迟景叫过来，很可能是也摸不准杜克的性子，万一杜克不肯轻易放弃，那江迟景的出现正好可以灭掉杜克最后的那一点火。

对一个人彻底放弃之后，就很难重新上头了，看样子压根不需要江迟景过来，杜克已经被郑明弈搞得没了兴致。

江迟景艰难地抿了抿嘴唇，一句话卡在喉咙里也不知道该不该问出口。而且与此相比，明明还有更重要的事需要他弄清楚。

"你怎么知道？"江迟景暂且压抑住心里翻涌的波涛，缓缓地开口问道，"监控摄像头的事。"

"你说这个吗？"郑明弈走到排柜面前，抬头看了看柜顶杂乱堆放的报纸，"很明显吧。"

整个娱乐室里空空如也，只有两个排柜并列放在墙角。如果这间屋子里装有不为人知的监控，那必定会隐藏在排柜周围。排柜是浅绿色的铁皮柜，以前用来放拖把之类的杂物，现在放着囚犯的零食和扑克牌等。排柜的柜门上方有三条镂空的缝隙，背后倒是可以安装针孔摄像头，但这个柜子经常被囚犯打开，所以摄像头不太可能安装在那里。

"整个柜子最不显眼的地方就只有柜顶。"郑明弈道，"只要确定了范围，很快就能找到摄像头的位置。"

江迟景转过头，看着窗外长出一口气，不甘心地道："所以瑞恩那次你就已经看穿了吗？"

"没有，只是猜测。"郑明弈道。

"那……"江迟景不解地看向郑明弈，难道郑明弈并非像他刚才分析的那样，还没有想好计划就把杜克带来了图书室？

"告诉你一个秘密，江警官。"郑明弈淡淡地勾起嘴角，"把软件图标隐藏起来，还是可以被找到。"

江迟景："……"行吧，自己简直暴露得彻彻底底。江迟景没劲地抽了抽嘴角，这样算起来，他想隐瞒的两件事情都没有瞒住，一是他是郑明弈的邻居，二是他在娱乐室里安装了监控。

"那是为了监视囚犯。"江迟景仰了仰下巴，示意柜顶的摄像头，"这里没有监控，我怕出事。"

"江警官考虑得真周到。"郑明弈赞许地点了点头。不知为何，江迟景总觉得他还是有所保留。

江迟景很不喜欢这种感觉，自己接二连三地在郑明弈面前暴露，而郑明弈却让他完全看不透。这不公平。

"江警官。"郑明弈叫住江迟景，"再告诉你一个秘密吧。"

什么秘密？江迟景下意识地停下脚步，竖起耳朵听身后的动静。

"秘密"这个词总能让人遐想连篇，联想到两个人之间的话题，江迟景的思维又开始不受控制地发散起来。

江迟景分神地想着，没注意到郑明弈已经走到了他的身后："江警官，你在想什么？"

郑明弈的声音惊醒了江迟景，涣散的眼神重新聚焦，他用力推开身后的郑明弈，道："我跟你很熟吗？"这句话听上去像是在警告郑明弈，倒不如说是江迟景在提醒自己。他跟郑明弈又不熟，为什么要好奇郑明弈的秘密？

江迟景决定不再跟郑明弈说话，收起警棍，离开了娱乐室。

他回到图书室里时，杜克的身影已经消失不见。

江迟景给帮忙看守的狱警打了声招呼，顶着囚犯们好奇的目光坐回了工作区内。

跟在后面的郑明弈还是坐到了离江迟景最近的第一排的位子上，那里还放着他没有看完的漫画书。

往常江迟景只希望中午的时间快些过去，等囚犯都离开之后，下午便是他的自由时光。但今天江迟景无比抗拒两点钟的到来，因为两点钟一到，图书室里又会只剩下他和郑明弈两个人。他刚刚才逃离娱乐室，不想再跟郑明弈独处。但逃避现实也没用，等图书室里的其他囚犯都离开后，郑明弈又来到了他的身边。

"江警官。"郑明弈道。

江迟景做着手里的数独题："你自己看股票吧。"

郑明弈操作了一阵鼠标，无聊地看着江迟景问："要帮忙吗？"

江迟景："什么？"

郑明弈："你都好久没动了。"

江迟景没有把报纸摊在桌面上，而是拿在手里，刻意躲避着郑明弈的目光，免得这个人又提前把答案告诉他。他每推出一个空格，就会拿铅笔标注一下，但推出最简单的几个空格之后，已经很久没有动过了。倒不是他推不出剩下的内容，只是压根没有心思去做题。报纸拿在手里不过是他的伪装，这样他可以避免和郑明弈进行过多的交流。他计划就这样耗过这半个小时，但没想到郑明弈又逮住了他在出神。

"不需要。"江迟景道。

"哦。"郑明弈懒洋洋地转过头，继续看屏幕上的 K 线图，但一会儿后，又看向江迟景，"江警官。"

"又怎么了？"江迟景放下报纸，皱眉看向郑明弈。

郑明弈没有回答。

江迟景仍旧皱着眉头，双唇紧抿成了一条直线，任谁都看得出他现在的心情很不好。他的心情不好当然有郑明弈的原因，但他更烦的是自己，为什么总是控制不住对郑明弈感到好奇？

"江警官。"郑明弈突然开口道，"我是不是让你很不自在？"

听到这话，江迟景一瞬间有些晃神。他没想到郑明弈竟然还能注意到他不高兴，及时反省自己。

"是。"江迟景道。

"抱歉。"郑明弈诚恳地道。

江迟景："……"

郑明弈站起身，说道："那今天我先走了。"

江迟景最怕这种坦坦荡荡地跟他道歉的人，因为这样一来他反而不好给对方"定罪"。

他沉默了片刻，看着郑明弈的背影道："明天你也别来了，我会去跟监狱长说。"

郑明弈脚步一顿，没有回头，离开了图书室。

其实江迟景让郑明弈别再过来，并不是因为生气，只是客观地判断，不能再让郑明弈踏入他的禁区，因为他不想被卷入郑明弈的事件中去。

他估摸着监狱长不会立刻同意，可能会拉锯好几个来回，但没想到的是，也不知道郑明弈找了怎样的说辞，第二天就真的没有再来图书室。

本来图书管理员这份工作就非常清闲，江迟景习惯了每天见郑明弈两次，现在更是闲得让人浑身不自在。

他拿上烟来到了对面的医务室里，此时洛海正在给阳台上的花花草草浇水，而坐在电脑后面的人又是莱特那个臭小子。

"你今天又是什么毛病？"江迟景来到阳台上点上烟，后背倚着栏杆，看着莱特的方向问。

"今天是正常学习。"莱特说道，手上又"噼里啪啦"地敲了起来。

"你不管管？"江迟景站直身子，看着阳台上的洛海问。

"监狱长要让他参加囚犯之间的计算机比赛。"洛海无奈地叹了口气，"我们监狱就他电脑比较厉害。"

"我发誓。"莱特竖起三根手指，"我绝对不会干坏事。"

洛海突然反应过来一件事，看了看时间，问："你今天不用给凯文·郑念新闻吗？"

"不用。"江迟景道。

洛海似乎想继续问下去，但这时电脑显示器后面的莱特突然探出脑袋，插话道："对了，艾伦警官，凯文·郑是真的喜欢挨打吗？"

"什么？"江迟景一脸莫名其妙的表情。

"他们都在传凯文·郑很好欺负。"

"……"江迟景想过杜克会把郑明弈编的借口给传出去，但没想到会传得这么快。

听到这里，江迟景心里突然有了一种异样的感觉，他好像遗漏了什么。他在脑海中不停地寻找，将一根根零散的细线拧成一条粗绳，再握住这根绳子一拉，一个清晰的结论浮现在眼前：郑明弈编出的借口，不只是为了敷衍杜克。

　　江迟景再回过头去看郑明弈进入娱乐室之后的举动，他实际上是为了转移杜克的注意力，找着空当给江迟景传话。因为他不可能当着杜克的面对针孔摄像头说话，这样只会把这件事给暴露出来。等传完话之后，他再制止杜克，这时候他已经达到目的，也没有暴露娱乐室有监控的事。

　　至于他为什么要把江迟景也叫过去，或许的确有江迟景之前分析到的原因，但肯定还有其他原因，比如他想加深两个人的联系。

　　表面上，郑明弈做这些是为了解决杜克这个麻烦，但实际上，他在解决杜克的同时，还帮江迟景解决了谣言的问题。郑明弈内心"柔弱"，那江迟景帮一帮他也是无可厚非。

　　最终江迟景得出这个结论时，整个后背都在发麻。

　　郑明弈的心思简直深得可怕，但江迟景的第一反应不是想要远离他，而是想立刻见到郑明弈，问他以上这些推测到底正不正确。

　　之前江迟景有种感觉，他想隐瞒的事情都没有瞒住。现在这个感觉发生了改变，他隐隐有种预感，郑明弈可能早就已经把他看穿。

　　从医务室出来，江迟景在过道上徘徊了一阵，最终还是打消了去找监狱长的念头。他一瞬间有些冲动，想让监狱长把郑明弈给安排回来，但转念一想，昨天才把人赶走，今天又让人回来，好像太没骨气。

　　反正等到放风时间，郑明弈也会来图书室，到时候自己再当面问他就好。如果郑明弈做这些真是为了帮他解决谣言，那他也不是不可以拿这些去抵消掉郑明弈对他的要弄。

　　想到这里，江迟景返回了图书室内，等着放风时间的到来。但今天过了中午十二点，郑明弈并没有像往常一样出现在图书室里。时间一分一秒地过去，江迟景不停地看表，心里的焦躁显而易见。他从来不知道郑明弈竟然这么听话，让别来还真就不来。

　　没过多久，图书室里突然响起了窸窸窣窣的说话声，江迟景本来就烦躁，正想出声呵斥，但发现不少囚犯伸长了脖子，看着窗外的方向。他跟着把视线移向窗外，只见操场的阴凉处站着三五个人，几乎跟上次是一模一样的阵仗，只不过这次站在克里斯对面的人，从小混混变成了郑明弈。

江迟景的瞳孔倏地定住，心脏都跟着揪紧了几分。郑明弈已经解决了杜克，为何克里斯还是会找他的麻烦？

还没等江迟景多想，接下来窗外的画面让他猛地从座位上站了起来，办公椅随之撞在墙面上，发出了沉闷的响声。

囚犯们闻声看向江迟景，但江迟景没工夫顾及这些人的目光。

克里斯一拳打在郑明弈的侧脸上，郑明弈踉跄着后退了两步，不过好歹稳住了身子。他用拇指摸了摸被揍到的嘴角，眼神里又出现了江迟景曾见过的阴鸷和狠戾。

"打起来，打起来！"

"快还手！不还不是真男人！"

图书室里有人开始起哄，几乎所有人都是一副看热闹不嫌事大的模样。江迟景取下腰间的警棍，"嘭"的一声砸在桌面上，冷冷地道："安静！"

兴奋的囚犯们稍微收敛了一些，不再公然起哄，但还是兴冲冲地看着窗外的情况。

江迟景赶紧通知操场上的狱警，重新看向郑明弈，脑子里只有一个念头：千万不要打起来。

克里斯在南部监狱里待了十多年，有些监狱里的规矩连江迟景都没他清楚。如果郑明弈真的跟克里斯发生冲突，那很可能会被整得在南部监狱待不下去，最后面临转监的命运。

江迟景不希望这种情况出现，只恨自己不会心电感应，让郑明弈听到他的声音。不过就在这时，郑明弈像是感知到了江迟景的存在，突然抬起头看向图书室的窗户，就这么对上了江迟景的视线。

两个人之间的距离不近，但江迟景还是清晰地看到郑明弈的眼神立刻有了变化。聚集起来的戾气瞬间消失不见，紧绷的表情松动开来，眨眼的工夫郑明弈便已经完全趋于平静。

两个人对视的时间很短，郑明弈收回视线，面无表情地和克里斯说了句话，克里斯没有再动手，而是往旁边挪了一步，做出了让路的举动。

郑明弈越过克里斯身边，直直地朝公务楼的方向走来。图书室里的囚犯们没劲地"喊"了一声，不尽兴地离开了窗户边。

江迟景暗自长出了口气，接着又看了看时间，估摸着郑明弈应该走到了二楼，便再也坐不住，从图书室里来到了过道上。

不出半分钟，郑明弈的身影出现在了楼梯口。

江迟景给驻守二楼的狱警打了声招呼，让他帮忙看着图书室里的囚犯，接着快步走到郑明弈面前，看着郑明弈沁血的嘴角，皱眉问："你没事吧？"

郑明弈在江迟景的面前停下脚步："没事。"

江迟景没有相信郑明弈说的话，而是仔细看了看他出血的嘴角，确认没事之后，紧皱的眉头才终于松开。

郑明弈眼神有些诧异，又有些好笑："可以了吗，江警官？"

"跟我过来。"江迟景拉住郑明弈的手腕，把他带去了医务室。洛海正躺在单人病床上小憩。

见到两个人进来，洛海懒洋洋地翻身起床，看了一眼郑明弈嘴角的伤口，问江迟景道："谁弄的？"

"克里斯。"江迟景回答了一句，接着让郑明弈坐在另一张床上，自己熟门熟路地从柜子里拿出医药箱，又返回郑明弈面前，问道，"你跟克里斯是怎么回事？"

"还能怎么回事？他教训我。"郑明弈配合地仰起下巴，方便江迟景给他上药。

像郑明弈这样打架这么凶狠的人，嘴里突然蹦出一句"他教训我"，江迟景莫名听出了委屈的感觉。

"你不是已经解决杜克了吗？"江迟景皱眉问。他到底不是专业医生，手中的消毒棉花一碰上郑明弈的嘴角，立刻疼得郑明弈"嘶"了一声。

"因为杜克还是不高兴。"郑明弈道，"克里斯说有人在背后笑话杜克。"

"所以你千算万算，把我的事也算进去了，但还是算漏了这一层。"江迟景道。

　　"嗯。"郑明弈轻声说道，大方地承认他的确精心算计过，但没有算到这样的结果。

　　好在郑明弈只是挨了一拳，没有造成其他严重后果，这已经是不幸中的万幸了。

　　江迟景放松下来，拉过一把滑椅，在郑明弈面前坐下："幸好你没有还手。"

　　"我不会还手。"郑明弈看着江迟景道，"我说了，我会听江警官的话。"

　　上次郑明弈被关禁闭的时候，江迟景让他不要再用暴力解决问题。江迟景突然想到刚才郑明弈毫无预兆地看向图书室，想必是一边忍耐一边想着他的话，所以无意中看了过来。这人还真是听话。

　　"喀。"江迟景清了清嗓子，"所以我让你别再来图书室，你就真不来了吗？"

　　"不然呢？"郑明弈歪着头，看着江迟景，"难道江警官是希望我去吗？"

　　江迟景一板一眼地道："没有，你爱来不来，服从狱警的安排。"

　　郑明弈轻声笑了笑，问："所以江警官是喜欢听话的犯人，还是不听话的？"

　　"喂。"还没等江迟景回答，一旁的洛海便打断了两个人的对话，"你们好吵，能不能回图书室去？"

　　在洛海眼中，郑明弈是个囚犯，江迟景相信他忍到现在才说话，已经是给足了面子。他正想说话，郑明弈倒是先收起说笑的表情，换上正经的口气道："其实我不还手还有一个原因。"

　　他说话的态度一下子判若两人。

　　"什么原因？"江迟景问。

　　"克里斯没怎么用力。"郑明弈道。

　　"没用力？"江迟景又问。

　　"他是这样。"郑明弈说到这里，右手使出一记右勾拳，以慢动作的形式贴到江迟景的嘴角，然后微微用力往前推了推，再把手给收了回来，"所以我受到的大部分是推力。"

　　江迟景的脸被郑明弈推向了另一侧，他莫名其妙地看着地板，心说明明有无数种解说的方式，郑明弈至于这样示范一下吗？亏他刚刚还觉得郑明弈这个人不错，在洛海打断他们两个人的对话时，能主动站出来给他解围。结果解围就这个方式，郑明弈该耍他还是耍他，只不过找了无比正当的理由。

　　"你是说他是这样吗？"江迟景摆正脑袋，冷冷地看向郑明弈，接着出其不意地朝郑明弈使出了一记左勾拳。

　　其实江迟景不是左撇子，之所以用左手，是因为郑明弈另一边的嘴角已经受了伤。左手自然比不上右手快，加上江迟景本来就收了力，于是郑明弈只是不慌不忙地略微后仰，就把这记左勾拳给躲了过去。

　　"喂。"一旁的洛海忍不住插嘴道，"都说让你们去图书室了，昨天一个犯人发病我去治疗到半夜，你们好歹考虑一下我在休息好吗？"

　　江迟景点了点头，对洛海说道："谢了，改天请你吃饭。"然后转身就往外走。

　　郑明弈跟在江迟景的身后出了医务室，没走两步便问："你跟卡尔医生很熟吗？"

　　江迟景懒得接话，径直朝图书室的前门走去，不过走着走着，突然发现身后人没有跟上来，于是又折返到医务室门口，只见郑明弈站在门边，看着洛海说："卡尔医生，你跟江警官的交情不错？"

　　"跟你没关系。"不等洛海回答，江迟景便推了郑明弈一把，把他带到图书室门口。

　　这会儿还没到两点，图书室里的囚犯都没有离开。江迟景给帮忙看守的狱警打了声招呼，接着就站在门口的位置，一边看着里面的囚犯，一边问郑明弈刚才没来得及问的问题："你怎么知道克里斯没用力？"

　　郑明弈的嘴角都破了，这可不像是克里斯没用力的样子。

　　"我能感觉到。"郑明弈回答完，立刻紧跟着问，"你跟卡尔医生的交情不错？"

关于这个问题，郑明弈已经问了三次，江迟景知道没法再绕过去，于是迅速回答了一声"是"，又问："推力真有那么明显吗？"

"明显。"郑明弈面无表情地道，"你们是多久的朋友？"

"一直关系不错。"江迟景道，"克里斯为什么要手下留情？"

"不知道。"郑明弈道，"你们经常一起吃饭吗？"

江迟景下意识地准备回答，但突然发现这个对话节奏不太对劲。两个人又不是在玩什么间谍游戏，一个问题换对方一个问题，怎么聊着聊着，一件事就给聊成了两件事？

"凯文·郑，郑明弈，"江迟景特意放慢节奏，"还记得你是犯人吗？"

郑明弈抿了抿嘴唇，没再说话。

江迟景总算逮着机会继续刚才的话题："你说克里斯没有用力，万一他的力气就这么大呢？"

"不至于。"郑明弈指了指嘴角的伤，"我要是用全力，能打掉一个人的牙。"话题的中心明明是克里斯，郑明弈却说起了自己的武力值。

江迟景莫名觉得郑明弈的语气中带着一股戾气，好像他真想打掉别人的牙似的。他怕郑明弈后知后觉地想报复克里斯，连忙道："那克里斯应该还是有分寸，只是做做样子。"

"嗯。"郑明弈心不在焉地应了一声。

既然已经做过样子，刚才克里斯还主动放郑明弈离开，那说明这件事已经就此结束，以后克里斯和杜克应该都不会再来找郑明弈的麻烦。从一开始的瑞恩，到后来的厄尔，再到现在的克里斯，郑明弈每次都能安全脱身。

或许谣言里的郑明弈形象并不怎么高大，但如今已经有不少老资格囚犯见着他便绕道走，想必今后其他囚犯也不会轻易来招惹他。

江迟景和郑明弈走进图书室里，原先凑到窗户边看热闹的人，大多埋着脑袋，不想彰显自己的存在感。

郑明弈像往常一样，坐在第一排靠窗的位置，拿上他常看的漫画，好一副悠然做派。

江迟景竖起报纸，轻轻叹了一口气。别人如果被冤枉入狱，一般整天都想着如何洗清冤屈。郑明弈倒好，正事不干，要不是江迟景相信他是无辜的，可能会觉得这个人还挺适合监狱生活的。

不过这样也好，这些人连郑明弈都不敢惹，以后肯定也不会来他这里没事找事。

他刚想到这里，图书室的前门突然走进来一个囚犯，径直来到江迟景的办公桌前，道："江警官，我要举报有人在娱乐室里抽烟。"

江迟景看了一眼来人，这个人本身就是娱乐室里抽烟的"常客"之一，江迟景一听这个人要举报别人抽烟，当即觉得事情有蹊跷。

"谁？"江迟景问。

"您过去看看呗。"

刚才江迟景一直待在医务室里，也不知哪些人去了娱乐室。看这样子，他猜测可能是小团体之间围绕娱乐室的使用权产生了争执。

江迟景本身懒得管这些事，但既然囚犯找上了他，他身为一名狱警，也不可能毫无作为。他跟在这个人身后走出了图书室的前门，不过在前往娱乐室之前，下意识地看了一下楼梯的方向，只见平时守在二楼的狱警并没有在那里。

"那位警官去上厕所啦。"江迟景听到这话，心里突然生出了一种奇怪的感觉。

狱警去卫生间倒是不奇怪，但卫生间位于通往连廊的拐角处，除非这名囚犯出娱乐室时，刚好看到狱警拐进连廊，否则不可能知道狱警去了卫生间。但这也有问题。狱警拐进连廊，也可能是去三号监舍楼。位于娱乐室的囚犯，能这么清楚地知道狱警去了卫生间，江迟景只能想到一种可能：有另一名囚犯把狱警引去了那里。

有意思。江迟景在心里冷笑了一声，继续朝娱乐室的方向走去。他不喜欢囚犯没事找事，但不代表害怕这些囚犯来招惹他。他正好很久没活动身子了，这些人撞上来的也真是时候。

当江迟景推开娱乐室的门时，里面的确有一个人正在抽烟。这个人是一号监舍楼的囚犯，名叫霍斯。

当初江迟景调来南部监狱时，这个人也是招惹他的人之一，但自从江迟景暴揍了一名企图不轨的囚犯之后，这个人就和其他人一样，打消了惹事的念头。

"把烟灭掉。"江迟景冷冷地道。

"Yes，sir（是的，警官）。"霍斯像是早就在等江迟景一般，在窗框上把烟灭掉后，直直地朝江迟景走了过来，"警官，听说你最近在搞区别对待，这不太好吧？"

"这跟你有什么关系？"江迟景问。

霍斯："既然要搞优待，那不是大家都应该享受到吗？这样才平等嘛。"

江迟景："少废话，我数三声，都给我滚出去。"

霍斯明显朝另一个囚犯使了个眼色，江迟景立刻取下腰间的警棍，转身就朝身后那个人的脑袋上敲了过去。那个人猛地撞到一旁的排柜上，两个铁皮柜互相撞击，发出了"哐哐当当"的响声。

"谁说的区别对待？"江迟景转过身来，用警棍指着霍斯的鼻子，"你再说一遍？"

其实这时候江迟景已经可以通过对讲机通知巡警队的人过来，但他没有这样做，因为以他的标准，这两个人还没有被收拾到位。

"大家都知道的事何必要我再说一遍？"霍斯说到这里，又朝江迟景的身后使了个眼神，江迟景立刻警觉地看向身后，把飞扑过来的人又给踹了回去。不过就是这一下，让霍斯找着空当，从背后圈住了江迟景的上身。

霍斯："快过来把他的嘴堵住！"

被踹飞的那个人捂着肚子，颤颤巍巍地靠了过来。江迟景看准时机，借力起跳，一脚踢在那个人的下颌上，这次那个人直接两眼一翻晕了过去。

从空中落地后，江迟景又用手肘击退身后的霍斯，接着转过身子，顺势把警棍甩了过去。

但就在警棍离霍斯的脸不过咫尺之遥时，有个人突然出现，一把抓住江迟景的手腕，拦下了他的攻击。还没等江迟景反应过来，只见郑明弈出现在他的身旁，一拳揍到了霍斯的脸上。

一颗带血的牙齿弹到墙面上，接着又反弹回了江迟景的脚下。

江迟景愣愣地看着郑明弈松开他的手腕，改为揪住霍斯的衣领，接着又是一拳揍了上去。这次从霍斯嘴里飞出来的不再是牙齿，而是喷溅而出的鲜血。

江迟景的脑子里闪过一个念头，看来郑明弈没有说假话，他真的能一拳打掉一个人的牙。

但现在不是江迟景分神的时候，郑明弈一拳一拳地打上去，没几下霍斯便被打得满脸是血。

"郑明弈！"江迟景赶紧把人拦了下来，"哪有你这么打人的？快住手！"

郑明弈总算松开了霍斯的衣领，霍斯早已没了意识，浑身无力地瘫在了地上。

江迟景用对讲机通知巡警队的人和洛海过来，接着对郑明弈道："我知道你是好心，但我自己能解决这事。"

"万一不能呢，江警官？"郑明弈甩了甩手上的血迹，慢悠悠地道，"我只是乐于助人而已。"

江迟景："……不需要。"

郑明弈道："话说你跟他们为什么会打起来？"

江迟景："没什么。"有些囚犯就是会没事找事，挑衅狱警。

洛海和巡警队的人很快赶来了娱乐室，由于郑明弈下手太重，洛海没法处理，只得随救护车一起把人送去了外部医院就医。

事件调查没有任何疑问，一名囚犯负责引开驻守楼梯口的狱警，一名囚犯负责把江迟景引去娱乐室，霍斯率先挑明了意图，在几个人打斗的过程中，郑明弈听到了排柜的响声，前来帮江迟景解围。

　　放风时间的这段小插曲暂时告一段落，具体的奖惩措施还得由监狱长那边决定。

　　图书室里的囚犯看够了热闹，两点钟一到，便被狱警赶去了公务楼后面的厂区上工。

　　整个二楼重新安静下来，按理来说江迟景已经推掉了给郑明弈念书的事，郑明弈也应该跟着离开才对，但江迟景看了看郑明弈的右手，还是把他留下，带去了对面的医务室里。

　　江迟景："让你注意下手轻重，你又搞成这样。"

　　"刚才那个人是什么罪名？"郑明弈问。

　　"强奸加杀人。"江迟景抬着郑明弈的手腕，给他清理手背上的血迹。

　　"那不用注意轻重。"郑明弈的指关节上有好几处破了皮，新伤加旧伤一起，看得江迟景眼花。他本来就不是个有耐心的人，现在强迫自己耐着性子给郑明弈擦药，脸上的表情实在是不怎么好看。

　　"江警官，"郑明弈叫了一声，"你又不高兴吗？"

　　"嗯？"江迟景皱着眉头抬起眼来，"没有。"

　　郑明弈："下次我会注意。"

　　其实江迟景真没有不高兴。霍斯这个人，揍了也就揍了，江迟景一点都不觉得惋惜，只是怕郑明弈没注意分寸，搞出事来。既然现在没出什么事，他自然也没什么好不高兴的。

　　"好了。"江迟景总算把纱布裹好，大功告成地拍了拍手，"将就一下，我就这水平。"

　　郑明弈的右手掌心被江迟景裹成了一个粽子，毫无美观可言。但就这样江迟景都已经尽力了，因为他从没给别人处理过这个位置的伤口。

　　"我可以说实话吗？"郑明弈竖起右手，正反两面都看了看。

　　"不可以。"江迟景道。

　　郑明弈笑了笑，仍旧说道："好丑。"

　　江迟景的额头冒起青筋："那你自己弄。"

　　没想到郑明弈还真的自己弄了起来。他一圈一圈地解开手掌上的纱布，接着将纱布的一头夹在虎口处，先在手腕上缠了两圈，接着绕着手掌缠了两圈，再从每个指缝中绕下来，又绕着手掌缠了两圈，最后将多余的纱布缠绕在手腕处。这是拳击绷带的缠法。

江迟景一不小心看得出了神，在家里的时候，只要郑明弈开始在手上缠拳击绷带，那就代表着他即将在卧室的沙袋前挥汗如雨。每次打完拳后，他又会站在窗边解开绷带，动作娴熟、随意。

"你要学吗，江警官？"郑明弈看着发愣的江迟景问。

"什么？"江迟景回过神来，"不学。"

郑明弈倒也没有觉得可惜，不过这时他的视线突然移向了医务室门口的方向。

江迟景吓了一跳，赶紧顺着郑明弈的视线看过去，只见医务室门口站着半个人，不，准确来说，是莱特偷偷摸摸地站在门口，露出半张脸目不转睛地盯着两个人。

"你怎么在这儿？"江迟景皱眉道，"你不是应该在楼上打扫卫生吗？"

"打扫完了。"莱特答道，"我来找艾伦警官。"

"找我？"江迟景感到有些莫名其妙，"什么事？"

莱特将视线转向郑明弈的方向，摆明了是不想让郑明弈在场的意思。

江迟景看了看时间，对郑明弈道："你该走了。"

郑明弈站起身来，朝莱特的方向走去。莱特应该是知道郑明弈不好惹，随着郑明弈的靠近，不断地把身子缩到了墙后。

"明天见，江警官。"在离开之前，郑明弈回头对江迟景说了这么一句。

郑明弈很快离开，江迟景又恢复正常，看向缩在门口的莱特问："你找我什么事？"

莱特问道："艾伦警官，你炒股吗？"

"炒股？"江迟景感觉更加莫名其妙，"不炒。"

"骗人。"莱特低下头，小声地嘀咕了一句。

江迟景感觉一头雾水，朝莱特的方向走去，耐着性子问道："你到底找我什么事？"

两个人之间算不上很熟，但至少也能正常交流。然而江迟景没想到他一靠近，莱特竟然往后退了退，一副要跟他保持距离的架势。

"你不要过来。"莱特道，"我不能离你太近。"

江迟景忍不住抽了抽嘴角，彻底打消了跟莱特交流的想法。他经常搞不懂这个臭小子到底在想什么，也不知洛海是怎么解决年龄造成的代沟的。

"那算了。"江迟景离开医务室，回到了图书室内，而莱特也鬼鬼祟祟地跟了过来。江迟景只当莱特不存在，继续做手上的事情。好一阵后，莱特像是憋不住了，踟蹰地走到了工作区的入口。

"艾伦警官，我有重要的事要告诉你。"莱特说着就要走进工作区来，江迟景赶紧叫住了他。

"给我出去。"江迟景仰了仰下巴，"有什么事站外面说。"

莱特深吸了一口气，趴到办公桌上，用手挡住嘴，压低声音对江迟景道："艾伦警官，我知道了你的秘密。"

秘密？江迟景闻言皱起了眉头，立刻反应过来，应该是莱特知道了娱乐室里安摄像头的事。但他转念一想，莱特压根不会去娱乐室，连其他囚犯都不知道的事，他怎么会知道？

"什么秘密？"江迟景不动声色地问道。

"我这两天去行政科做劳动，观察了所有的文职狱警。"莱特越说声音越小。

"然后？"江迟景问。

"你就是 Go 神吧，艾伦警官？"莱特的双眼里闪烁着激动的光芒，"我终于找到你了，偶像。"

江迟景："……"

　　一些表现良好或者危险系数不高的囚犯会被安排来帮狱警做事，比如分发物品和打扫卫生等。莱特最近确实是去行政科做事了，但江迟景着实没明白自己怎么就成了他嘴里的 Go 神。

　　"我查了炒股论坛上 Go 神的 IP 地址，最后定位到了南部监狱。"莱特竖起右手的食指，放在鼻梁上，推了下他压根不存在的眼镜，"接着我又筛查了监狱里可以使用电脑的人群，发现都是文职狱警。"

　　要说使用电脑，那巡警队的人可以完全排除，范围基本上可以缩小在公务楼内。但这都不是重点，江迟景很快从莱特的话中抓住了关键信息：Go 神在南部监狱里。

　　"接下来，我主动申请去行政科做劳动，试探了每个狱警，结果发现范围还是太大，没法精准到个人身上。"

　　在莱特讲述他的推理过程的同时，江迟景也不由得陷入了思考之中。按照之前莱特所说，Go 神是炒股"大神"，在一个多月前突然消失，后来再次出现，但登录的 IP 地址和之前不同，紧接着又立刻消失……

　　"所以！"莱特说了一大堆试探过程，终于换了口气，继续往下说，"我又回到最初的地方，去查了 Go 神之前的 IP 地址，结果发现离南部监狱不远，就在几公里外的一个居民社区里。"

　　听到这里，江迟景心中的答案已经逐渐浮出水面。

"你猜谁住在那儿？"莱特压抑着兴奋道，"就是你，艾伦警官！"

住在那个社区，同时出现在南部监狱里的人，可不止江迟景一个。和兴冲冲的莱特不同，江迟景沉着冷静地看了一眼手旁的台历，问莱特道："上次 Go 神出现是几号？"

莱特想了想，报出了上周的一天，说绝对没有记错。

那就对上了。上次被郑明弈动了电脑，江迟景当天就改了密码。他一时想不出又复杂又好记的密码，便利用了台历上的一些信息，比如当天的日期等，把这些信息组成复杂的密码，即使后面忘记，看着台历也能想起来。

而莱特报出的这个日期，正是台历上江迟景用红笔圈出来的那天。

"偶像。"莱特拿手在江迟景面前晃了晃，"你放心，从今天开始我就是你的小弟，绝对不会把你的秘密泄露出去。"

江迟景仍旧处于思考当中，想到了 Go 神的 ID 名称"Go"，这在英语里有围棋的意思，而郑明弈的"弈"字，在汉语里也是围棋的意思。想到这里，江迟景冷不丁地笑了一声，双眼里出现了浓厚的兴趣。

"偶像，你没事吧？"莱特似乎被江迟景的样子吓了一跳，"你完全可以相信我，我非常靠得住！所以接下来我们有什么行动？"

莱特话音刚落，江迟景的对讲机突然响了起来，是监狱长的秘书让他去一趟监狱长的办公室。

"没有行动，给我老实待着。"

江迟景对着对讲机回了一句"收到"，接着又让负责的狱警来把莱特带走。

莱特："偶像，我还有话没说，我一定要表达一下我对你的崇拜之情，自从我……"

"行了行了，赶紧走，以后再表达也不迟。"江迟景不是 Go 神，自然没道理接受莱特的崇拜。等负责的狱警把莱特带走后，江迟景看着手上的绷带出了会儿神，接着收起心思，解开绷带来到了三楼监狱长的办公室里。

刚才对讲机响起时，江迟景就猜到了监狱长找他多半会是什么事。他来了之后，果然如他所料，是针对郑明弈帮助狱警解围一事，讨论该有怎样的奖励。

"艾伦，你是当事人，你怎么看？"监狱长问。

平心而论，江迟景觉得奖励不宜太过，因为当时的情况并不危急，就算郑明弈没有出现，他也能把控全场。但从私心来说，郑明弈把那个强奸犯揍得那么惨，江迟景总觉得他干了件解气的事。

"给他加点表现分吧。"江迟景道。

监狱长若有所思地点了点头，同意道："可以，我觉得这个奖励很合适，另外还可以再多奖励他半小时的放风时间。"

江迟景突然想到念书的事，问道："现在是谁给郑明弈念书？"

"不还是你吗？"监狱长道，"郑明弈说你的嗓子不好，休息两天，我看你都已经好了嘛。"

原来是这个理由……也就是说郑明弈一开始就只打算让他缓两天，等他缓过之后，该回来还是会回来。既然这样，江迟景道："那我觉得也没必要再加半个小时。"

本来他下午的工作在两点钟就可以结束，只要没有额外的事情，那剩下的三个小时都是他的闲暇时光。现在已经被郑明弈霸占了那么多时间，他当然不想再被占去半个小时。

然而监狱长就像没听到他的话似的，自顾自地对秘书说道："好，就这么定了，你去安排一下。"

江迟景："监狱长……"

"艾伦。"监狱长抬起手，打断了江迟景的话，"你的工作比较清闲，反正有那么多时间，多了解一些金融知识也没坏处不是？"

江迟景闻言沉默了一下，之前他对炒股完全没有兴趣，是因为本身也不缺钱。不过经监狱长这么一提，他的想法突然产生了改变，因为他刚发现了一件好玩的事，原来郑明弈也有小秘密。

这天下班之后，江迟景逛了一晚上的炒股论坛。

在这个论坛上面，Go 的拥护者非常多，江迟景终于明白了为何莱特会这么崇拜这个偶像，因为 Go 的确是个自带英雄光环的人物。

他翻到 Go 成名之前的帖子，Go 数次预言股灾即将出现，但回复他的都是些冷嘲热讽的评论，直到股市毫无预兆地崩盘，帖子下的"画风"骤然一变，无数人对他顶礼膜拜，直到现在还有人去"考古"。

那次股灾和郑明弈成名的一役也能对上，在市场弥漫着股市看涨的情绪下，他反其道而行之，大量做空手中股票，最后大获全胜。等于是在网络上和现实中，他都闯出了名号。

江迟景挨个翻阅 Go 发过的帖子，大部分时候 Go 只是提几句看涨和看跌的板块，只有偶尔才会爆出有问题的上市企业，让股民们避雷。每次他点出哪个企业，下面都会有人调侃他，让他注意人身安全，因为他说的话太有分量，会给企业造成沉重的打击。也正因为如此，自从Go 消失之后，论坛上就充斥着各种阴谋论，有人说 Go 神被黑心企业囚禁，有人说 Go 神被监管机构调查，总之，所有人都持悲观态度。也难怪莱特那小子会那么上心。

之前江迟景总觉得是莱特太过神经质，压根没有当回事，但真正来论坛逛过之后才发现，原来有那么多人关心着 Go 的安危。江迟景很想对这些人说：没想到吧，你们的"大神"进监狱了。而知道这个秘密的，就只有我一个人。不得不说，这真是一件极其舒适的事。

江迟景继续翻阅 Go 发过的帖子，又发现了有趣的一点。Go 经常打错别字，比如"基金"打成"鸡精"，"短期"打成"断气"，以至于他每次提出买卖建议，下面都会有人反复确认，到底是"买"还是"卖"？

不少粉丝让 Go 神走点心，少打错别字，但只有江迟景知道，他们的 Go 神有阅读障碍，论坛上的这些话很可能是他用了语音转换，或者根本就是胡乱打的。想到这里，江迟景勾起嘴角笑了笑，郑明弈这家伙还真是……

直到时间过了夜里十二点，江迟景的眼睛已经发酸、发胀，他才总算关上了电脑。他躺在床上回想当初郑明弈打拳的画面，原本以为这个男人会很冷酷无情，没想到他在背地里竟然还有这么正义的一面。

如果要让江迟景像分析其他人一样，分析郑明弈到底是一个怎样的人，老实说，他分析不出来。他只能说，郑明弈是他目前遇见过的人当中，最有趣的那一个。

前一晚看论坛看得太晚，第二天早上江迟景差点没起来。

迅速洗漱完后，他从冰箱中拿出那瓶三无产品草莓酱，三下五除二地抹在面包片上，就这么叼着早餐急匆匆地出了门。

到了上班途中唯一的红绿灯处，江迟景总算找着空当吃掉了早餐。他原先还觉得这瓶二次加工的草莓果酱有些不合口味，但吃着吃着也就习惯了，反而觉得比工厂生产的更有草莓的味道。

将面包片全部消灭干净，江迟景抬起下巴瞅了眼后视镜，嘴角处果然沾上了果酱。他第一时间用舌头把果酱舔干净，但还来不及用纸巾再擦一擦，红灯便跳转为绿灯，他不由得赶紧踩下油门，赶在八点之前到达了南部监狱。

今天需要送出去的信件比较少，江迟景加快了收发信的脚步。往常他会和个别囚犯聊两句信件的内容，但今天他就像一个无情的收发信机器，用最快的速度搞定了这项工作。

八点五十分，江迟景赶在郑明弈过来之前回到了图书室，接着去书架上找了一本《从零开始学炒股》，然后装模作样地在工作区看了起来。

当郑明弈来到图书室，看江迟景的表情果然有些惊讶："江警官，你要学炒股？"

"嗯哼。"江迟景心情颇好地哼了一声。

"你之前对此不是不感兴趣吗？"郑明弈问。

"我改变了想法。"江迟景合上书，看向郑明弈道，"你要来教我吗？"

郑明弈没有立刻回答，而是看看书，又看看江迟景，表情明显是觉得奇怪。

江迟景当然不是真心想学炒股，只是想看郑明弈摸不着头脑的模样。

郑明弈那么精于计算，但一定算不到自己已经知道了他的小秘密。

"炒股也不用看书。"郑明弈观察着江迟景的表情，缓缓地开口道，"主要是积累经验。"

"不看书看什么呢？"江迟景摸着下巴思索了一番，"我知道了，看论坛对吧。"说完之后，他自顾自地点开浏览器，打开了昨晚逛了许久的炒股论坛。

"听说这个论坛比较权威，你知道这个论坛吗？"江迟景问。

这下郑明弈的表情明显警觉了起来，他一动不动地打量着江迟景。

江迟景表面稳如泰山，一副单纯提问的样子，但实际上，心里简直想笑得不行。他终于明白郑明弈为什么那么喜欢逗他了。他现在才发现，原来逗人是这么有趣的一件事。

"知道。"郑明弈不动声色地道，"这个论坛上聚集了大量散户。"

"你平时上这个论坛吗？"江迟景又问。

郑明弈继续打量着江迟景，反问道："你觉得呢？"

江迟景深知郑明弈的套路，只要他开始使用反问句，那就说明他拉起了警戒线。

"应该会上吧。"江迟景压抑着心里的笑意，一本正经地道，"听说有很多专业人士上这个论坛。"

"你从哪里听说的？"郑明弈突然发问，"你说这个论坛比较权威，谁告诉你这件事的？"

郑明弈开始进攻，就如江迟景所料，按照郑明弈的行事作风，他一定不会被动挨打。

"在网上随便查了查。"江迟景从容地答道，"难道这个论坛不权威吗？"

江迟景又把问题抛了回去。他没有直接提到 Go 神，是因为以郑明弈的智商，若是他一上来就拿出撒手锏，那一定会被郑明弈看出破绽。

不过他还是低估了郑明弈的警觉程度，郑明弈不再回答问题，也不再反问试探，而是看着江迟景道："江警官，你今天不对劲。"

"有吗？"江迟景无辜地眨了眨眼睛。

"你怎么突然想学习炒股？"郑明弈问。

"监狱长让我利用闲暇时间多学一学，不是坏事。"江迟景早就准备好了回答。他知道逗人需要适可而止，特别是面对郑明弈这样的老狐狸，稍不注意就会露出马脚，因此不再深入，漫不经心地道："你到底教不教我？"

"教。"郑明弈道，"你要学，我怎么会不教？"

目的达成，江迟景微微翘起了嘴角。他需要一个提炒股的正当理由，这样以后有的是机会拿捏郑明弈。只要郑明弈一直想不明白是怎么回事，那他就可以把之前被耍的账通通找回来。

"江警官。"郑明弈的声音打断了江迟景嘴角的笑意，"你今早吃草莓果酱了吗？"

"嗯？"江迟景回过神来，看向郑明弈，"我每天都吃。"

郑明弈："是我给你做的那罐？"

"我没有买新的。"江迟景不想让郑明弈以为他是有多稀罕，"免得浪费而已。"

"你做了哪些加工？"郑明弈问，"下次我照着弄。"

"加了一些鲜榨的柠檬汁。"江迟景道，"不然甜得有些发腻。"

说这句话的时候，江迟景完全忽略了一件事，郑明弈的意思是下次还要给他做。

"这样吗？"郑明弈低头思索起来。

江迟景往窗户一侧靠了靠，道："我刚想到，没有下次，下次我自己去超市买。"

"何必呢？"郑明弈道，"我可以给你做，狱警应该会批准的。"

"你没其他事可做吗？"江迟景认真发问。

"没有。"郑明弈道，"你知道我连网都上不了。"

好吧，和以前的精英生活相比，现在的郑明弈的确有点闲。晚上十点熄灯，他早上六点起床，午休三个小时，除此以外就是无尽地种草莓。

刚好这段时期又是南部监狱草莓的果期，要是换作江迟景，他也会给自己找点事做。

"那你下次别放那么多糖。"江迟景道。

郑明弈："好。"

闲聊了这么久，总行的消息早已发布。江迟景跟往常一样，把所有的新闻都念给了郑明弈听，但今天他念完之后，郑明弈突然看着他问："你想先从哪里开始了解？"

"了解什么？"

江迟景以为郑明弈的思维又开始跳跃，却听郑明弈问道："你不是要学习炒股吗？"

"呃。"差点忘了这茬，说要学习炒股只是为了要郑明弈，江迟景根本没放在心上，但见郑明弈这么认真负责，也只好硬着头皮道，"股票的涨跌机制是什么？"

"很简单，买的人多那就涨，卖的人多那就跌。"郑明弈道。

"那怎么去分析一只股票是涨还是跌？"江迟景继续问。

"要看许多因素。"郑明弈道，"我先教你看 K 线图。"

郑明弈一边操作鼠标，一边给江迟景讲解屏幕上的数字分别代表什么。

不得不说，其实江迟景心里有一点点后悔。他对股票没那么感兴趣，完全是为了要郑明弈，才给自己加了这样一个设定。谁知道郑明弈还教上了瘾，完全没有要停下来的意思，滔滔不绝地讲着各种名词解释，让江迟景觉得仿佛又回到了学生时代。

江迟景时不时就看看表，等时间终于来到九点半时，立刻坐直身子道："到时间了，下次再讲吧。"

郑明弈："还有比较重要的一点，炒股一定要稳得住心态，不要盲目……"

"郑老师。"江迟景赶紧打断郑明弈的话，"今天的内容够多了，下次再讲也不迟。"

郑明弈看向江迟景，问："你叫我什么？"

江迟景："郑老师。"

高中学历的"郑老师"似乎对这个称呼很满意，终于松开了鼠标，道："那下午见。"

"今天下午不行。"江迟景道，"有企业的干部要过来参观，我得陪同。"

监狱里偶尔会有团体前来参观，为的是警示自我，不要做违法犯罪的事。接待这些团体是监狱长的工作，但这次他叫上了江迟景陪同，江迟景猜测多半是跟郑明弈有关。

"他们要参观草莓种植棚？"听完江迟景的解释，郑明弈若有所思地问。

江迟景："没错，你的案子影响比较大，你懂的。"

对完全不认识的囚犯，参观者很难真正产生共情，反倒是亲眼看着进监狱的人，看看这个人在监狱里过的生活如何，对参观者的触动更大，更能起到警示作用。

"你要是不愿意，可以跟监狱长申请。"江迟景道。

郑明弈沉默了一下，问道："下午你也会来草莓种植棚？"

"对。"江迟景道。

"那好。"郑明弈道，"我会好好表现的。"

听到这句话，江迟景再一次没能理解郑明弈的脑回路。

这天下午，监狱里来了一个二十多人的参观团，都是某大型企业的高层管理者。

之前江迟景还在法院当书记员时，见过不少企业高层人员利用职务之便做出触犯法律的事，对这些手里掌握着实权的人，进行普法教育的确是很有必要的一件事。

"现在是放风时间，犯人基本上都不在牢房里。"监狱长走在最前头，给参观者做监狱的介绍。

和参观其他地方不同，参观监狱有诸多要求，比如参观者不能离队，不能拍照，女士不能穿裙子等。

　　曾经有一次南部监狱接待了一个中学的学生团队参观，有个别调皮的学生因为好奇四处乱跑，给监狱带来了不小的麻烦。不过这次来参观的企业高层管理者都是守规矩的成年人，带起来也会相对轻松一些。

　　江迟景无所事事地跟在队伍末尾，习惯性地观察起了队伍里的每一个人。

　　这家企业是上市企业，能做到管理层的人，年纪都已经不小。无论是男人还是女人，对自己的外表都极为讲究，丝毫没有很多中年人身上常见的颓废感。

　　"警官好。"队伍末尾的一个女高管应该是不太能听清监狱长的声音，索性跟一旁的江迟景聊了起来，"你们平时的工作辛苦吗？"

　　"看情况。"江迟景道，"有的岗位比较辛苦，有的岗位比较轻松。"

　　像他做的图书管理员这一职位，拿着相对其他同事来说较低的薪资，却也干着监狱里最轻松的活。

　　"你们应该不是标准工时制吧？"

　　江迟景："大部分人不是，上满 72 小时，休息 24 小时这样。"

　　"那你呢？"

　　"我？"江迟景诧异了一下，不知道为何话题会变成关于他的私人问题，"我是文职，朝八晚五。"

　　"那挺不错。"女高管若有所思地点了点头，"你有对象吗？"

　　江迟景的心里顿时生出了不好的预感，因为这个人对他说话的语气简直就跟家里的亲戚一模一样。没想到在华人圈子以外，年长的人也会关心小辈的情感问题。

　　"没有。"不习惯对陌生人说谎，江迟景暂且说了实话。

　　"你今年多大？"女高管又问。

　　"快三十岁了。"准确来说是二十七岁，不过江迟景故意用了模糊的说法。

　　"看不出来呀，那刚刚好，我有个侄女，长得不错，还是高才生呢，就是眼光太挑，今年二十九岁，也是快三十岁了。"

好吧，对话的走向果然如江迟景所料。看样子无论是平民阶层还是精英阶层，都绕不开一个永恒的话题。

"我那个侄女很能干，年收入很高，所以不看男方的经济条件，就看感觉，你做这样的工作应该很难接触到女生吧？更别说优秀的女生了，怎么样？你要不要试着认识一下？"

江迟景的工作确实不和女生接触，但问题是这根本不影响他谈恋爱。

"您的侄女都二十九岁了吗？"江迟景神不知鬼不觉地转移话题，"看您才三十出头的样子。"

这倒不是假话，这些成功人士的保养都做得不错，这位女高管看上去也不过三十多岁的年纪。

"怎么会？三十出头也太夸张了吧？"

话题果然被江迟景成功带偏，两个人聊到了如何保持年轻上面。

一行人从监舍楼参观出来，又去了食堂和浴室，最后终于来到了草莓种植棚。

南部监狱的草莓种植是监狱里的主要创收产业之一，曾经有个入狱的农业专家，在监狱里培育出了高产的草莓苗，后来又有设备方面的专家，对大棚进行了改造，因此南部监狱的草莓非常高产。

草莓种植棚大约有半个足球场那么大，众人一走进大棚，一股凉风扑面而来。

虽说江迟景已经调来南部监狱大半年，却还从来没有来过公务楼后面的这些厂区。

"犯人是两点上工，现在你们可以看到有名囚犯正在摘草莓。"监狱长指着不远处的郑明弈道。

放眼望去，整个大棚里只有寥寥几名囚犯在工作，除了监狱长口中的郑明弈以外，其他都是表现良好，人又老实的犯人，看样子是刻意安排过。

"壹零壹柒。"监狱长叫道，"过来一下。"

郑明弈放下手中装满草莓的小篮子，一边摘下手上的麻布手套，一边朝参观团的方向走了过来。

江迟景不知不觉地走到了人群的最前方，原本郑明弈是直奔他的方向而来，但当郑明弈扫了一眼参观团的人后，表情出现了微妙的变化，视线也没有再看向江迟景的方向。

"这是前阵子轰动全国的经济大案的主犯。"监狱长介绍道，"经过我们监狱的改造，他的思想觉悟已经有了很大的提高。"

"所以你就是凯文·郑。"参观团里，一个领头模样的人上下打量着郑明弈道，"牢饭还好吃吗？"

听到这句话，江迟景不禁觉得奇怪，这不像是陌生人之间的问话方式。结合郑明弈刚才的表情，江迟景猜测经济大案可能牵涉到了这家企业，害得这家企业损失惨重。

但接下来郑明弈回答的话，又让江迟景改变了想法。

"还好。"郑明弈答道，"话说艾瑞克，你的情妇挪走了公司那么多钱，公司的股东们都知道吗？"

这句话一说出来，在场的其他管理层人员顿时面面相觑，一副搞不清楚状况的模样。

艾瑞克脸色一黑，沉声道："你瞎说什么？"

监狱长显然也不太清楚是怎么回事，打圆场道："那个，壹零壹柒，你就讲一下监狱的生活，最好有一些深刻的感悟。"

这一点江迟景已经给郑明弈打好了招呼，让他说些监狱长爱听的场面话，比如感谢监狱的改造，出去以后重新做人等。

郑明弈开口说的却是："感悟吗？我现在的感悟是，入狱真是非常正确的选择。"

江迟景："……"

郑明弈："每天早睡早起，生活作息稳定，食堂餐食营养均衡，工作不劳累，最重要的是，我的思想还能得到升华。"

江迟景："……"

"喀喀，这说明我们监狱的条件很好啊。"监狱长赶紧把话抢了过去。

"监狱长，犯人都是这种态度吗？"艾瑞克皱眉问道。

"是这样的，我们还有禁闭室，如果大家感兴趣也可以去参观。"监狱长赶紧给江迟景使了个眼色，让他把郑明弈带走。

接下来，监狱长把参观队伍带到了种植棚的另一头，让另一个犯人给大家介绍监狱生产的草莓产品。

江迟景没再跟在队伍的后面，而是和郑明弈一起，回到了他刚刚放小篮子的地方。

"你认识那个艾瑞克？"江迟景忍不住问。

"那个人是帕特里克的朋友。"郑明弈道。

帕特里克就是恒久机构的老板，也是郑明弈的前上司。如果江迟景没有猜错的话，陷害郑明弈入狱的人，很可能就是帕特里克。

"你跟他打过交道？"江迟景又问。

"不算。"郑明弈拎起小篮子，走到角落的洗手池边，一边洗草莓，一边对江迟景说道，"他和帕特里克之间有不正当交易，我这起案子导致多家企业的利益受损，但他从中获益颇丰。"

这还是郑明弈第一次主动和江迟景聊起案子的事，江迟景突然想到丹尼尔提到的线索，问："你手里的线索是不是就是他和帕特里克的谈话录音？"

郑明弈把草莓上粘的东西给摘掉，看向江迟景道："我的手上没有线索。"

看样子郑明弈还是不愿意深聊这事，江迟景突然感到有些好奇，问道："上次你和丹尼尔会面，谈得怎么样？"

"我让他确保他们内部干净之后再来找我。"郑明弈从篮子里挑出一颗又红又大的草莓，甩了甩上面的水珠。

江迟景不禁陷入了沉思，郑明弈手上的线索应该不是铁证，只是能够证明案子有问题，让执法部门重新立案调查。而这种情况，不确定的因素实在太多，他贸然交出线索的确是不明智的行为。

"江警官。"郑明弈的声音打断了江迟景的思绪。

"嗯？"江迟景抬起头，看向郑明弈。

郑明弈："尝尝草莓。"

还没等江迟景反应过来，郑明弈便把手里的那颗草莓递给了他。江迟景下意识地一口咬下去，柔软的果肉中迸出甜甜的果汁，瞬间弥漫整个口腔。起先有些酸涩，令人不由自主地皱眉，但他适应之后就是无尽的回甜。

"怎么样？"郑明弈问道。

江迟景将果肉咽进肚里，不想承认草莓好吃，违心地道："好酸，你到底会不会种草莓？"

这话说得着实有些冤枉郑明弈，因为草莓的品类和种植环境早已固定，他顶多只能控制一些相对不太重要的因素，比如何时采摘等。

郑明弈面露不悦，但并没有反驳江迟景之说。

江迟景回到参观队伍的末尾，走在一旁的琳达女士问道："艾伦警官，你的脖子不舒服吗？"来草莓棚之前两个人聊了许久，已经互相介绍过姓名。

"没有。"江迟景左右歪了歪头，示意脖子没事，"冷气开得有点足。"

琳达附和了一句"确实有点冷"，接着便问道："这里有洗手间吗？"

男子监狱里没有女厕所，偶尔有女性因工作或其他事来到监狱，需要使用卫生间时，都是专门空出一整个卫生间供她们使用。

"我带你去，不要乱走。"

江迟景跟监狱长打了声招呼，接着把琳达带去了草莓种植棚旁边的独立卫生间。这个卫生间供厂区的所有人使用，江迟景必须确保里面没有别人，特别是没有犯人。

"里边有人吗？"江迟景站在门口问了一句，但没有等来回答，而是闻到了若有似无的烟味。有的囚犯会借着上厕所的名义，跑来卫生间里抽烟，由于卫生间就在厂棚旁边，犯人只有劳动时才会来厂棚，狱警会在厂棚监管，而犯人上卫生间有时间限制，只要没超过时间，狱警一般不会进来检查。

"谁在里面抽烟？"江迟景的声音沉了几分，他走进去挨个打开隔间的门查看，而当他走到一半时，最里面的隔间响起了冲水的声音，他立刻加快脚步走过去，拍着门板道："出来。"

不一会儿，隔间的门从里面被打开，只见瑞恩规规矩矩地坐在马桶上，一副别来无恙的样子道："艾伦警官，你来这儿上厕所？"

如果江迟景没有记错，瑞恩应该是在不远处的漆厂里工作。他的右手上还缠着固定板，厂里应该没有给他安排重活，所以比较清闲。

"给我出来。"江迟景没有工夫追究瑞恩抽烟的事，毕竟琳达还在外面等着。

但瑞恩显然误会了江迟景的意思，一动不动地坐在马桶上道："我没有抽烟，也没超过上厕所的时间。"

只要犯人抽烟没有被逮到现行，就很难进行处罚。想必瑞恩也是知道这一点的，所以笃定了江迟景不能拿他怎样。但江迟景本来也没打算怎样，只是不耐烦地道："我没有要管你抽烟，你先给我出来。"

"不管？"瑞恩明显放下了戒备，脸上露出有些莫名其妙的表情，"那出去做什么？"虽然他嘴上这么问，但手上还是提起裤子，从隔间里走了出来。

"有其他人要用卫生间，你完事了就赶紧走。"江迟景停顿了一下，怕瑞恩不配合，又道，"不要让我把巡警队的人叫过来。"

"走就走，叫什么巡警队。"瑞恩抱怨了一句，接着往卫生间的出口走去。

然而当他走出卫生间，见到门口站着一个女人时，立刻停下了脚步，颇为感兴趣地靠过去道："嘿，这位是……？"

"离远点儿。"江迟景拦下瑞恩，转头对琳达道，"快去吧。"

琳达惊慌地点了点头，忙不迭地走进了卫生间里。

"艾伦警官。"瑞恩没有再往前靠，戏谑地道，"看样子您最近的生活挺丰富啊？我可真是羡慕。"

江迟景略微偏了偏身子，但立刻意识到这样没有威慑力，索性直接看着瑞恩道："赶紧回你的工位去。"

"前一阵子还有护士小姐姐可以看，现在回到这个和尚庙里，我整个人都没了精神。"

瑞恩还在念叨，江迟景皱起眉头，冷冷地道："不要让我再说第二遍。"

"啧。"瑞恩像是被破坏了兴致，没劲地撇了撇嘴，转过身去打算离开。但就在这时，让江迟景始料未及的情况发生了。卫生间四周的场地非常开阔，除了沉闷的空调响声以外，几乎听不到别的声音。而琳达应该是进了离出口最近的那个隔间，以至于不大不小的动静从里面传了出来。

瑞恩的眼神立刻发生了变化，转眼间就从没劲变成了兴奋。他往卫生间的方向走去，双眼冒着光道："艾伦警官，我还没有上完厕所呢。"男人会因为两种情况失控，一是酒精，二是色欲。

江迟景的心里顿时生出了不好的预感，他用手撑住瑞恩的肩膀，厉声道："给我退回去！"

"退？退什么退？"瑞恩舔了舔下嘴唇，"这是我们监狱的厕所，凭什么让外人上？"

江迟景也没想到瑞恩竟然能这样，听到别人上厕所的声音都能兴奋起来。

"我警告你，"江迟景提高音量，更加严厉地呵斥道，"今天有人参观，你不想被关禁闭就少惹事！"

"惹事？我就看个女人也叫惹事？"瑞恩嗤笑道，"监狱是女人该来的地方吗？自己要来，就怪不得别人看。"

这时琳达小心翼翼地从卫生间里走了出来。她应该听到了两个人的争吵，惊恐地贴在墙边，不知该如何是好。

"别怕。"江迟景转过头，对琳达道，"回棚里去，我会看着他。"

草莓种植棚就在二十来米之外的地方，她小跑着过去不出片刻就能到。

琳达点了点头，立刻撒开腿跑了过去，与此同时，瑞恩再也控制不住，猛地往前冲过去："跑什么跑？等等！"

琳达像是再也承受不住惊吓，发出了"啊啊啊"的尖叫。

不过江迟景并没有让瑞恩上前一步，抓住瑞恩没有受伤的那条胳膊，毫不客气地给了他一个过肩摔。

瑞恩的后背"咚"的一声砸到地上，他骂了一句脏话，作势就要爬起来反击，但江迟景立刻用膝盖将他压在地上，一边将他翻了个身，一边从腰上的小包里拿出了一副银色的手铐。

那个小包里装着手铐、手电筒、绳子等物品，以往江迟景都是直接用警棍打人，还从来没有用过里面的手铐。不过今天情况特殊，瑞恩还没来得及动手就被他制止，他自然不好再使用警棍。但虽然如此，江迟景还是不顾瑞恩的伤手，把他两只手给铐到了一起。

瑞恩："我的手腕才刚骨折！"

"那真是对不起了。"江迟景抓住瑞恩的胳膊，把他从地上拉了起来。由于瑞恩的手腕有伤，被铐上之后不敢挣扎，算是老实了下来。

江迟景用对讲机通知漆厂的领班过来领人，而当他放下对讲机时，发现不远处的草莓种植棚门口聚集了不少人，除了看热闹的参观团以外人员，还有看着他的郑明弈。

瑞恩骂骂咧咧地瞪着江迟景，那样子仿佛恨不得把江迟景狠狠地揍一顿。但他骂着骂着，声音突然小了下来，还往后退了几步。

江迟景起先觉得有些莫名其妙，但顺着瑞恩的目光看过去，立刻明白了是因为什么。只见郑明弈面无表情地走了过来，双手十指交握活动着手腕，一副典型的准备揍人的模样。

"你看我干什么？跟你有什么关系？"瑞恩应该是意识到自己的举动有点孬，又强行拿出气势，挺起胸膛走到了郑明弈面前。

郑明弈顺势揪住瑞恩的衣领，沉声问："怎么，另一只手也想被废掉，是吗？"

瑞恩顶嘴道："你有种试试？"

江迟景觉得头疼起来，这时，狱警和漆厂领班的人都来到了这边，江迟景按着瑞恩的胳膊，把他押了过去，烦躁地说道："赶紧滚。"

"行，我记着了。"瑞恩仰起下巴，挑衅地看着江迟景。

江迟景从来不怕犯人的威胁，压根没把这句话当回事。

郑明弈却垂下头，突然没头没尾地问了一句："你的手铐会收回来吗？"

"另外去拿一副就是了。"下意识地回答完，江迟景才觉得不对劲，"你问这个干什么？"

"没事。"郑明弈淡淡地道，"以备不时之需。"

离周末还有一天，江迟景难得请了一天假。他本意是想调休，结果瑞恩威胁他的消息已经传到了行政科狱警的耳朵里，别人见他要休假，还以为他是为了躲瑞恩。江迟景当然不会把瑞恩当回事，随便解释了几句，该休假还是休假。

休假结束的周一早上，江迟景和往常一样给郑明弈念新闻，只是郑明弈却不怎么专心。

"看屏幕。"江迟景皱起眉头，用左手的食指敲了敲桌面，提醒老是分心的郑明弈，"你就不怕我乱念？"

"你乱念我也看不出来。"郑明弈的手肘撑在桌面上，用手托着下巴。

江迟景重新看向屏幕道："这周电子制造……"江迟景最终还是没能沉住气，松开鼠标，靠在椅背上道，"你到底有没有在听？"

"我在听。"郑明弈道，"不信你考我。"

江迟景挑眉："要是你答不上来？"

郑明弈："那你可以惩罚我。"

江迟景问道："今天美元兑人民币的汇率是？"

郑明弈报出了一连串数字，老实说，其实江迟景念完之后已经不记得了。

江迟景又问："今天哪个行业有重大变动？"

郑明弈道："制造业。"好吧，看来是惩罚不上了。

江迟景将双手抄在胸前，问道："你到底是怎么做到一心二用的？"

郑明弈道："就跟左手画圆右手画方一样，顺其自然就行。"

江迟景无语地抽了抽嘴角，这是顺其自然就能办到的事？不过他突然想到一个问题，郑明弈的小秘密还在他的手里，他干吗要让这个人在这里秀优越感？

"话说，"江迟景的心里冒出了一个坏主意，他缓缓地开口道，"这几天我在家里认真学习炒股，在论坛上认识了一个朋友。"

"朋友？"郑明弈问。

"没错，叫作 Go，好像很厉害。"江迟景说到这里停顿了一下，"他跟我聊了很多，让我多关注冷门板块，可以在低位建仓。"

江迟景接连说出了好几个专业名词，倒不是提前做好了准备，而是和郑明弈这位炒股"大神"混了这么久，再怎么也积累了一定的金融知识，所以说得极其自然，就跟真的一样。

"Go？"郑明弈的脸上第一次出现了江迟景从未见过的疑惑表情，"你在网上认识的朋友是 Go？"

"怎么，你也认识？"江迟景道，"我看他发的帖子很专业的样子，就私信了他，他很快回复了我。"说完这句话，江迟景简直想给自己颁发一座奥斯卡小金像。他从来不知道他的演技能这么好，唬起人来一点不带心虚的，连他自己都快要信以为真。

"Go 回复了你？"郑明弈的表情更加疑惑，但他还是努力维持着表面的不动声色。

江迟景心里的小人早已笑得不行，但他仍旧用闲聊的语气道："他人挺好的，我问什么，他都会回答。"

"你确定跟你聊天的人是 Go？"郑明弈问。

江迟景相信郑明弈还想补充一句：你确定不是盗号的人？

"不然呢？头像就是他。"江迟景反应迅速地逮住郑明弈露出的小尾巴，道，"听你这个问法，你果然会上这个论坛。"

之前江迟景问了郑明弈半天，他总是岔开话题，然而这次江迟景挖的这个坑，他已经没法再躲过去。

"会上。"郑明弈显然不习惯被逼问出自己想隐瞒的事，嘴角的弧度有些不自然，多的也不愿意说，只是简单地吐出了两个字。

"那你的 ID 是什么？"江迟景眨了眨眼，"我们可以加好友。"

郑明弈没有回答，抿了抿嘴唇，半晌后才憋出一句话："我在坐牢，加好友也没用。"

听到这话，江迟景心里的小人简直笑得满地找牙，你还知道你在坐牢？他的嘴角勾起不易察觉的弧度，不过很快收敛起来，他继续装模作样地问道："那你跟 Go 神谁厉害？我觉得跟他学炒股也不错。"

"你已经有我当老师了，为什么还要跟别人学？"郑明弈皱起眉头，"那个 Go 还不知道是个什么玩意儿。"

江迟景看到郑明弈被他逼得要崩溃的模样，一下子觉得之前被耍得抓狂的烦躁，全都找了回来。他转过头去看了一眼窗外，压下嘴角的笑意，又看向郑明弈问："但我觉得他说的东西很专业。"

郑明弈明显变得有些急躁起来，皱眉道："你不要再跟他聊天。"

江迟景慢悠悠地道："为什么？"

"因为，"郑明弈停顿了一下，显然是现编了一个理由，"以你的炒股知识储备，还没法分辨对方的水平。"他说得还真像那么回事。

江迟景懒洋洋地"哦"了一声，又问道："那我怎么能相信你的水平不错？"

"我……"郑明弈还是第一次被江迟景噎得无话可说。

江迟景再也忍不住，勾起嘴角笑道："你今天有点不对劲，郑明弈。"

这句话的潜台词是：你今天怎么这么弱？说这句话的时候，江迟景带着一种看穿一切的运筹帷幄，还带着一点小小的得意。毕竟被郑明弈碾压了好几次，他难得找回一次场子。

但或许是他身上的气场跟以往大不相同，郑明弈警觉地收起了脸上的烦躁表情，像是才意识到这个对话打从一开始就有些奇怪，问道："你怎么会去找 Go 聊天？"

"不可以吗？"江迟景知道郑明弈已经开始反击，但有着天衣无缝的理由，"论坛里他很出名，想要找他请教的人很多吧？"

"那你现在打开论坛，"郑明弈仰了仰下巴，指着电脑显示屏，"让我看看你们都聊了些什么。"

突如其来的进攻让江迟景愣住了，脑海中闪过三个字：大意了。他怎么就没想到郑明弈可以立刻验证他的谎话呢？

郑明弈又道："如果他说的观点没有问题，那你跟着他学也可以。"

江迟景感到有些后悔，这时候才意识到，他给郑明弈挖的坑，实际上也坑到了自己。这简直是伤敌一千，自损八百的打法。

郑明弈起先应该是乱了阵脚，没有立刻反应过来，但等他冷静下来之后，智商立刻恢复了正常水平。而智商正常的郑明弈，江迟景根本打不过。

"为什么要给你看私聊消息？"江迟景强撑着说道，"跟你又没关系。"

"我怕你被骗。"郑明弈说着自顾自地拿过鼠标，打开了论坛的登录页面，"登你的号，我看看你们都说了什么。"

郑明弈那个样子显然是不想给江迟景拒绝的机会，铁了心要看江迟景的私聊内容。

"不登。"江迟景皱眉道，"要登你先登，凭什么要我登录账号？"

郑明弈放在鼠标上的手指略微往上抬了抬，不难看出他有一瞬间的冲动，真的想登录自己的账号。但他很快放下手指，打量着江迟景道："那算了。"

江迟景暗中松了一口气，看样子他没有猜错，郑明弈不愿意主动暴露他在论坛里的马甲。

或许是为了保持神秘，又或许是为了其他目的，总之他不想把网络上的自己暴露在他人面前。其实江迟景也会有这样的想法，把网络和现实分开，要是在现实中说出自己的网名，会莫名有种害羞的感觉。

　　勉强度过危机，江迟景正在心里反省以后少玩火，就在这时，图书室的门口突然伸了个脑袋进来，来人对江迟景道："偶像，我刚打扫完三楼的办公室，这里需要我打扫吗？"

　　莱特什么时候来不好，偏偏挑两个人正聊到 Go 的时候来？郑明弈似乎对"偶像"这两个字非常敏感，看了看莱特，接着又看向江迟景道："偶像？"

　　仅仅是一个称呼，应该不至于暴露什么，但郑明弈的眼神犹如猎鹰一般犀利，让江迟景仿佛又回到了黑衣人袭击郑明弈的那天晚上。

　　江迟景头一次意识到原来芒刺在背是这种感觉，朝莱特挥了挥手，说了句"不用"，但这时郑明弈突然叫住莱特问道："你是因为什么入狱？"

　　江迟景连忙道："他就是小打小闹……"

　　"我是正义的黑客。"莱特的声音压过了江迟景心虚的声音。

　　"黑客。"郑明弈一个字一个字地重复了一遍，若有所思地问，"你叫什么名字？"

　　"莱特。"回答完之后，莱特这才警惕地皱起眉头，"你问这个做什么？"

　　江迟景简直想扶额。他难道不应该先问对方的目的，再报出自己的大名吗？

　　"莱特……灯光。"郑明弈自言自语地说着什么，接着突然笑了一声，兴致盎然地看着江迟景道，"江警官，游戏可不是这么玩的。"

第八章
Chapter 8
朋友

　　江迟景觉得他和郑明弈的差距主要在于心态。当他了解郑明弈的小秘密时，总是把握不好心态，所以没能在合适的时机见好就收。

　　都说祸从口出，如果刚才他只是点到即止地提两句 Go，相信本来就心虚的郑明弈应该也不会提出要看他的聊天记录。结果现在倒好，他玩着玩着，把自己玩进去了。

　　反观郑明弈，无论是聊到香水还是居住地，都是适可而止，稍微露出一点尾巴，就立刻收起来，让江迟景根本没法逮住。

　　现在江迟景知道自己已经暴露，但郑明弈只是说了一句"游戏不是这么玩的"，之后就不再聊这件事，也不点破，跟往常一样到点就离开了图书室。所以游戏到底是怎么玩的？话只说一半最让人着急，郑明弈还不如给他一个痛快。

　　江迟景记得莱特曾经说过，Go 会回他的私信，这说明两个人在网络上早就有过联系。他很想问郑明弈，是不是莱特的网名就是"光"？是不是莱特对 Go 说过自己是黑客？是不是莱特对 Go 的称呼就是"偶像"？如果是这样，那郑明弈能认出莱特这个小迷弟也不奇怪。

　　再结合莱特叫江迟景"偶像"，郑明弈在江迟景这里使用电脑登录过论坛……这么多线索加在一起，要是郑明弈还识不破江迟景这个"伪偶像"，那就有些说不过去了。

亏得江迟景刚才还假装郑明弈被盗了号，结果没一会儿工夫，他就被郑明弈发现这个"盗号"的人就是他。好吧，或许除了心态以外，两个人在能力上也稍微有点差距。

莱特拿着拖把在图书室里从左跑到右，嘴上"嘿咻嘿咻"着，发出干活时的声音。

本来江迟景也没想让莱特来做卫生，但谁让这臭小子来的不是时候，让他把手里唯一的筹码都给玩脱了？

"偶像，你看我这地拖得干净吗？"毫不知情的莱特站直身子，双手拄着拖把，一脸求表扬的表情看着江迟景。

"不错。"江迟景漫不经心地扫了一眼，又看向窗外的方向，琢磨着怎么把这一局给圆回来。

"我说偶像，"莱特拿着拖把来到办公桌面前，"你跟凯文·郑真的关系不错吗？这不像你的作风啊。"

江迟景三天没来监狱里，正好奇他和郑明弈的友情故事到底被传成了怎样的版本。他一边拿起水杯喝水，一边问莱特道："什么关系？"

"听说你和他做了朋友。"

江迟景无语地抽了抽嘴角："你自己没有判断谣言的能力吗？"

"那你们真的关系很密切吗？"莱特一脸纠结地问道，"我知道有的人三次元跟二次元完全不一样，但是偶像你怎么能这样呢？凯文·郑坑了老百姓那么多钱，他是我们论坛的敌人啊。"

"他不是敌人。"江迟景不好多说，放下杯子道，"他的案子还有余地。"

"什么？什么？"莱特立刻竖起耳朵，倾身向前，趴在江迟景的办公桌上问，"凯文·郑是被冤枉的吗？"莱特不愧是阴谋论爱好者，江迟景不过只透露一点信息，他就立刻推导出了结果，还一副非常感兴趣的样子。毕竟对阴谋论爱好者来说，不为人知的隐情反而比官方消息更有可信度。

江迟景道："反正他不是敌人。你不用对他有那么大敌意。"

他何止不是你的敌人，他才是你的偶像。这句话江迟景没有说出口。

"我明白了，我听偶像的。"莱特郑重地点了点头，"既然如此，那你跟他做朋友，我代表广大论坛网友，也不是不可以接受。"

江迟景无语地抽了抽嘴角："不要听信谣言，我跟他没有关系。"

"是我说得不对。"莱特严肃地道。

江迟景控制住翻白眼的冲动，懒得再跟莱特聊这个问题，问道："打扫完了吗？打扫完可以走了。"

莱特嘿嘿一笑："我再跟偶像多待一会儿。"

看着莱特的眼神，江迟景突然觉得有点不对劲，这种眼神似曾相识。

江迟景："你不去找洛医生了吗？"

莱特："不用，洛医生那里不需要我打扫。"

江迟景隐约觉得这个倾向有点危险，以前莱特巴不得整天待在医务室里，这会儿怎么突然把目标转移到了图书室？他刚想到这里，图书室的门口就出现了一个穿白大褂的人。

洛海应该是来找江迟景闲聊的，没想到看到莱特拿着拖把站在这里。他诧异地看着莱特道："你怎么在这儿？"

"我来打扫卫生。"莱特道。

说这话时，莱特的双手紧张地握着拖把，说明他还是不像他表现的那样，不在意洛海的看法。

"你来这里打扫卫生？"洛海挑起一侧眉峰，"那医务室呢？"

"医务室……"莱特底气不足地道，"医务室洛医生自己打扫不就好了吗？"

洛海的眼里闪过一丝不可思议之色，他看向江迟景问："你给他下了什么蛊？"

江迟景也是觉得头疼，但还没等他开口，莱特就替他开口说道："艾伦警官没有给我下蛊，是我主动要来给他打扫的。"

"你赶紧把他领走吧。"江迟景对洛海道，"让他好好劳动，顺便给他好好做一下思想工作。"

"那必须。"洛海对莱特招了招手，"给我过来。"

莱特没动，看向江迟景，一副恋恋不舍的模样。

洛海又加重语气道："过来！"

莱特这才磨磨蹭蹭地离开，一步三回头地看看江迟景。

糟糕。江迟景突然想到一个问题，他这个"伪偶像"到底坚持不了多久，莱特很快就会发现他跟网上的 Go 不太一样。而如果莱特知道郑明弈才是 Go 的话……

这天下午，郑明弈按惯例来到了图书室，但跟往常不同的是，今天图书室里除了他以外，再没有其他犯人。偌大的图书室里空荡荡的，任谁看都会觉得有些反常。

"今天犯人有活动吗？"江迟景问。

"没听说。"郑明弈还是坐在第一排靠窗的位置，两个人面对面坐着，中间隔着三五米距离。

平常图书室里没有其他人时，郑明弈都会坐在江迟景旁边，现在两个人隔着这么远说话，江迟景还有些不习惯。

"问你件事。"江迟景道。

"跟围棋相关吗？"郑明弈道。

对话中突然冒出个围棋，江迟景愣了一下才反应过来，围棋就等于 Go，郑明弈这是变着法地在提论坛的事。这果然很像郑明弈玩游戏的风格，什么事都要绕着弯来，就看对方能不能立刻反应过来。

"不相关。"江迟景道，"我是想问你喜欢跟弟弟打交道吗？"

这样的问题或许有些突兀，但江迟景的语气很淡定，就像在做心理测试一样。

郑明弈歪着脑袋思考了一下，反问道："你不是跟我一样大吗？"

江迟景顿时觉得有些奇怪，郑明弈怎么会知道他的年纪？不过他转念一想，随便找个狱警问一问就能知道的事，倒也不至于大惊小怪。

"我不是在说我。"江迟景道，"我是说你的小迷弟，他刚满十九岁没多久。"

"你是说'光'？"郑明弈好笑地问道，"那不是你的小迷弟吗？"

郑明弈的游戏玩法之二：揣着明白装糊涂。

江迟景慢悠悠地道："那行，我这就去告诉他，谁才是他真正的偶像。"

这一招果然管用，郑明弈很快收敛起玩笑的表情，换上正常的语气问："他怎么了？"

"他对你的喜欢非常狂热。"江迟景停顿了一下，"不过准确来说，是对你的马甲。"

"你是说他对你……"郑明弈的话还没说完，图书室的门口突然响起了一阵脚步声。江迟景循声看去，只见七八个身形高大的犯人从外面走了进来，都是平时不会来图书室的面孔。

这些人进入图书室后，随意地踢着桌椅，大大咧咧地在前几排位子坐下，就这么直直地看着江迟景。直到最后一个人走进图书室里，江迟景才明白过来到底发生了什么。

是瑞恩。他应该是私下搞了小动作，不让其他犯人申请来图书室，然后自己带领着手下浩浩荡荡地闯进来，到江迟景的地盘来撒野。

"中午好，艾伦警官。"瑞恩用脚钩过来一张椅子，在江迟景的办公桌对面坐下，椅子腿在地上划过，发出了刺耳的响声。

"你有事吗？"江迟景冷冷地道。

"还能有什么事？来这里学习呗。"瑞恩转动脑袋，一副新奇的样子往四处看了看，接着对着郑明弈道："哟，你也在。"

江迟景下意识地看了一眼郑明弈，只见郑明弈突然站了起来，面无表情地走到了瑞恩的面前。

瑞恩的表情明显愣住，上半身往后靠了靠，一脸警惕地问道："干吗？"

"好狗不挡路。"郑明弈低下头，俯视着瑞恩道。

老实说，郑明弈看人的样子有点可怕。因为江迟景知道，郑明弈只有在认真的时候才会露出这种眼神。

但是瑞恩显然没有接收到这一危险信号，用手指着四周道："这图书室这么宽敞，你非要从我面前……"

瑞恩的话被"刺啦"一声打断，是椅子腿与地面摩擦发出的刺耳响声，接着瑞恩重心不稳，晃了晃身子，又伴随着"哐当"一声，摔到了地上。

郑明弈直接把瑞恩坐着的椅子蹬到了一米开外，而瑞恩因为惯性没能止住势头，连带着椅子一起倒了下去。

瑞恩的小弟们立刻站了起来，凶神恶煞地瞪着郑明弈，图书室里又发出了不小的响动。

郑明弈旁若无人地从瑞恩身上跨过去，走进工作区内，在江迟景的身边坐下，然后淡定地扫视了一圈对面站着那些人。他那从容不迫的样子仿佛在说：要动他，先看看你们有没有这个能耐。

江迟景侧过头看着近在咫尺的郑明弈，虽然在这剑拔弩张的气氛中有点不合适，但江迟景的心里不由得冒出了一个念头。

或许跟郑明弈这样的人交朋友也不错。

江迟景从郑明弈的侧脸上收回视线，慢悠悠地看向瑞恩，取下了挂在肩上的对讲机。他根本不怕瑞恩来图书室闹事，只要对方敢闹事，他就立刻叫巡警队的人过来。像这样规模的人数跟狱警起冲突，可以直接定性为暴乱，到时候他们转监或加刑期都有可能。

或许对瑞恩来说，加不加刑期都无所谓，反正他也不见得能出去，但对他的那些小弟来说，加刑期还是挺严重的一件事。如果江迟景没记错的话，其中有好几个人，都是三年之内就能出狱的。

这种时候就得看这些小弟是把兄弟义气看得更重，还是把自己的利益看得更重。当然，也得看看瑞恩这个人有没有良心，会不会拿兄弟的前途来满足他的一己私欲。

就目前的情况来看，江迟景推测大概率是不会。他和瑞恩之间的矛盾并不是什么深仇大恨，犯不上为了这点小事就把这么多人的前途都搭进去。瑞恩能在克里斯那里坐到二把手的位置，也不完全是因为敢拼，多少还是有点脑子的。

对弈这事无非就是琢磨敌人的心思，江迟景猜测瑞恩的目的不是闹事，但还是拿起了对讲机进行威慑。因为对弈也会发生突发情况，万一瑞恩突然想不开要跟他拼个你死我活，那对讲机至少能给他打一针镇静剂。

事实证明江迟景的推测没错，瑞恩被小弟扶起来后，用手拦住身旁气势汹汹的小弟，道："没事，坐回去。"

江迟景也随之把对讲机立在办公桌面上，仿佛是一块警示牌，警告瑞恩闹事会有怎样的后果。

然而江迟景分析到了瑞恩不会闹事，还是没能分析出瑞恩来这里的真实目的。他以为瑞恩带一伙人过来，就是来留下几句挑衅的话，给自己找回面子后扬长而去，但实际上，瑞恩甚至连挑衅的话都没说，就这么跟一群小弟坐在一起，一动不动地盯着江迟景。

同时被一群人盯着，是让人很烦躁一件事，更别说这些人的脸上都没有表情，就像一个个木偶，死气沉沉地看着他。

这之中只有瑞恩的脸上有着看好戏的表情，显然他是在期待江迟景会有怎样的反应。

"要戳瞎他们吗？"郑明弈偏过头来问。

戳瞎他们当然不可能，但郑明弈会这么问，可见也是被看得有些烦躁。

"没事。"江迟景道，"让他们看。"

话虽如此，但其实江迟景比郑明弈也好不到哪里去。

这些囚犯都没有喧闹，江迟景没有理由赶他们走。要说他们来图书室没看书，这也不是什么大不了的理由，他们完全可以去书架上随便拿一本书就是。

"我不喜欢被他们盯着看。"郑明弈面无表情地转过头跟对面的木偶们对视，冷冰冰的语气能听出他是真的很不高兴。

江迟景转过头，瞥了郑明弈一眼。不得不承认，在被一群人针对的时候，有人陪在身边，为自己挺身而出的感觉真的很好。江迟景突然就感觉没那么烦躁了，抬起手拍了拍郑明弈的肩膀，道："不碍事，美好的东西就是要让大家欣赏。"

"美好的东西？"郑明弈转过头来看向江迟景，表情中带着一丝不解。

"我是说我的盛世美颜。"江迟景说完自顾自地笑了笑，把手收了回来。

他原以为这次这个笑话至少可以打上 90 分，结果旁边的人仍然一点反应也没有。他又转过头去看了看，正好对上了郑明弈的双眼。

"干吗？不好笑吗？"江迟景问。

"没。"郑明弈看着江迟景道，"你是盛世美颜，那我呢？"

江迟景没想到郑明弈还会接下去，装模作样地思索了一番，道："你也就差一点点吧。"

"差在哪里？"郑明弈挑起眉头，较真地问。

"嗯——"江迟景用手摸着下巴，上下打量起郑明弈来。

老实说，江迟景觉得郑明弈的长相一点也不差，只不过跟他是不同的风格："你穿西装的样子更好看。"

"西装吗？"郑明弈低头看了看自己身上的囚服，接着重新看向江迟景道，"等我出去后再穿。"

江迟景随意地说道："那你倒是尽快出去。"

郑明弈轻声笑了笑，道："我倒是想尽快出去，但时机还未到。"

江迟景问："什么时机？"

郑明弈道："天时地利人和。"

两个人随意地聊着天，仿佛工作区是与世隔绝的独立天地，无论瑞恩跟他的小弟在外面怎样作妖，都不会影响到两个人的心情。

但瑞恩显然不会让江迟景过得这么舒服。他浩浩荡荡地带一批人过来，要是没能找回面子，那跟颜面扫地没有什么区别。

没过一会儿，图书室里响起了令人不适的响动，有椅子承受不住重量发出的"咯吱"声，还有椅背和桌子碰撞发出的"咚咚"声。

江迟景循声看去，只见对面那些人有的在抖腿，有的翘着椅子晃来晃去，没有一个人坐姿规矩。他深吸了一口气，正要出声呵斥，那些人立刻停了下来，就像是知道江迟景要说什么一般。然而当江迟景收回视线后，对面又响起了令人烦躁的响动。很显然，这些人就是故意的，故意让江迟景不自在。饶是江迟景心态再好，有人在他的地盘里这么嚣张，他也很难假装什么都没有看见。

　　江迟景面无表情地和瑞恩对视了一阵，决定还是先让巡警队的人过来。但就在他拿起对讲机时，图书室的门口突然跑进来一个冒冒失失的人。

　　"偶像，不好了，我听说——"莱特的后半句话被憋了回去，因为他看到了图书室里坐着的人。他贴着墙走到工作区边上，压低声音对江迟景道："我听说瑞恩要带兄弟过来。"这个消息还真够"及时"。

　　"这里没你的事。"江迟景道，"赶紧出去。"

　　"那不行，我要来帮你。"莱特说着四下看了看，接着朝座位区的方向走去。

　　江迟景见状顿时心生诧异，难不成莱特这是要去帮他打架？这样可不行。

　　结果只见莱特客客气气地对挡着路的人说道："麻烦你让一下。"

　　那个人上下看了莱特两眼，应该是不知道这只小菜鸟到底要干啥，把挡着通道的腿给收了回去。

　　莱特去后排拿了一张椅子，又笨手笨脚地穿过"敌区"，把椅子放到了工作区旁边。

　　由于江迟景坐在里面，郑明弈跟莱特离得更近。莱特目不斜视地越过郑明弈，一脸严肃地看向江迟景道："偶像，我永远支持你。"

　　"喂。"郑明弈抬起手晃了晃，切断了莱特热烈的视线，"该去哪里劳动去哪里，这里不需要你掺和。"

　　"凭什么？"莱特不高兴地看着郑明弈道，"你知道我和艾伦警官是什么关系吗？你只不过是抢占了先机，你现在坐着的这个位置，以后还指不定是谁的呢？"

　　"怎么？"郑明弈带着一副好笑的表情问道，"你还想抢我的位置？"

　　江迟景头疼地看向窗外，强行忍住想要揉眉心的冲动。这两个人到底在干吗啊？

　　郑明弈是够闲，明明知道莱特崇拜的是他自己的马甲，而不是他江迟景，就这也能跟莱特较上劲。而莱特更是分不清场合，江迟景都还没想好该怎么解决瑞恩，现在对面那么多人坐在那儿看戏，根本不是掰扯这个问题的时候。

"艾伦警官。"莱特的声音拉回了江迟景的视线，"你说说，我跟他谁更重要？"

莱特的眼神里带着一股笃定，仿佛在说他和偶像认识了这么久，不可能比不过一个外人。

但江迟景真的很想说：小伙子，你认错人了。

最后江迟景还是叫来了巡警队的人。被巡警队的人拎着警棍一顿教育之后，瑞恩那帮人像一只只鹌鹑似的老实下来。

但看瑞恩临走时的眼神，江迟景知道，瑞恩并没有善罢甘休。

时间转眼来到周三，这天江迟景需要送的信件有点多。

有犯人的女儿考上了大学，有犯人的妻子写来了诀别信……其实来来回回收信和寄信的犯人就固定那么几十个，而其中有一个只寄信，从来收不到回信的犯人，江迟景决定今天去找他好好聊一聊。

"谢谢，麻烦你了，艾伦警官。"一号监舍楼的牢房内，克里斯从里面递出来一封信，跟往常一样向江迟景道谢。

平时江迟景拿过信后就会离开，不会跟克里斯多说一句话。

但今天不一样，江迟景从克里斯手里接过信后瞥了一眼，果然和之前是一样的地址。他拿着信在手里掂了掂，漫不经心地说道："这次的信可能要很久才能寄到了。"

"很久？"克里斯已经走回了牢房中间，听到江迟景的话又返回到窗边，"为什么？"

"为什么？"江迟景淡淡地重复了一遍，看着手里的信，问道，"你还不知道瑞恩做的好事吗？"

江迟景没有直接点明，但他的意思不难理解，既然瑞恩给他找不痛快，那他就在瑞恩的大哥克里斯身上找回来。

虽然江迟景不会主动惹事，但要真遇上事，也绝对不怕事。他每天要检查犯人的信件内容，所以知道许多犯人的隐私，包括克里斯的。

"瑞恩的事，只要不太过分，我都不会管。"克里斯道。

和欺负其他犯人相比，带一堆人去图书室乘凉，的确算不上太过分的事。想当初瑞恩被郑明弈揍成那样，克里斯都没有插手，江迟景也知道这样的事克里斯同样不会插手。

"那你的信我也不管了。"江迟景抬起头，面无表情地看着克里斯道。

"艾伦警官，我知道你是个好人。"克里斯直视着江迟景的双眼，"你不会做这样的事。"

"你错了，克里斯。"江迟景心平气和地说道，"对你们这样的人，我什么事都做得出来，不要以为我是个善茬。"几个囚犯而已，还真当这里是游乐园，能够为所欲为？

克里斯一言不发地看着江迟景，显然是在心里衡量利弊。半晌后，他呼出一口气，松口道："那好吧，我找瑞恩谈一谈。"

得到想要的回答，江迟景不再多说，带上手中的信离开了监舍楼。

到了下午，瑞恩果然不再来图书室。

其他犯人应该是还不知道消息，仍旧不敢来这里看书，因此过了十二点之后，只有郑明弈一个人来到了图书室里。

"今天你坐外面。"江迟景看着走过来的郑明弈，仰了仰下巴，指着对面的座位区道。

郑明弈闻言停下了动作。

"瑞恩不会过来。"江迟景解释道。

"你怎么知道？"郑明弈继续往前走。

"我找了克里斯。"江迟景道，"他答应帮我解决瑞恩。"

"克里斯？"郑明弈面露一丝诧异神色，"我找了监狱长，你确定是克里斯帮的忙？"

这次轮到江迟景感到诧异："你去找了监狱长？"

"嗯。"郑明弈道，"你说不能使用暴力，那我只能想其他办法。"

"那监狱长怎么表示？"江迟景问。

"说会加重他们的劳动强度。"郑明弈道。

这种方式算是对瑞恩等人找事的惩罚，等过一段时间，他们就会发现自己被集体针对，然后想到问题出在江迟景这里。也就是说，他们来图书室挑衅，以为是自己占了上风，但实际上增加了自己的劳动强度。稍微有脑子的人都会意识到，他们这种举动非常傻。扬扬得意，却暗中被整，这就叫作得不偿失。

对江迟景来说，他可能只是心情不好，但对瑞恩那些人来说，他们是增加了实际负担。而有了这一结果，江迟景也不必再感到不高兴，反而可以抽离出来，以看戏的心态看瑞恩等人给自己没事找事。总之无论怎么看，最终都是江迟景赢下这场博弈。

"那就不是监狱长。"江迟景道，"不会见效这么快。"

只是小半天的时间增加了工作，还不足以让瑞恩等人想到他们是受到了惩罚。

郑明弈显然也认同江迟景的说法，不再考虑监狱长这边的可能性，问江迟景道："克里斯为什么会帮你的忙？"

这就有些说来话长了。江迟景拿起水杯喝了一口水，挑了个最容易说明的切入点，不疾不徐地说道："我的工作需要检查犯人的信件，克里斯每周都会给一对老夫妇写信。"

"老夫妇？"郑明弈问，"他的父母吗？"

"不是。"江迟景道，"是他杀害的那个人的父母。"

郑明弈露出诧异的表情，显然是没想到克里斯还有这样一面。

"信件的内容都是普通的日常，语气看上去他跟那对老夫妇很熟悉，但是老夫妇从来不会给他回信。我有点好奇他为什么这么执着，所以就去打听了他的案子。"之前江迟景在法院工作，想要打听这种案子并不困难。

"他杀害的人叫作维格。"江迟景继续道，"是他的兄弟，也是一起连环虐杀案的嫌疑犯。"

"等等。"郑明弈打断江迟景的话，"你是说他杀的人是嫌疑犯？"

"没错。"江迟景道,"当时市里发生了好几起随机性虐杀案件,由于找不到规律和动机,警方一直没有头绪。后来又一名女性失踪,市里发动全部警力去寻找,就是在这时候,出了维格的命案,那名女性在一处废弃工厂里被成功解救,从那之后,虐杀案再也没有出现过。"

"你说警方一直没有头绪,"郑明弈思索着道,"那意思是在维格死后,警方才将他列为嫌疑人?"

"是的,一开始警方完全没有注意到这个人。"江迟景道,"后来在调查他时,发现他跟前几起案子有关联,但那时候人已经死了,这就成了无解的悬案。"

"那克里斯杀维格的动机……"郑明弈的想法应该跟江迟景一样。

江迟景:"他说是金钱纷争,其他一概不肯说。"

郑明弈又问道:"所以警方的结论是……?"

"官方结论就是故意杀人。"江迟景停顿了一下,才继续道,"不过你猜警方私底下的结论是什么?"

"背后有隐情。"郑明弈道,"克里斯不肯说杀人动机,是为了保全他兄弟的名声。"

"嗯,不管对方是不是杀人犯,多少还是有点兄弟情吧。"江迟景道,"但克里斯什么都不肯说,所以具体怎么回事,也没有人能知道。"

郑明弈低下头,陷入了沉思,像是在回忆他和克里斯之间的短暂交流。之前郑明弈说过克里斯揍他时没有用力,当时江迟景就觉得,克里斯应该是个有分寸的人。

"那他为什么要帮你?"郑明弈看着江迟景问,"跟他讲道理吗?"

"没有。"江迟景摇了摇头,"我威胁他不给他送信,这对他来说,应该是一件挺严重的事。"

"这种威胁对他管用?"郑明弈微微皱眉,显然是觉得不太能理解,"这不太像监狱大哥的风格。"

一开始江迟景也有过这种疑虑,但仔细想了想,觉得还是可以威胁克里斯试试。

"因为人性很复杂吧。"江迟景道，"如果我拿坏事威胁他，他不一定答应，但这次是瑞恩来招惹我，我想他应该是个是非分明的人。"

"所以反过来说，"郑明弈道，"他应该也知道你不会拿坏事去威胁他。"

"嗯。"江迟景道。也正因为如此，他跟克里斯之间的对话可以这么快就结束。

"厉害，江警官。"郑明弈从整件事中抽离出来，又换上了平时聊天的语气，"我应该做不到把人分析得这么透彻。"

虽然在拼智商的游戏上江迟景赢不了郑明弈，但在看人上面，江迟景自认还算看得比较准。

"这样看的话，在你的心里克里斯似乎是一个好人。"郑明弈又道。

"好人还是坏人，没有唯一标准。"江迟景道，"不过我一直相信，这世上没有绝对的恶人。"

这个观点江迟景从来没有对其他人说过，因为他不习惯在别人面前敞开心扉。但到了郑明弈这里，或许是觉得自己也无所谓隐藏不隐藏，所以就这么自然而然地说了出来。

"听你这么说，克里斯的情况的确挺复杂。"郑明弈又低下头思索了一下，接着重新看向江迟景道，"那我决定告诉你一件事。"

"什么？"江迟景问。

郑明弈："克里斯打算越狱。"

第九章
Chapter 9
越狱

听到这句话，江迟景愣了一下，第一反应是不太相信。他笃定道："不可能，克里斯在监狱里待了十多年，怎么可能会越狱？"

突然，江迟景又想到另一个问题，紧跟着问："不对，你跟他又不熟，怎么会知道他要越狱？"

"我跟他的确不熟。"和江迟景骤然加快的语速不同，郑明弈仍旧不疾不徐地说道，"但最近他们那伙人很不对劲。"

"怎么说？"江迟景问。

"一号监舍楼在翻新，犯人都被转移去了二号监舍楼，这事你知道吗？"郑明弈问。

江迟景大概知道监狱里有翻新监舍的计划，但具体什么时候实施没有关注过。

"翻新监舍需要给许多地方重新刷漆。"郑明弈道，"这部分工作是由漆工组的人负责。"

说起漆工，克里斯一派的人里有许多人在漆工厂干活，包括瑞恩也是。

"刷漆跟越狱有什么关系？"江迟景忍不住问。

"说起来有点复杂。"郑明弈道，"漆工组的人被分成了两组，每天晚上轮着去一号监舍楼加班。虽然加班有加班补助，但我看他们大多数人很抗拒晚上还要干活。

"不加班的人会跟其他人一起，在晚上八点之前解决个人卫生，但前几天我突然发现克里斯连着好几天都没来浴室。我观察了一下，发现他竟然每天都在一号监舍楼加班，晚上九点多才会回二号监舍楼。"

"万一他是想多挣补助呢？"江迟景问。

"有这个可能，所以我也没太在意。"郑明弈道，"但是前两天我去草莓种植棚旁边的卫生间，正好碰上两个漆工厂的人从里面出来，隐约听到了一句，'要确保那一天老大在一号监舍楼'。"

漆工厂和种植棚共用一个独立卫生间，这一点江迟景也是上周有人来参观时才知道的。他问道："哪一天？"

"我也想不到翻修监舍楼会有哪一天很特殊，一开始想过可能是完成那一天。"郑明弈道，"但克里斯也不用每天都去，而且完成翻修也不是什么重要的事。"

江迟景想了想，道："那说明'那一天'是随机事件，克里斯必须每天都在，才能刚好碰上。"

"没错。"郑明弈轻轻地笑了笑，像是没想到江迟景还能边听边分析，"我又想了下会有怎样的随机事件，但只是大概想了想，也没放在心上，直到前两天我发现瑞恩不太对劲，才开始往越狱的方向想。"

"瑞恩？"江迟景在跟着思考，但不像郑明弈，大部分时间可以更近距离跟犯人接触，所以没看出来有哪里不对劲。

"他最近有点爱折腾。可能你不知道，他刚从医院回来的那阵子很老实，也不敢找我的麻烦，但是最近他给我的感觉，就好像……"停顿了一下，郑明弈似乎是找不到好的比喻，又说道，"好像有皇位要继承一样。"

"你是说，他在确保自己在监狱里的地位？"江迟景道，"从而可以反推出克里斯可能要离开？"

"没错，你没这种感觉吗？"郑明弈道。

"有一点。"江迟景道，"我不过是铐了他，就这么点小事，他也非要找回面子。"

"开始往这方面想之后，随机事件的范围就可以确定了，肯定是跟外面有联系。"郑明弈道,"正好昨天中午吃饭,我旁边坐了个跟克里斯没关系的漆工组的人,我找他问了问,什么情况下会有外人进来。"

说到这里,郑明弈突然停了下来,就跟吊人胃口似的,江迟景不得不催促道:"什么情况?"

"原来翻修监舍用的油漆跟漆工厂那边用的不一样,过了多久,就会有供货商送来第二批油漆。"

"所以克里斯是想混出去?这不太可能,除非送货的人……"停顿了一下,江迟景又改口道,"不对,也有可能,克里斯在外面有许多人脉。"

郑明弈:"而且最近一号监舍楼的看管相对松一点,因为犯人都去了二号监舍楼,狱警的注意力都在那边。"

"但是车辆进出会有严格的检查,还会有警犬……"江迟景说着说着停了下来。

"油漆气味太重,会干扰警犬的嗅觉。"郑明弈道。

所有这些条件加起来,连江迟景都觉得,简直是天时地利人和。但推理是基于已知信息进行的,如果存在他们两个人都不知道的情况,那结论可能并不是这样。而且最重要的一点……

"那克里斯的动机呢?"江迟景还是想不明白,"我不觉得他会想越狱。"

"你可以直接问他。"郑明弈慢悠悠地道。

聊到这里,江迟景突然想到了一个问题,为什么郑明弈要告诉他这件事?

依照郑明弈的性子,一个连社区人员都懒得搭理的人,肯定不会去管别人的闲事。他推理归推理,但无论克里斯越不越狱,他应该都不会放在心上。

而郑明弈在这时候告诉江迟景这件事,显然是了解到克里斯的为人,突然改变主意,愿意给克里斯一个机会让江迟景去阻止他犯事。

越狱可不是一件小事,就算有天时地利人和,克里斯真的跑了出去,之后也很有可能被重新抓回来。原本以他现在的表现,说不定无期能减刑为有期，但如果他真的越狱被抓，这辈子都不要再想出去。

郑明弈去上工之后，江迟景在图书室里坐了一阵。

江迟景一向不喜欢管犯人的闲事，但这次的情况非常特殊。身为一名狱警，得知因犯人想要越狱，他不可能当作什么都不知道，然而在模棱两可的情况下，他也不可能贸然往上报。最后江迟景没有犹豫太久，顶着大太阳来到漆工厂找上了克里斯。

"艾伦警官？"漆工厂的门口，克里斯停下脱手套的动作，满脸诧异地看着江迟景。

两个人本来就不熟，早上收发信时见面还好，现在江迟景直接来到工厂找克里斯，说是破天荒也不为过。

"怎么，瑞恩还在招惹你吗？"克里斯继续脱下麻布手套。

江迟景看了看厂棚里的人，对克里斯道："跟我过来。"

克里斯不再多问，跟着江迟景来到了厂棚边上的阴凉处。

江迟景一开始想过委婉地套话，但转念一想，他和克里斯压根不熟，完全找不到套话的切入点，于是干脆出其不意地问道："为什么要越狱？"

克里斯一瞬间的表情透出一股狠劲，但他立刻平复下来，面无表情地说道："艾伦警官，你在说什么？我听不懂。"

虽然嘴上否定，但刚才的表情已经出卖了克里斯，这说明江迟景的这招出其不意发挥了作用。

"别装了，克里斯。"江迟景将双手抄在胸前，一副心平气和的样子道，"我有我的消息来源，我知道你要越狱。"

克里斯没有接话，两个人僵持了一阵，最后还是克里斯先长出一口气，松懈下来道："所以你要去告发我吗，艾伦警官？"

"为什么？"江迟景不答反问，"难道是因为杜克？但是他还有几年才会出狱。"

克里斯笑了笑，像是在说这个理由有些滑稽。他做了个深呼吸，吐出一口沉重的气，道："跟他没关系，是老太太要死了。"

江迟景的眉头一松，他立刻意识到克里斯说的是维格的母亲，也就是克里斯常年写信的对象。

"她的心脏一直不好，现在已经撑到了极限。"克里斯道，"医生说，现在做手术的话，她应该还能多活几年。"

江迟景下意识地张开嘴，想说那为什么老太太会死？但他及时止住势头，把话咽了回去。因为他知道这对老夫妇没钱。

"艾伦警官，你觉得你拿寄信的事来威胁我，真的会对我管用吗？"克里斯突然话锋一转，聊起了早上的事情。

江迟景听出克里斯话里有话，静静地等候他的下文。

"我说你是好人，是因为知道你是个好人。"克里斯道，"大概在半年前，老太太来找过我一次，也是这么多年来的唯一一次。当时老头子出了车祸，后半辈子只能坐轮椅，对方肇事逃逸，一直都没找着人。"

听到这里，江迟景微微皱起眉头，隐约猜到了克里斯为何要提这件事。

"老太太说我给她打了生活费，她不想要，但家里生活确实困难，所以以后再还给我。"克里斯看向江迟景，语气平静地说道，"我找外面的兄弟查过了，艾伦警官，是你给他们打的。"

江迟景把眼神移向别处，算是默认了克里斯的话。他的确不喜欢管犯人的闲事，但早已习惯了乐于助恶人以外的人。

当时他正好在打听克里斯的事，了解到这老两口过得很困难，便通过一点关系，给他们打了两万美元。两万美元对江迟景来说不算什么，却是老两口一整年的生活费。

"我也没钱还你，所以一直假装不知道这件事。"克里斯道，"今天上午你找上我，让我替你解决瑞恩的事，其实你不用威胁我，我也会帮你。"

好吧，看样子江迟景先前的分析还是出了差错。不过心里突然冒出了一个念头，他问道："所以你当年隐瞒杀人动机，是为了老太太？"

因为克里斯刚才说，老太太的心脏不好。

"你知道这件事？"克里斯皱起眉头，脸上露出诧异的表情，但或许是想到连越狱的事江迟景都能知道，便又恢复平静道，"还有老头子，他好面子，就算饿死也不肯跟别人张口。"

江迟景奇怪地问道："你为什么这么在意他们？"

克里斯沉默了下来，眼神有些放空，像是在回忆以前的事。半晌后，他缓缓开口道："我从小就没有父母，十几岁的时候出来混，认识了维格，他的爸妈待我就像亲儿子一样，从来没有人对我那么好过。"

"所以维格的确就是连环虐杀案的凶手。"江迟景道，"但那对夫妇已经失去了儿子，你不想再让他们受到双重打击。"

"何止是双重打击。"克里斯没有否认，"当年因为我杀了维格，老太太差点没能挺过来，要是他们知道自己儿子干的那些事，老太太铁定受不住，老头子可能也觉得没脸活下去。"

如果案件被调查清楚，真相不可能不公之于众。克里斯为了保护这对老夫妇，只能一个人扛下所有，否则以这起案件的性质，他可能只会被判个三五年。

克里斯和维格之间到底起了怎样的冲突，江迟景已经不需要再问下去。可能是克里斯意外发现维格是连环虐杀案的凶手，想劝他回头，结果维格不听，克里斯失手杀死了他。

江迟景沉默了一阵，也不知道该如何评价这事，心情复杂地说道："那你有没有想过那些被害者的家属？他们可能一直在等一个答案。"

"艾伦警官，我不是上帝，管不了那么多。"克里斯道，"我有自己的准则，我的准则就是偿还老两口对我的恩情。"

江迟景心中的道德标准一直界限分明，但克里斯的事让他头一次不知道该如何判断对错。他劝道："难道你不管杜克了吗？你跑了他该怎么办？"

"我没有选择，艾伦警官。"克里斯苦笑了一声，"其实最近一年来，他已经很少去招惹别人，但是前阵子知道了我要越狱的事，又开始疯狂地发泄他的不满。"

江迟景突然明白过来，难怪之前杜克找了小混混的麻烦之后，又马不停蹄地找上了郑明弈，原来背后还有这样复杂的原因。不过这也说明了一点，杜克已经默认了克里斯不会回头，所以这时候江迟景把杜克搬出来，不会起到任何作用。

"那你出去到底是要做什么？"江迟景没有放弃，继续问道，"给老太太筹集手术费吗？"

"我有个兄弟在珠宝店工作。"克里斯淡淡地道，"就干这一票，干完我就收手。"

"克里斯！"江迟景震惊地提高了音量，但又顾忌着四周有人，不得不压低嗓音呵斥道，"你疯了吗？竟然还想去抢劫？"

"我说了，艾伦警官，我没有选择。"克里斯道。

江迟景深吸了一口气，问道："手术费要多少钱？"

克里斯报出了一个数字，对普通家庭来说，算得上是个天文数字。他又道："老头子坐轮椅，没法照顾老太太，还得考虑后续的护理问题。我只有这次机会，必须一步到位才行。"

虽然江迟景乐于助人，但还没有好心到主动负担照顾两个陌生老人的余生的程度。

克里斯应该是看透了江迟景的想法，说道："艾伦警官，你什么都不用做就好。"

这句话颇有深意，江迟景铁青着脸，只听克里斯又道："艾伦警官，我这辈子只求过维格一个人，让他收手。现在我想求你，你什么都不要做。"

如果江迟景不是狱警，可能克里斯说到这个份上，他真的不会再插手。但问题是他有他的职责所在，不可能假装什么都不知道。

看现在这个样子，江迟景是劝不住克里斯了，再劝下去，可能连自己心里的底线都要动摇。他必须好好想一想，让郑明弃也帮着想一想，一定能想到其他解决办法。

"阻止他，或者告发他，就这么简单。"

昨晚江迟景辗转到深夜，脑海中的思绪杂乱无章。他一会儿觉得人非圣贤，孰能无过，还是应该劝克里斯一下，但一会儿又觉得这是原则问题，原则是必须坚持的底线，他不能在这上面犯错。

结果今天上午他顶着黑眼圈来询问郑明弈有什么办法时，这个人就轻描淡写地给出这么一个建议，好像江迟景昨晚的纠结都像个笑话一样。

"阻止他哪有那么简单？"江迟景皱眉道。

"那你要告发他吗？"郑明弈一边问，一边在白纸上写下"阻"和"告"两个字，并且分别在两个字上画了个圈。这段时间他们交流多了，已经习惯了用中文，现在连书写都下意识地用了中文，虽然笔画歪歪扭扭，而且写得很慢。

"不告发。"江迟景看着这两个字忍住没说什么，从郑明弈手中拿过笔，在那个错误的"阻"字中间补上一横。

不到万不得已，江迟景绝对不想告发克里斯。这是一种很奇怪的心理，并不是他分不清是非对错，而是克里斯对他那么坦诚，连越狱后的犯罪计划都告诉了他，加上背后又有这么多隐情，如果告发克里斯，江迟景总觉得这是辜负克里斯对他的信任。一个犯人的信任，当然也不是什么宝贵的东西，但克里斯这个人重情重义，江迟景实在做不出背后插刀这种事来。

"那么你现在有两个选择。"郑明弈又从江迟景手中拿过笔，在"阻"的圈下面画出两个箭头，写下了"拦"和"钱"两个字。

"拦"字简单，郑明弈倒没再写错，不过让江迟景意外的是，"钱"字写得还挺工整。看样子这个人真是注定了工作要跟钱打交道。

"一是拦下他，不让他出去；二是给他钱，解决他的问题。"郑明弈道。

"怎么可能给他钱？"江迟景又拿过郑明弈手里的笔，心情复杂地在钱字上画了个"×"，"那笔钱不是小数目，我不是慈善家。"帮是情分，不帮是本分。本来他和克里斯也没多少情分，要是帮到那种程度，无关情分还是本分，单纯就是个傻瓜。

"考虑过寻找筹款的渠道吗？"郑明弈问。

"那么大笔钱不可能短时间内筹集到。"江迟景道，"克里斯这么着急出去，恐怕老太太已经撑不了多久。"

如果只是十来万的小数目，兴许一两周就能搞定，但老太太手术需要的钱，除非奇迹发生，否则没那么容易解决。

"话说，"江迟景突然看向郑明弈，"你炒股是不是来钱很快？"

"你是说炒股帮他挣医药费？"郑明弈好笑地问，"行啊，江警官先给我 5000 万本金，那我保证完成任务。"

"要那么多本金？"江迟景才接触炒股没多久，也没有太具体的概念。

"一只股票一天的涨幅超过 5%，就已经是大涨，况且股票还不可能每天都涨。"郑老师再次上线，"我之前对你说过，股票收益最高的是哪两种人？"

这聊着聊着还考上了，江迟景道："去世的人和忘记账户密码的人。"

"对，要稳得住才能挣钱。"郑老师道，"短线交易风险大，对相同的预期收益，短线对本金的要求也就更高。"

江迟景把郑明弈的话换了个通俗易懂的说法：这件事靠炒股解决不靠谱。再说江迟景也拿不出 5000 万的本金来。他的家庭条件确实不错，但还没有到富得流油的地步。如果他能随随便便拿出 5000 万来，那帮助克里斯解决这事也不过是举手之劳了。

这说到底还是钱的问题。人生在世，大部分的烦恼跟钱有关，想要绕过这个坎，的确不太容易。

"所以帮他解决问题这条路还是走不通。"江迟景道。

"那么只剩下另一个选择。"郑明弈用食指敲了敲白纸上的"拦"字，"把他拦下来。"

"我昨天试过了。"江迟景最头疼的就是这一点，"根本说服不了克里斯。"

"为什么要说服？"郑明弈歪过头，"你可以直接把他拦下来。"

"怎么拦？"江迟景微微一愣。

"在他越狱的途中，"郑明弈再次拿过江迟景手中的笔，在白纸上勾勾画画起来，"找机会把他拦下来。"

江迟景每天到点下班，从来没有在天黑之后还待在监狱里。他昨晚思考了很久该怎么解决问题，但一直没有想过直接干预克里斯的行动，也是因为他的思维被局限在了朝八晚五的上班时间内。

"监狱的车辆进出口在这里。"郑明弈用笔尖指着画出来的一根横线，"货车从这里进来，会这样开到一号监舍楼的后门。"

笔尖在纸上画出一条曲线，箭头指向代表监舍楼的方块。"在这途中，只有这个地方处于监控的死角。"郑明弈在纸上圈出来的地方，位于浴室和监舍楼中间，正好是两边监控都拍不到的一段路。

郑明弈："你在这里拦下克里斯，就可以不惊动其他狱警，但是不排除克里斯情急之下会对你动手的情况。"

"如果他对我动手，我不会再顾忌他会受到什么惩罚。"江迟景道，"我会用对讲机通知巡警队的人有犯人要越狱，到时候全监狱戒严，他不可能再跑出去。"

"所以你看，"郑明弈慢悠悠地放下笔，"主动权完全掌握在你的手里。"

江迟景："但我的下班时间是下午五点，我不可能每天都守在监狱里。"

"行政科应该有人负责联系供货商。"郑明弈道，"你是狱警，打听应该不是难事。"

江迟景闻言陷入了沉思。的确就如郑明弈所说，他只需要打听出油漆的送货时间，就能悄声无息地解决这件事。

"我怎么觉得，"江迟景缓缓抬起视线，狐疑地看向郑明弈道，"这件事突然变得简单了许多？"

郑明弈用下巴指了指办公桌上的白纸，道："合理运用思维导图。"

刚才郑明弈引导江迟景做的，正是一个简单的思维导图。从告发和阻止中二选一，从给钱和拦人中二选一，再从劝说和干扰中二选一，最后确定下来干扰之后，再去思考具体的办法。

当然，即便如此，事情也没有完全解决。江迟景长出一口气，道："老太太的手术费始终是个问题，这就像一颗定时炸弹，指不定克里斯会做出怎样的事来。"

"确实。"郑明弈点了点头，"不过当务之急是阻止克里斯越狱。"

不得不承认，郑明弈的思路的确比江迟景要清晰许多。一件复杂的事情通过拆分之后，变成了数个简单的步骤，只需要理清思路，逐一攻克，就能大大降低难度。

江迟景又看了一眼白纸，郑明弈的字写得确实不好看，但画示意图倒是画得像模像样，连江迟景都没有注意过，原来南部监狱的整体布局是这样。或许这就是人与人之间的差别。

想到这里，江迟景莫名觉得有些不甘心，道："你真应该好好练一练你的字。"

对有阅读障碍的人来说，这个要求未免有些强人所难。但江迟景只在这一点上有绝对的自信，他也想要在郑明弈面前表现一下他的优秀。

"我的字很难看吗？"郑明弈拿起笔来，在白纸上一笔一画地写下自己的中文名字，"好像也还行吧。"

"你看看你写的'明'，"江迟景从郑明弈的手中拿过笔，一气呵成地写下"郑明弈"3个字，"这才是竖钩。"

郑明弈盯着江迟景写的字看了一阵，笑道："还是你写得好看。"他又拿过笔，重新写了一遍自己的名字，但还是写得歪歪扭扭的。

"笔画与笔画之间不要隔得太远。"他抬起头，发现郑明弈正盯着他看。

"干吗？不想学吗？"江迟景问。

"没。"嘴上这么说，郑明弈却放下了手中的笔。

"等我出去了，周末你来我家烧烤怎么样？"郑明弈道，"我家那个草坪还挺适合烧烤的。"

听到郑明弈的邀请，江迟景下意识地皱起了眉头。这个人知道自己在说什么吗？哪有犯人邀请狱警去家里烧烤的？

江迟景泼冷水道："你先出去看看你家被烧成了什么鬼样，还烧烤？"

"很严重吗？"郑明弈一副理所当然的语气道，"那我先住在你家吧。"

"我家？"江迟景顿时瞪大了双眼。

"不行。"江迟景立刻拒绝，"哪有囚犯住进狱警家里？"

"等我出去之后，我就不再是囚犯。而且我们不是朋友吗？"郑明弈道。

"不行就是不行。"江迟景仍旧拒绝。

上午的半个小时一晃而过，郑明弈在离开时，拿走了江迟景写着他的名字的那张纸，说是要回去好好练练。练字并非一朝一夕就能有进步，何况郑明弈还有阅读障碍。江迟景也没太放在心上，因为现在还有更重要的事要做。

"你说家具吗？"负责采购的同事对江迟景道，"翻新监舍楼不需要采购新家具。"

三楼的行政科内，江迟景不可能一上来就问油漆什么时候送货，所以打开话题的借口是家里有亲戚开家具厂，想来看看有没有合作机会。

"这样啊。"江迟景点了点头，用闲聊的语气道，"其实我家还有亲戚批发油漆，不过好像我们监狱已经有合作商了吧？"

"可不是嘛，油漆早就订下了。"同事道，"这第二批货都快送来了。"

没想到关键信息来得这么快，江迟景瞬间集中注意力，装作无心地问："是要等监舍楼那边用完再送来吗？"

"倒也不是。"同事道，"本来昨晚就应该送来。"

昨晚？江迟景差点没吓出一身冷汗。

"但是送货的人白天去给其他客户送货，路上耽搁了，晚上赶不过来，就改了时间。"送货不像快递，经常会有意外情况出现，耽搁个几天都是正常情况。

"那不会一直送不来，监舍楼都没用的了吧？"江迟景继续打探，这话的意思其实是在暗示如果送不过来，说不定可以找他亲戚。当然他并没有这样的亲戚，这样说只是为了让他的问题没有那么直接。

"那倒不会。"同事摆了摆手，无心地朝江迟景投来一颗重磅炸弹，"今晚就会送过来。"

江迟景："今晚？"

江迟景突然发现，阻拦克里斯越狱这件事，本质就跟蹦极差不多。

谁都知道蹦极不过是闭上双眼往下跳就完事，但真正站在跳台边上时，不少人的心里会打起退堂鼓。

阻拦克里斯也是一样，看起来不过是拦下货车把克里斯揪出来这么简单，但真正要行动时，江迟景却莫名有种还没准备好的感觉。倒不是他害怕，只是从来没有做过这种事，心里难免有些没底。

万一有其他狱警发现他在监舍楼外徘徊怎么办？万一克里斯拒不配合他不得不通知巡警队的人怎么办？他仔细一想，不确定的因素实在太多，似乎并没有郑明弈说的那样简单。

原本郑明弈帮他梳理思路之后，江迟景的心态已经平和了许多，但现在他突然得知克里斯即将在今晚越狱，内心又变得焦躁起来。

他想再和郑明弈确认一下阻拦的细节，然而到了中午时分，郑明弈并没有像往常一样出现在图书室里。

一些犯人已经知道瑞恩被克里斯教育了一顿，往日里那些常见的面孔又陆续回到了图书室里，但奇怪的是，每天雷打不动来报到的人，今天却不知道去了哪里。

"偶像。"莱特探头探脑地出现在图书室门口，向江迟景招了招手，"你出来一下。"

图书室里有其他人在看书，不方便说话。江迟景看出莱特是找他有事，便从工作区出来，来到了图书室门口。

"怎么了？"江迟景问道。

"郑明弈让我告诉你，他今天有事，中午不过来。"莱特道。

"有事？"江迟景没想到莱特竟然是来当传声筒的，"他说是什么事了吗？"

"没有啊。"莱特委屈地道，"我不想给他带话，他还威胁我要揍我。"

"不会的。"江迟景道，"他要是揍你我收拾他。"

其实江迟景的意思是，郑明弈已经答应了不使用暴力，因此他要是违反约定，那自己就收拾他。但莱特显然理解错了江迟景的意思，双眼闪闪发光地道："偶像，果然我在你的心里更重要。"

那倒也不是……江迟景怕这年轻人越想越多，委婉地提醒道："你有没有觉得，我和 Go 的气质不太相符？"

"唑，有一点。"莱特摸着下巴道，"偶像在网上很高冷，至于现实嘛……"

"现实怎么了？"江迟景挑眉。

"现实中有点凶。"莱特道，"老是教育我，跟个教育家似的。"

江迟景："……"你个囚犯，不教育你教育谁？

"偶像，"莱特赶紧说道，"你别介意，我说着玩呢。"

江迟景无语地抽了抽嘴角。他现在需要阻止克里斯越狱，莱特显然帮不上什么忙。至于郑明弈这会儿去了哪里，江迟景也想不出来，这样看来阻拦克里斯的事，基本上只能靠他自己了。

返回图书室时，楼梯的方向传来了打招呼的声音，江迟景循声看去，是瑞恩跟他的小弟们。

"艾伦警官，这两天过得舒服吧？"

瑞恩大摇大摆地朝江迟景走来，一点儿也不像刚被克里斯教育过的样子。这更加坚定了江迟景心里的想法，瑞恩在盼着克里斯越狱，等克里斯离开后，他就取代克里斯的位置。

"怎么，你还把图书室当你家了吗？"江迟景冷冷地问。

暂且不提江迟景会不会让克里斯出去，即便克里斯真的离开，江迟景也会想别的办法收拾瑞恩，不会让这个人在他的地盘撒野。

"谁说我要去图书室？"瑞恩嗤笑了一声，朝后面的小弟摆手示意，指着娱乐室的方向道："走。"

一群人路过图书室的门口，浩浩荡荡地走向了角落里的娱乐室。

江迟景顿时觉得不太对劲。这七八个壮汉一起挤进狭小的娱乐室，席地而坐之后，根本谈不上娱乐，能不能活动开来都是个问题。直觉告诉江迟景这些人去娱乐室肯定不是打发时间的，他回到工作区内，打开监控软件，戴上了无线耳机。

"应该就这两天了吧？"耳机里很快响起了瑞恩的小弟的声音，看样子江迟景猜得没错，这些人正在讨论克里斯越狱的事。

之前在娱乐室里安装的监控，竟然能在这种时候派上用场，江迟景也是没有想到的。

"肯定就这两天，油漆都快没了，顶多就明天。"

"反正不管什么时候，我们的计划都不要出差错。"

计划？江迟景不禁感到奇怪，难道瑞恩等人还参与了克里斯越狱的计划？不过他转念一想，瑞恩是克里斯的手下，帮着打掩护也是理所应当的事。但是接下来的对话让江迟景越发感到不能理解。

"克里斯也该出去了，他当监狱是什么学校吗？还为了一个狱警来批评我。"说这话的人显然是瑞恩无疑。

"说得是，克里斯过安稳日子过得太久了，都忘了这是什么地方。"

"克里斯那一套放外面还差不多，大家要是能那么听话，怎么可能还进监狱？"

"要我说，监狱就是强者为王，以暴制暴才对。"

其他几个人附和了几句，只听瑞恩又道："所以克里斯越狱那天晚上，我们一定要把事情闹大，这样其他人才会对我们心服口服。"

听到这里，江迟景心里的念头逐渐变得清晰，瑞恩早就对克里斯感到不满。江迟景开始分析瑞恩口中的"把事情闹大"，难不成是要把克里斯越狱的事搞得尽人皆知？但瑞恩明显是盼着克里斯赶紧离开，大肆宣扬克里斯的计划对他来说没有任何好处。要么就是他要在别处制造事端，吸引狱警的注意力，好让克里斯成功离开。

但他在监狱里闹事，还要把事情闹大，很有可能会导致监狱戒严，那反而会给克里斯的越狱造成阻碍。想来想去，江迟景只能想到一种可能：瑞恩应该是打算等克里斯离开之后，搞出一个大事件，彻底确立他在监狱里的地位。

"那要弄到什么程度？"有人问。

"不死也残废吧。"瑞恩道。

瑞恩回答的这句话，江迟景没太听懂其中的意思。然而还没等他深思，他的办公桌前突然出现了一个人，吓得他条件反射般关闭监控画面，警觉地看着眼前的人道："有事？"

杜克居高临下地看着江迟景道："你为什么找克里斯单独聊了那么久？"

"我没工夫搭理你。"江迟景也顾不上图书室里还有其他犯人，只能尽量压低声音道，"你不希望克里斯出事就给我安分点。"

杜克的眼睛里闪过一丝诧异之色，他迅速扫了一眼身后的那些人，俯身到办公桌上，压低声音道："你知道他的事？"

"不然你以为我找他做什么？"江迟景很想说，克里斯不是香饽饽，他不想巴结，但他估计这话杜克根本无法理解。

杜克动了动嘴唇，一副欲言又止的模样，显然是顾忌着身后八卦的那些人。江迟景注意到已经有犯人在看他们，便把杜克带到了图书室外。

"你确定知道他的事？"杜克狐疑地看着江迟景问。

"我会找机会拦下他。"江迟景没有提"越狱"二字，但这句话已经透露许多信息，包括他会帮忙阻止克里斯越狱。

"为什么？"杜克皱起眉头，"你为什么不告发他？"

"你难道希望我去告发？"江迟景道，"他的情况我了解一些，我会尽量帮他。"

杜克沉默了下来，像是始终无法理解江迟景的动机。或许在他的世界当中，就没有像江迟景这样单纯好心的人。

片刻后，杜克似乎放下了戒心，问江迟景道："你怎么拦他？"

江迟景想了想，还是没有向杜克透露太多信息，只是说道："我会想办法。"

"我可以信任你吗？"杜克直直地看向江迟景问。

江迟景抿了抿嘴唇，也没法打包票："我尽量。"

"好。"杜克点了点头，"需要我做些什么？"

"不要让克里斯知道我会去阻拦他。"说完之后，江迟景又想到瑞恩，便道，"帮我盯着瑞恩，不要让他闹事。"

江迟景的话音刚落，娱乐室里的一群人便走了出来。瑞恩走在最前头，看到江迟景和杜克两个人，戏谑道："怎么，杜克先生又想惹事吗？"

杜克没有接话，看瑞恩的表情有些不耐烦，等这群人从楼梯口消失之后，他收回视线，对江迟景道："一言为定。"

临近下班时，江迟景破天荒地去食堂吃了顿晚饭。不少狱警见着他和他打招呼，问他怎么还没下班，而他只好说工作还没做完，别人也就不再多问。

天色逐渐暗了下来，江迟景看着时间锁好图书室，来到了离车辆进出口不远的一处隐蔽地方蹲守。也不知道他抽了几根烟时，一辆大型货柜车终于出现在监狱门口。

门卫室的老王按照惯例盘问司机，有其他狱警带着警犬上前检查。看这样子，这应该就是送油漆的货车。办理好手续之后，货车沿着郑明弈画出的那条线路，缓缓地朝着一号监舍楼的后门驶去。

江迟景赶紧灭掉烟头，尽量避开监控摄像头，来到了事先确定好的那个地方。接下来又是无尽的等待，因为装卸油漆需要花上不少时间。

此时此刻，克里斯应该正在利用这段时间偷偷换上送货师傅的衣服，混进那辆大型货柜车当中。他有可能躲在车顶，也有可能躲在车底，还有可能躲在驾驶室的角落，让司机帮忙打掩护。

随着时间一分一秒地过去，江迟景的额头上逐渐渗出了密集的汗珠。明明太阳早已落山，四周的空气却仍然热得令人窒息。

江迟景安慰自己，但心里还是焦躁得不行。他拿出烟盒想要再点燃一根烟，但就在这时，前方的拐角处忽然响起了货车的"突突"声，与此同时，两道明亮的光线向江迟景的方向照了过来。

是车过来了。江迟景捏紧手中的烟盒，连心脏都跟着停跳了一拍。他举起手中早已准备好的手电筒，朝着驾驶室的位置晃了晃，抬手拦下面前庞大的货柜车道："停车检查！"

轰鸣的引擎声骤然停下，迎面吹来的气流夹杂着一股又脏又热的气息。

司机从驾驶室的窗户中探出半个身子，看向江迟景问："什么事啊？警官？"

"下车。"江迟景用手电筒指了指地面，又照向驾驶室道，"例行检查。"

车子再开几百米就是监狱的车辆进出口，那边有许多狱警、守卫，正常情况下不会有人在半路把车拦下来检查。司机和他的同事面面相觑，显然搞不清什么情况，但他还是熄灭引擎，两个人从驾驶室里跳了下来。

"去旁边站着。"江迟景把两个人赶到路边，接着爬上车检查起了驾驶室。

驾驶室的空间不算狭小，除了两个座位以外，后面还有一张卧铺，应该是为了开长途时，两个司机可以交替休息。

然而江迟景仔细检查了驾驶室的每一个角落，这里实在是藏不下克里斯那么大一个人。他踩到驾驶室边缘，站直身子看了看车顶，还是没有看到可疑的人影。

接下来，江迟景仔细检查了车底和货箱，甚至用警棍敲打了每个空油漆罐的罐底，都没有找到克里斯。

两个送货师傅明显觉得奇怪，问江迟景道："你在找什么啊？警官？我们就是送油漆，可没干什么坏事啊。"

江迟景又从头找了一遍，还是没发现任何异常之处，来到那两个人面前，盘问道："车上没有藏其他人？"

"怎么可能？您是不是对我们有什么误会？"

"我们就是过来送货的，其他什么都不知道啊。"

两个人的表情不像在说假话，看上去他们只是单纯的送货人员。江迟景不放心地又查找了一遍车子，可以说已经把这辆车翻了个底朝天，但仍然找不出克里斯的藏身之处。难不成克里斯不是打算用这个办法出去？

但江迟景十分肯定，今天监狱的外来车辆就只有这一辆。如果不是依靠这辆车出去，那克里斯不会再有其他越狱的机会。

"警官，还没有检查好吗？"

江迟景挥了挥手，示意两个人可以离开了。

轰鸣的引擎声再次响起，货车不疾不徐地驶向了多名狱警看守的车辆进出口。

江迟景远远地看着货车又经过了一次严格的检查，心里基本上肯定了克里斯的确不在那辆货车上。

脑海中的思绪又变得杂乱起来，江迟景不得不做了个深呼吸，试着像郑明弈那样整理出清晰的思路。从大体上来看，现在摆在江迟景面前的，就只有两种可能性：一是克里斯还没有离开，因为今天只有这辆货车进出，而克里斯没有在车上；二是克里斯已经离开，可能找到了绝妙的藏身办法，躲过了所有检查。

尽管第二种可能性的概率非常低，但不怕一万就怕万一，如果此时克里斯已经成功逃离，那事情便彻底走向了不可挽回的地步。

想到这里，江迟景不再犹豫。他从肩上取下对讲机，按下通话按钮，正想问一句"有没有人知道克里斯的位置"，然而就在这时，监狱里突然响起尖锐的警报，不远处的一号监舍楼里闪烁起了骇人的火光。

"一号监舍楼起火，赶紧过来灭火！"

"让所有囚犯都回到牢房里去！"

对讲机里响起了其他狱警的喊声，不过是顷刻之间，监狱便陷入了一片混乱之中。

从江迟景的位置看去，只见二号监舍楼和三号监舍楼也乱成了一锅粥，因为现在正是犯人们聚在一起看新闻的时间，监舍楼内突然响起火警警报，任何人都不愿意被关回牢房里去。

要是大火从一号监舍楼烧过来，电力系统再出问题，牢房的门打不开的话，人被关进去之后就只能等死。

一些狱警大声呵斥着犯人，一些狱警通过连廊赶去一号监舍楼救火，夜幕下的监舍楼为火光、灯光、喊声、吵嚷声所包围，唯有江迟景仿佛跟眼前的画面割裂开来，一脸凝重地站在原地，思考着克里斯越狱的事。

南部监狱里从来没有发生过火灾，偏偏就在克里斯要越狱的今晚，出了这么严重的事故。

一号监舍楼转眼间就为大火所吞没，大火燃烧的速度异常迅猛，火势大得令人心惊胆战。

江迟景立刻联想到了整个事件中不可或缺的一环——油漆。油漆是易燃物品，更别说刚刚才送来了第二批货。一切就好像算计好的一般，简直巧合得不像话。

就在这时，对讲机里响起了狱警焦急的喊声："有犯人越狱了！快去拦刚才的货车！"

江迟景立刻绷紧神经，只听有人紧跟着问："谁越狱？"

"克里斯！"

"不对啊，克里斯在一号监舍楼救火！"

"那可能是其他人，赶紧把车拦下来！"

"到底是谁越狱？现在根本抽不开手啊！"

"守卫呢？"

"守卫不能离岗！"

听了这么多对话，江迟景只注意到了一点——克里斯在一号监舍楼。他的思路已经快要跟不上事态的发展，他来不及多想，径直朝一号监舍楼跑去，果不其然，在救火的人群中找到了克里斯的身影。

"你怎么在这儿？"江迟景猛地拉住克里斯的胳膊问。

"艾伦警官？"克里斯的手上还拎着水桶，他惊讶地看着江迟景道，"这话应该我问你吧？"

江迟景："你不是要跟着货车逃跑吗？"

克里斯："情况有变，临时改了主意。"

到这里江迟景已经完全跟不上事情发展的节奏，皱眉问道："那刚才越狱的人是谁？"

"有人越狱？"克里斯奇怪地道，"我一直帮着卸货，没有人越狱。"

如果不是克里斯的人，那知道越狱计划的……江迟景的心里猛地冒出了一个念头，难不成是郑明弈？

不可能，不可能，不可能。郑明弈是个脑子清醒的人，他分得清是非对错，还帮着江迟景想办法阻止克里斯越狱，怎么可能自己跑去越狱？而且郑明弈的刑期本来就不长，他根本没有越狱的动机。

想到这里，江迟景暂且放下心来，但思绪仍旧很混乱，又问克里斯道："这把火是你放的？"

"我疯了吗？"克里斯晃了晃手里的水桶，"不信你去问凯文·郑，他知道我不会再越狱。"

江迟景的心里有太多疑问，他下意识地想要去二号监舍楼，但以防万一，还是问了克里斯一句："凯文·郑现在在二号监舍楼吗？"

"这个时间他应该在浴室。"克里斯道。

浴室是独立的平房，每天晚上所有的犯人会分批次去浴室处理个人卫生。江迟景头也不回地朝浴室跑去，等离得近一些之后，隐约看到有不少犯人从浴室里走了出来，但他们的身边并没有狱警跟随。

这很不对劲，因为就算发生突发状况，狱警也不应该放任犯人不管，除非状况实在太过紧急，狱警已经顾不上手边的犯人。

江迟景突然想到了一个问题，现在一部分狱警在救火，一部分狱警在维稳，两边都抽不出人手，加上守卫又不能离岗，那么能够开车去追赶货车的人，就只能是率先得知有人要越狱的狱警。

现在浴室里的狱警没有守着犯人，也就是说，这里的狱警去追赶货车了，而有人要越狱的消息，也就是从这里传出来的。这样看来，是有人故意向狱警告发犯人越狱，目的就是支开狱警。如果这一切都跟克里斯无关的话，那就只剩下唯一一个人选：瑞恩。

想到这一层后，江迟景豁然开朗，一个又一个事件完全串联了起来。克里斯临时改了主意，不再越狱，而瑞恩不知道这一点，仍旧按照原计划行事。他的小弟先是等到货车离开监狱，接着利用油漆纵火，引起监狱里的混乱。

然后瑞恩再算着时间，确定货车走远之后，告诉狱警有人越狱，把过程说得一清二楚，增加可信度，而狱警找不到多余的人手，就只能自己去追拿逃犯。

至于放火的小弟为什么没看到克里斯没走，有可能是两个人在不同的楼层工作，也有可能是克里斯短暂地离开去了趟卫生间。总之，瑞恩搞这么一出，都是为了造成监狱里的混乱，就算没能支开所有狱警，至少闹起事来，也不会有大批巡警队的人过来制止。

现在看来，瑞恩的计划非常成功，浴室的狱警全部被支开，因此瑞恩最终要闹事的地点就在浴室。

"这个时间他应该在浴室。"

"不死也残废。"

克里斯和瑞恩的话在江迟景的脑海中反复回响着，他按下对讲机，想要叫人去浴室，但此时对讲机里不知道有多少人在喊话，不是那边的犯人不服从命令，就是这边的火势越来越猛，问消防队什么时候到达？

江迟景对着对讲机喊了一声，根本就没人回应。他不禁加快了脚步，用百米冲刺的速度跑向浴室。而就在他跑到浴室门口时，从里面突然冲出一个人，跟他撞到了一起。

"艾伦警官？"杜克神情焦急地说道，"快去叫人，瑞恩要整凯文·郑。"

江迟景已经知道这件事，想也不想就要往里面冲。杜克立刻抓住他的胳膊，提醒道："里面一个狱警都没有，他们有刀！"

"你去叫人。"江迟景挣脱杜克的手，冲进了浴室里。而他一进来，就见四个大汉把郑明弈的四肢压在墙上，瑞恩正手握着一把美工刀，朝郑明弈赤裸的上身捅去。

"瑞恩！"江迟景差点没惊出一身冷汗，完全是下意识地一个飞踹，踹在瑞恩的胸口上，把他踹退了好几步。

其他小弟见有狱警出现，愣在原地没敢动手。瑞恩捂着胸口吼道："还傻站着干什么？把他一起做掉！"

"你好大的胆子！"江迟景抽出警棍，反手抽在冲过来的小弟身上，接着又把另一个冲过来的小弟踹飞。

　　身后的郑明弈喊了一声"小心"，江迟景立刻侧身，躲过了瑞恩捅过来的刀子。

　　压着郑明弈的人见江迟景不好对付，松开郑明弈朝江迟景扑了过来。与此同时，被警棍打到的小弟也重新冲过来，形成了前后夹击之势。

　　江迟景集中精神一挑二，尽管挨了三拳两脚，但还是占了上风。

　　然而一旁的瑞恩总是借机捅刀子，江迟景躲过了前两下，到第三下时，眼看着瑞恩的刀子就要划过他的腰侧，这时墙边的郑明弈终于挣脱开，猛地冲过来把瑞恩撞开，但郑明弈的小臂也因此被划出了一条不长不短的口子。

　　江迟景顿时感到怒火中烧，下意识地想要往瑞恩那边冲去，但郑明弈及时抓住他的手腕，低声道："快走！"

　　理智的人，即便是散打世界冠军，也不会跟持刀的歹徒搏斗。对方有七八个壮汉，加上瑞恩手里还有刀，江迟景也知道现在的情况不宜硬碰硬。

　　"你最好给我交代清楚到底是怎么回事！"江迟景凶巴巴地对郑明弈吼了一句，接着带着他跑出了浴室。

　　瑞恩的人很快从后面追了上来，这些常年跑早操的人身体素质不错，几乎跟江迟景两个人没有拉开距离。

　　江迟景原本想跑到最近的三号监舍楼，但此时全监狱戒严，监舍楼大门封闭，根本跑不进去。他也想过跑到狱警最多的一号监舍楼，但那边离浴室最远，他无法保证在路上不会被人追上。最后江迟景把郑明弈带向了公务楼的方向，公务楼是犯人最忌惮的地方，并且里面四处都是监控，瑞恩应该不会跟过来才对。

　　"瑞恩，他们跑去公务楼了，咱们别追了吧？"

　　"你在说什么胡话？我怎么说的？今晚一定要收拾凯文·郑！"

　　"那监控……"

　　"姓江的狱警该看的不该看的都看到了，有没有监控拍到还有区别吗？"

这人简直是疯子。

"不用怕。"郑明弈道，"赶紧跑就是。"

江迟景和郑明弈对视了一眼，除了跑以外也没有别的想法。

刚才那些小弟犹豫了一阵，好歹是拉开了一些距离。等江迟景跟郑明弈跑到公务楼二楼时，瑞恩等人才刚跑进公务楼里。

江迟景还想往三楼跑，但郑明弈拉住他，把他吵个没完的对讲机往三楼的楼梯上一扔，接着把他带往了娱乐室的方向。

对讲机的声音能把瑞恩等人引向三楼，说不定还能起到威慑作用，让瑞恩以为楼里还有其他狱警。但江迟景想不通为何要去娱乐室，紧张地拉住郑明弈道："娱乐室不能上锁。"

"所以他们不会想到我们藏在里面。"郑明弈道。

公务楼里有许多可以上锁的房间，但上锁之后，外面的人一扭就能知道，七八个壮汉很快就能把锁撞开。如果江迟景他们要躲起来的话，最危险的地方反倒是最安全。

"但娱乐室里没法藏人。"江迟景还是不放心。

"可以。"郑明弈把江迟景带进娱乐室里，把其中一个排柜里的东西扔到另一个排柜里，接着站到里面，对江迟景道，"进来。"

江迟景："躲这里？"

"他们绝对想不到。"不得不承认，郑明弈的这一招的确是出乎意料，连江迟景都觉得是异想天开。但也正因为如此，他相信瑞恩等人更加想不到这点。

江迟景侧过身子，和郑明弈面对面地挤进狭小的排柜里，等郑明弈关上柜门之后，两个人彻底和外面的世界隔绝开来，耳旁只剩下对方的呼吸声和忽远忽近的火警警铃声。

没过多久，窗外突然响起高亢的消防车鸣笛声，与此同时还有多辆警车由远及近的警笛声。警察和消防前来支援，说明这场闹剧该结束了。

江迟景紧绷的神经突然放松下来，他"嘭"的一声推开排柜的铁门，踉踉跄跄地从里面摔了出来。身后响起了郑明弈从排柜里出来的声音，江迟景转过头去,看了看他受伤的手,说道:"我带你去医务室处理一下。"

郑明弈:"好。"

他们走出了娱乐室,这时楼梯那边突然响起一群人的脚步声。江迟景立刻停下动作,下意识地以为是瑞恩等人已经丧心病狂,在这种情况下还没完没了。

不过出人意料的是,出现在楼梯口的人是克里斯和杜克,后面还跟着不少巡警队的人。看样子是杜克跑去通知了克里斯,两个人又叫上巡警队的人找了过来。

"艾伦警官?"克里斯率先看到了两个人,"你们没事吧?"

"还好。"江迟景摇了摇头,"瑞恩呢?"

"就在楼下,刚被抓起来。"巡警队的队长接话道。

"那就好。"江迟景松了口气。

危机彻底解除,最终没有人越狱,郑明弈也只是受了一点小伤。一号监舍楼或许要花很长时间重建,但至少江迟景最担心的事情都没有发生。

前去救火的狱警陆续返回了公务楼里,江迟景去行政科拿了备用钥匙,把郑明弈带到了医务室里。

消毒水淋上郑明弈的小臂,他疼得皱起眉头,看向江迟景道:"江警官,你能不能不要这么粗暴?"

"你好意思说我?"江迟景给郑明弈缠上纱布,"你把我往柜子里塞的时候征求过我的意见吗?"

"我那是为了你的安全着想。"郑明弈说道。

江迟景恶狠狠地用力拉紧纱布,瞪着郑明弈道:"我这是为了你的伤口着想。"

这一下江迟景是实打实地下了狠手,郑明弈果不其然地疼得皱起了眉头。但疼痛在他的脸上不过一闪即逝,接下来他的脸上便是掩饰不住的笑意:"谢谢。"

神经病。江迟景暗骂了一句,把医药箱收拾好,道:"说吧,克里斯为什么临时改了主意？"

郑明弈抬起胳膊看了看，没有回答江迟景的问题，而是说道："一点改进也没有。"

江迟景知道郑明弈是在说他的包扎水平，压住额头上冒起来的青筋，正想让郑明弈不要扯东扯西，却听郑明弈突然说道："我跟他谈了笔交易。"

江迟景微微一愣："交易？"

"嗯。"郑明弈答应了一声，却没有继续说下去。

江迟景耐着性子问："什么交易？"

郑明弈："你要不要重新给我包扎一下？"

江迟景："郑明弈！"

郑明弈笑了笑，不再逗江迟景，道："老太太的事我解决了，克里斯答应我不再越狱。"

江迟景问："你怎么解决的？"

这件事只能靠钱解决，而郑明弈的财产早已经被强制执行，连房子都已经被查封，手上应该没有钱才对。更别说他现在还在监狱里，江迟景不信他能有那么大的神通，在这种情况下也能……

"我有钱。"郑明弈轻描淡写地吐出三个字，打断了江迟景的思绪。

行吧。这个人果然藏得够深，江迟景竟然一点也不觉得惊讶。

"不是故意瞒你。"郑明弈似乎看透了江迟景的想法，"我不确定我的钱是否能够安全打到克里斯的账户上，所以并没有把这条路看作最优选择。"

"境外的钱？"江迟景黑着脸问。

"准确来说，是网上的钱。"郑明弈道，"网络虚拟财产，你每天都在帮我看价格。"

江迟景没再接话，心里变得更加不高兴。郑明弈身为被没收财产的犯人，向公职人员隐瞒财产状况是不允许的。而且他以为他和郑明弈不止是狱警和犯人的关系，至少在阻止克里斯越狱这件事上，两个人应该是站在同一阵线上的伙伴。结果事实是，他跟个傻瓜似的跑去阻拦货车，郑明弈那边却已经把事情解决了。

"生气了？"郑明弈看着江迟景问道。

江迟景不喜欢别人看透他的情绪，但此时毫不吝啬地摆出一张臭脸，满脸都写着一句话：我非常生气。

"对不起，我道歉。"郑明弈道，"我把我的账户、密码都给你，你想没收就没收。"

"我懒得多管闲事。"江迟景道，"你为什么不早点告诉我解决了克里斯的事？害得我白白加班。"

"我也不知道具体情况。"郑明弈道，"我的钱放在外网没事，但回到国内很可能被立刻冻结。我对克里斯说了，如果他能解决渠道的问题，那医药费、护理费的钱我都可以帮他出。"

江迟景突然回想起之前他心里的一个想法，如果他能随随便便拿出5000万来，那帮克里斯解决问题不过是举手之劳。现在看来，郑明弈才是那个可以随随便便拿出5000万的人。

"所以，他的问题解决了，是吗？"江迟景问道。

"我通过他提供的渠道，转了20万到他指定的户头上，但不确定会不会出事。"郑明弈道，"现在既然他没有跑路，那说明已经安全地收到了这笔钱。"如果是这样，那的确应该做好两手准备。要是克里斯拿不到钱，那还得靠江迟景阻拦才行。

"而且多亏了你。"郑明弈又道，"杜克帮我阻止瑞恩，但没起到什么作用，如果你没有及时赶来……"

回想到刚才的画面，江迟景也有些感到后怕，好在郑明弈只是受了轻伤。

这时，江迟景突然想起了郑明弈刚才说的交易，问道："你不是无偿帮克里斯吧？"

"当然。"郑明弈道，"我也不是慈善家。"乐善好施不是义务，就算只是举手之劳，也不代表理所应当。

"我让他解决渠道的问题，是为了验证你之前告诉我的一件事。"郑明弈道，"你说过，克里斯在监狱外面有很多人脉。"

之前两个人聊到克里斯的越狱方法时，江迟景起先是觉得不可能，因为这需要送货人员的配合，但立刻又改了口，说克里斯在外面有许多人脉，也不是完全不可能。

"克里斯在监狱里收了很多小弟，这些人都很服他。"江迟景道，"后来这些小弟出狱了，就成了克里斯在外面的人脉，逢年过节的时候还有不少人来看他。"

一个人的人品决定了他能走向怎样的高度，克里斯能积累起这样多的资源，跟他自身待人处事有很大的关系。

"我需要克里斯证明他有能力，才能把我的事情交给他。"郑明弈继续说道，"我帮他解决老太太的医药费，以此为交换，他帮我在外面盯着我的前老板帕特里克。"

郑明弈给克里斯钱，不仅仅是双方交易的条件之一，克里斯能否拿到这笔钱，还是构成这场交易的前提。可谓一石二鸟。

江迟景不禁觉得有些郁闷，在心里模拟了无数遍阻止克里斯越狱的过程，但压根没想到他看到的并不是全部，郑明弈还站在更高的地方掌控着全局。心里的不爽又隐隐表现在了脸上，江迟景此刻非常不甘，凭什么郑明弈总是运筹帷幄的那一个？

"别不高兴。"郑明弈道，"我带你玩游戏。"

"什么游戏？"江迟景皱着眉头问。

"我之前说过，跟我前老板的第一局棋，我下输了。"郑明弈道，"现在是时候开始第二局了，你要跟我一起下棋吗？"

第十章

Chapter 10

棋局

这个周末，炎热的夏日终于迎来了一场大雨，冲走了持续多日的高温。

连绵不绝的雨声适合当作看书时的背景音乐，江迟景放下手中的在网上查了许久才挑到的英文版《围棋基础知识》，去厨房泡了杯明目的菊花茶。在国外生活多年，但受祖父和父亲的影响，他还是保持着华人的喝茶习惯。

虽然做着图书管理员的工作，但其实江迟景平时很少看书。现在他突然有了新的兴趣，学起来却不如学生时代那样轻松。围棋的规则看起来简单无比，各种战术却极其烧脑，江迟景越看越觉得，这项游戏非常符合郑明弈的气质。

他一边看书，一边休息，悠闲的周末就这样在雨中度过了大半。江迟景本来打算两天都窝在家里不出门，但到了周日下午，丹尼尔打来的电话打乱了他原本的计划。

"上周南部监狱出的事很严重吗？"社区外的一家小型咖啡厅内，丹尼尔刚从南部监狱的方向开车过来，好奇心写满了整张脸。

"比较严重，有囚犯纵火闹事。"江迟景道，"监狱里决定戒严一周，禁止一切会面和书信往来。"

监狱失火的事早已传得沸沸扬扬，还上了当地的新闻头条，但戒严的事并没有对外宣布，也难怪丹尼尔不太清楚。

"这事闹得可真不是时候。"丹尼尔喝了口咖啡,一副发愁的模样,"我刚去找凯文·郑会面,上面就说不让我申请。"

"你找凯文·郑有事吗?"江迟景问。

"我上次跟他会面,聊了聊我们部门的事,他给我支了一招,让我分别放出好几条假消息,然后通过股价波动去判断到底谁是内鬼。"

"股价波动?"江迟景愣了一下。

"炒股就是一场信息战,任何利好或利空的消息都能在股市中反映出来。"丹尼尔道,"凯文·郑告诉我的假消息中,有一条是××科技公司董事长的情妇私吞公款。我把这条消息单独告诉了我同组的一个同事,结果没过多久就有人开始大量抛售他们公司的股票。"

"是因为预感到股价会下跌?"江迟景问。

"没错。"丹尼尔道,"这很反常,因为最近出台的新政策,利好电子科技产业,他们的股价却开始下跌,明显是有人怕事情败露,提前抛售股票。"

"也就是说,你把手中的假消息,分别告诉你的同事,如果股价没有变动,那表示没有人泄露消息,但如果股价产生波动,就代表有人走漏了风声。"

"是的。"丹尼尔道,"所以我已经锁定了内鬼。"

江迟景突然觉得××科技公司这个名字听起来有点耳熟,仔细一想,不就是上次来参观监狱的那拨人吗?他回想起郑明弈在草莓种植棚里跟那个公司的董事长说的话,思量着问:"这情妇私吞公款,不会是真的吧?"

"老实说,我也没想到,随便放出一条假消息,就能引起这么大反应,这很显然是有人心虚。"丹尼尔语气沉重地道,"我现在怀疑,凯文·郑给我的那几条消息,全是真消息。"

江迟景不了解事情的全貌,也不好判断真假,只能长出一口气,无奈地道:"这的确很像凯文·郑的风格。"他自始至终掌控全局,让人摸不清也看不透。

"一开始我还担心这样做会影响股市,但转念一想,还是抓内鬼重要。"

其实无论监管机构有怎样的举动，都会影响股市，丹尼尔应该只是觉得用假消息影响股市不太好。不过现在看来，这些消息指不定是真是假。

"现在我已经知道部门里的内鬼是谁，只想问凯文·郑消息是不是真的，如果是，那我必须查下去。"

听到这话，江迟景眉头一动："你不查凯文·郑的案子了吗？"

"查，等他给我线索。"丹尼尔道，"上次会面，他让我揪出内鬼之后再去找他。"

也就是说，丹尼尔需要郑明弈给他指明下一步的行动方向。偏偏瑞恩在这时候闹事，丹尼尔没法跟郑明弈见面，等于是一大堆事全压在了手上。江迟景看向丹尼尔问："要我帮忙吗？"

之前丹尼尔找江迟景帮忙，江迟景还感到有些顾虑，怕他的担保影响郑明弈的判断，万一出事没法向郑明弈交代。但现在的情况跟之前大不相同，既然他跟郑明弈执同一方棋子，那多少应该参与进来才对。

新一周的早上，江迟景跟往常一样洗漱完后，鬼使神差地拿出发胶抓了抓头发。额前的碎发快要长及眉毛，全都梳上去之后，露出饱满光洁的额头，给清秀的面庞增添了一分英气。无论从哪个角度看，江迟景对今天的造型都非常满意，但看着看着，总觉得有点美中不足。他拿出香水喷上，淡淡的西柚香气萦绕在脖子四周，这下才算得上是大功告成。

看看时间，又快要迟到了，江迟景急匆匆地拿上早餐，开车来到了监狱里。

但自从进入更衣室之后，江迟景就无时无刻不想回到家里重新洗漱。

"艾伦警官，今天下班要去约会？"

"打扮成这样当然是要去把妹啦。"

"不愧是咱们监狱的狱草啊。"

每遇到一个同事，江迟景都会被调侃。他怀疑自己今早是不是脑袋抽风了，否则也不会心血来潮地打扮一番。

好在今天他不用送信，早上的时间非常充裕。换上制服之后，江迟景对着镜子弄乱了发型，但这样看上去有种凌乱之美，反而显得比之前更加帅气。

郑明弈进入图书室，坐到江迟景身边后，开口便是："江警官，你今天下班有活动？"

江迟景含糊地"嗯"了一声，打开新闻网页，念道："今天的——"

"什么活动？"郑明弈打断江迟景道。

"跟你没关系。"江迟景直视着电脑显示器，正要继续往下念，但郑明弈再次打断了他。

"为什么不告诉我？"

江迟景长出一口气，妥协道："没有活动。"

"你继续念吧，江警官。"郑明弈往屏幕的方向靠了靠。

江迟景站起身拉上窗户，俯视着郑明弈道："我带你去医务室换药。"

郑明弈挑眉："现在？"

"就现在。"江迟景催促道，"快走。"

踏入医务室之后，江迟景拿出了公事公办的态度。他走到洛海的办公桌边，从一旁的柜子里拿出医药箱，对洛海道："借用一下。"

"要帮忙吗？"洛海看了看郑明弈受伤的手道。

"没事，我来就好。"江迟景拿着医药箱转了个身，这时洛海应该是闻到了他身上的香水味，问道："对了，之前送你的香水用完了吗？我要去买瓶新的，要不要给你带一瓶？"

"不用管我，我刚买了瓶新的。"江迟景随意地和洛海闲聊着。

"你今晚要去市区？"洛海问。

"没有。"江迟景知道洛海了解他，没事不会喷香水，便随便找了个借口道，"那香水太大瓶，老是用不完。"

"你买小瓶的呗。"洛海道，"之前送你的是 100ml。"

"没想那么多。"江迟景道，"就买了瓶一模一样的。"

两个人你一句我一句地聊着。

"卡尔医生。"郑明弈突然开口，打断两个人的闲聊，"你跟江警官用的是同一款香水？"

"是啊，怎么了？"洛海道，"我挑了好久才挑到那个味道。"

"你们关系这么好？"郑明弈问。

在江迟景的记忆中，郑明弈很少情绪外露，尤其是不高兴的情绪。而现在，江迟景却真实地感受到郑明弈有点莫名的不高兴。

"你在听吗？"江迟景问。

从医务室回到图书室后，郑明弈就一直面无表情。直到江迟景念完了屏幕上的所有新闻，他还是毫无反应。在江迟景的预想当中，郑明弈应该会回复一句"在听"，因为他总是能一心二用。但今天郑明弈一点也不给面子，冷冰冰地吐出两个字："没有。"

也不知是不是最近因为案子的事，江迟景对郑明弈太宽容，这人现在倒敢给他脸色看了。一个囚犯敢跟狱警耍脾气，不教训一顿说不过去。

江迟景看了看时间，已经快要九点四十了，正常情况下，他早该让郑明弈离开了才对。但现在这个情况，他自然不会轻易放郑明弈离开，而是直白地问道："你在给我脸色看？"

"你看不出来？"郑明弈总算把视线移向江迟景，像是早就在等江迟景问他。看着郑明弈的反应，江迟景一边觉得头疼，一边又觉得好笑。看样子郑明弈已经完全把他当成了自己人，这人的脑子这么好使，但是闹起别扭来，竟然也是通过摆脸色来表达情绪。江迟景几乎可以想象，如果郑明弈去参加奥数比赛，要是只拿了第二名的话，他一定会气鼓鼓地站在一旁，等着人去安慰。

"因为我跟卡尔医生是朋友？"江迟景表情淡淡地说道，"我的朋友多的是，又不止你一个。"

"江迟景。"郑明弈皱着眉头道，"我是信任你，所以才让你参与我的事。"如果江迟景没有记错，郑明弈还从来没有叫过他的中文全名，虽然猜到郑明弈肯定早就知道了他的名字，如今这么严肃地叫出来还是让江迟景一愣。

"这跟我和卡尔医生是朋友有什么关系？"江迟景没追问他怎么知道

自己的中文全名，而是表面泰然自若地道。

"我不信任他。"郑明弈道。

江迟景不想再纠结这事，转移话题道："话说昨天丹尼尔来找我了，想见你没见着。"

"他抓到了内鬼。"郑明弈的表情并不意外，"你交朋友的标准是什么？"

"聊得来就行。"江迟景下意识地回答，继续把话题往正事上拉，"他说你给了他好几条消息，这些消息不会都是真的吧？"

"真的。"郑明弈道，"你跟卡尔医生认识了多久？"

"挺久的。"江迟景道，"你怎么会知道那么多内幕消息？"

"因为莱特帮我黑了帕特里克的邮箱。"郑明弈毫不在意地给出一条重磅消息，接着又道，"你确定他不会插手我的事？"

"等等，等等。"江迟景抬起手来打断郑明弈，这种考验反应速度的游戏，他果然还是跟不上郑明弈的节奏。

"莱特，帮你，黑了你老板的邮箱？"江迟景突然反应过来，怪不得莱特把他认作 Go 之后，老是问他有没有下一步行动，敢情是之前 Go 给他安排过任务。

后来郑明弈被陷害入狱，莱特应该是无事可做，跑去黑了政府网站，这也导致他又被关了进来。

"几个月前，我发现帕特里克在操控股市，但是一直找不到决定性证据。正好在论坛上认识了莱特这个黑客，我就让他帮我查了帕特里克的邮件往来，知道了很多内幕消息。"

郑明弈说到这里停了下来，江迟景已经习惯了他的说话方式，配合地问道："然后呢？"

"违法获得的证据不具有法律效力，我只能把不正常的股市交易分析汇总，然后写了一封匿名举报信。"

"你的意思是，"江迟景诧异地道，"一开始调查组注意到恒久有问题，是因为你的举报信？"

"嗯。"郑明弈道，"但是我低估了帕特里克，他做这些事都留了后手，一有风吹草动就销毁了所有证据。"

"调查组没有调查出结果，所以你就打算把手里的线索，也就是帕特里克的邮件内容交给丹尼尔，让丹尼尔自己去查，但是这时候你遭到了袭击？"

江迟景顺着郑明弈的话推断出了事情的经过，他也是现在才知道，原来事件的开端本来就在郑明弈这里。

"不只是邮件内容，"郑明弈道，"还有帕特里克和其他公司高管的谈话。"

对那个神秘的线索，郑明弈第一次给出了正面回应。江迟景挑了挑眉头，问道："你不是说你没有线索吗？"

"我从来没有这么说过。"郑明弈耸了耸肩，"我只是说不在我手上。"

入狱的时候会进行全身检查，外面的东西绝对不可能带进监狱里。郑明弈说东西不在他手上，等于是说了一句废话。

江迟景不抱希望地试探道："你藏在外面不怕被人找到吗？"

"不怕。"郑明弈言简意赅地回答了一句，又问道，"说起来，我们不聊聊我被袭击的事吗？"

每次提到线索，郑明弈都会转移话题，江迟景也知道他没法从郑明弈的嘴里套出话来，只好接话道："你被袭击的事有什么可聊的？"

虽然江迟景并没有提过那晚是他帮了郑明弈，但郑明弈家的窗户就对着他家，压根不需要他明说，这已经是心照不宣的事。再说郑明弈好几次提起他卧室里的香水味，也说明他早就知道那天晚上提醒他的人就是江迟景。

"算上浴室那次，你已经救了我两次。"郑明弈摸着下巴，做出一副认真思考的模样，"我应该怎样报答你？"

"没必要。"江迟景淡淡地道。郑明弈笑道："那行。"

"你接下来打算怎么办？"江迟景又把话题拉了回来，"丹尼尔还等着你给他指明方向。"

"他应该对那些消息很感兴趣吧。"郑明弈道,"让他接着查就是了,查出个名堂再来找我。"

"你不给他你手里的线索吗?"江迟景觉得奇怪,跟其他事情相比,难道不应该是郑明弈自己的事更重要?

但刚问完,他就明白了郑明弈的意图,又道:"还是说,你在试探他是不是真的抓到了内鬼?"

"有一半这个因素。"郑明弈道,"还有我得看看他的能力如何,再确定要不要把我的事交给他。"这简直和克里斯的情况一模一样。

就像防着洛海一样,郑明弈不会盲目地让别人参与进他的事来,一定要先确认对方有相应的能力,才会把对方看作交易对象。

做个不恰当的比喻,郑明弈的游戏不是谁都能玩。就像克里斯必须证明他有足够的人脉,郑明弈才会帮他解决钱的问题一样,丹尼尔也必须证明自己有优秀的办案能力,郑明弈才会相信他。

郑明弈给丹尼尔一些没有证据的真实消息,一方面可以让丹尼尔揪出部门里的内鬼,另一方面又可以让丹尼尔继续查下去,同时验证他到底有没有抓到内鬼……这已经不是一石二鸟了,郑明弈身在狱中,却把控着整个案件的走向。

江迟景突然想到了一件事:"话说,既然如此,那你一开始为什么不肯见丹尼尔?"

"一开始我没打算这么快就开始下第二局棋。"郑明弈道。

"那现在又是为什么?"江迟景问。

"因为你。"郑明弈说道,"你让我见丹尼尔,虽然说是让我自己判断,但至少在你心里,丹尼尔应该是个好人。你告诉我克里斯的事,也让我知道他是个靠谱的合作对象。总之没有你的话,事情不会进展得这么顺利。"

这样看来,还是江迟景无意中帮郑明弈降低了游戏难度,让他加快了第二局棋的布局。江迟景也是没想到自己能发挥这么大的作用,端着架子道:"那是误打误撞。"

"或许吧。"郑明弈应了一声，突然叫道，"江。"

"嗯？"江迟景眉头一皱，"你叫我什么？"

"不喜欢？那，迟景。"

"江，警，官。"江迟景纠正道。这个人还真是会得寸进尺，他不过是出于正义，好心帮忙而已，这人还真以为两人非常熟悉了吗？

郑明弈没劲地"哦"了一声，老老实实地道："江警官，你希不希望我早点出去？"

说不希望肯定是假的，毕竟郑明弈是被陷害入狱的，正常人都不会希望看到冤案发生。但从客观上来说，江迟景心里希望也没用，他又不是法官，定夺权也不在他手上。

"谈不上希不希望。"江迟景公事公办地道，"时候到了你自然就会出去。"

郑明弈离开之后，江迟景去了洛海那边。毕竟洛海一直对郑明弈有偏见，江迟景觉得还是有必要解释一番。

"你还是不听劝。"洛海叹了口气，"他可是罪犯，你的三观去哪里了？"

江迟景不怪洛海老是说郑明弈不好，毕竟在整个事件中，洛海比莱特还要边缘。

"你信不信我？"江迟景道，"他不是罪犯。"

毕竟连丹尼尔都认为郑明弈是被陷害，加上这段时间和郑明弈接触下来，江迟景相信郑明弈是无辜的。

洛海："监狱里说自己冤枉的犯人还少吗？"

江迟景："他是我的邻居。"

听到这话，洛海立刻愣住："邻居？"

江迟景把郑明弈的事大概说了一下，略去了一些不必要的细节。洛海一时间接收到庞大的信息，像是不知该从哪里问起，最后只憋出了一句："所以凯文·郑真的是个好人？"

"我相信他。"江迟景道。

洛海不是个油盐不进的人，既然江迟景已经说到这份上，他也只有改变对郑明弈的固有成见。他叹了口气，无奈道："行吧，我暂且相信他，那接下来他有什么打算？"

"尽快出去吧。"江迟景相信郑明弈一定会用最快的速度出狱，但这并非一朝一夕之事，还是得步步为营才行。

"莱特跟这件事有关吗？"洛海皱起了眉头，像是突然想到莱特的反常行为，"最近他老申请去图书室。"这个问题有点难界定，因为莱特只参与了很少的一部分，现在更是连 Go 到底是谁都分不清。

江迟景还没想好应该怎么回答，医务室的门口突然小跑进来一个手拿扫帚的人，正是此时的话题中心莱特。

"艾伦警官，你也在这里！"莱特应该是没想到能在医务室见到江迟景，两只眼睛亮了起来，"你们看到瑞恩写的检讨书了吗？"

"什么检讨书？"洛海问。

"克里斯让瑞恩写 3000 个单词的检讨，瑞恩一开始不肯写，克里斯就拿他以前做过的事跟狱警商量，把他关禁闭的时间延长到了一周，还说要是不写就继续关禁闭。最后瑞恩还是写了，现在他的检讨书被复印了几十份，贴在每个地方的公告栏里。"

"还能这样？"江迟景有点想笑，设想一下，自己写的检讨书贴满整个学校，那简直要多丢脸有多丢脸。并且这个方法也没有违反监狱的规定，反而是非常合适的惩罚。

"克里斯也真是够狠的。"洛海道，"一点不给瑞恩留面子。"

"瑞恩还要什么面子？"莱特乐道，"现在大家都拿他当笑话看。"

"不过你还是少去凑热闹。"洛海叮嘱道。

"放心吧！洛医生，我本来就不凑他们的热闹。"莱特老老实实地回答了一句，接着看向江迟景道："话说艾伦警官，最近股市波动有点厉害，你难道都没有一点想法吗？"莱特使劲给江迟景使眼色，摆明了是在暗示江迟景，论坛上的人正在等待 Go 神降临。

但江迟景在炒股方面就是个小白，披着 Go 神的皮，也说不出 Go 神的话来。他正想随便说两句敷衍过去，但这时一旁的洛海先开口道："他能有什么想法？他根本就不炒股。"

莱特皱了皱眉，眼神里满是"你在胡说八道"的意思："艾伦警官怎么可能不炒股？你是不是对他有什么误解？"

江迟景也不知道应该怎么回答，只听洛海又道："我跟他认识这么多年，他炒不炒股我还不知道？"

这下莱特的眼神中露出了迷茫和不解，江迟景尴尬地摸着后脑勺，道："我去看看瑞恩的检讨书。"

二楼的公告栏就在楼梯口的位置，检讨书占了三张 A4 纸，比公告栏上的其他信息都要显眼。

江迟景认真看了一阵，不难看出瑞恩是写得绞尽脑汁，连小时候偷钱的事都进行了忏悔，字里行间全是对自己的贬低，把自己贬得一文不值，甚至有点不配为人的意思。不得不承认，瑞恩的检讨书写得不错，至少能感受到他态度端正。

但看着检讨书末尾那用力的签名，江迟景的脑子里突然闪过了一个念头，如果瑞恩并不是诚心悔过，那恐怕会对克里斯心生怨恨吧。

吃过午饭之后，江迟景去更衣室里拿出手机，给丹尼尔转达了郑明弈的意思，让他把手里的那几条消息继续查下去。两个人随便聊了几句，江迟景又锁好手机，回到了图书室里。

十二点一过，犯人们陆陆续续地来到图书室，不少犯人在碰面之后会简单打个招呼，而今天犯人们打招呼的内容全都跟瑞恩的检讨书有关。从他们的表情来看，都是一副喜闻乐见的样子，可见瑞恩这次真是丢脸丢到了姥姥家。

没几分钟后，常见的面孔差不多都到齐了，图书室里也逐渐安静了下来。但奇怪的是，郑明弈又不知道去了哪里。

江迟景时不时就看看表，直到时间过了十二点半，郑明弈还是没有出现。他烦躁地看了看窗外，却意外地发现郑明弈正和克里斯坐在外面的操场一角，不知道在聊些什么。

克里斯说了几句话，郑明弈淡淡地点了点头。这时，他像是感受到了江迟景的目光，突然抬起头来看向图书室的方向，用口型对江迟景说道：等我。

江迟景没什么反应地收回了视线，心里已经不像刚才那般烦躁。但不一会儿后，他又好奇地看向窗外，只见还是克里斯在说，郑明弈在听，两个人那样子，就好像是克里斯在汇报工作一样。

江迟景莫名有种感觉，郑明弈要是再不出去，怕是要混成监狱大哥了吧？果然还是得让他尽快洗刷冤屈才行。

郑明弈从操场上来，江迟景忍不住询问他和克里斯的聊天内容，但郑明弈并没有多说。

江迟景没再多问，看着电脑屏幕的方向，对郑明弈说道："莱特可能发现我不是 Go 了。"

"他已经发现了。"郑明弈道，"午饭的时候他来找了我，说了一堆天花乱坠的推理，我就直接告诉了他。"

"他没激动得满食堂乱跑？"江迟景问。

"激动得掰断了一个勺子。"郑明弈道。

犯人使用的餐具是塑料制品，想要掰断也不用花很大的力气。

这时，走廊外面远远地传来了一声浑厚的"偶像"，接着便见莱特像滑滑板似的溜到图书室的门口，手里拿着一瓶可乐，双眼发光地问道："偶像，你要喝可乐吗？"

囚犯的监狱账户上有自己工作挣来的或者家人们打进来的钱，平时可以利用这些钱在监狱里购买生活用品或者零食。

或许之前江迟景给莱特的感觉的确不太对，所以他表达崇拜之情还有所收敛，而现在印象中的 Go 神现了真身，他的崇拜便像滔滔江水一般再也收不住。洛海跟在莱特身后走进图书室，一副头疼的模样问道："你们到底在搞什么鬼？"

看这样子，洛海应该是知道了莱特跟郑明弈的事有关。

这时候也不用再瞒着洛海，江迟景用下巴指了指身旁的郑明弈，道：

"简单来说，他就是莱特口中的 Go 神。"

郑明弈举起右手，摆动了一下手指，算是用 Go 的身份跟洛海打了个招呼。

"所以，一个炒股"大神"，因为炒股的事，被人陷害进了监狱？"

洛海还在试着跟上节奏，而莱特已经迫不及待地献上可乐，对郑明弈道："偶像，你中午吩咐我的事我已经查了，恒久的确是打算做空老钟表！"

"用我的电脑查的。"洛海在一旁黑着脸道。在监狱长的指示下，莱特在准备参加计算机比赛，所以能够浏览网页。

"老钟表？"江迟景抬起手腕，示意手上的那块老式腕表，不解地道，"是这个老钟表？"

"没错。"郑明弈慢条斯理地解释道，"最近出台的政策利好电子科技产业，而老钟表正打算往这方面转型，所以这些天股价一直在上涨。但他们家的研发能力不行，等这波跟风热过去之后，股价大概率会下跌。"

"也就是说这家公司现在股价虚高。"莱特接话道，"恒久盯上了他们，打算做空他们家的股票。"

江迟景仍旧不太懂，问道："这个做空到底是什么原理？为什么股价下跌恒久能挣钱？"

"艾伦警官，你好笨啊，连做空都不知道。"

莱特的话音刚落，郑明弈便拍了下他的后脑勺，冷冷地道："瞎说什么。"

江迟景："……"

郑明弈淡淡地收回视线，对江迟景道："我打个比方，比如我向你借了一辆名车，约定一年之后还给你。借到手后，我以 100 万美元的市场价格卖掉了这辆名车，而这一年之中，这款名车贬值到 90 万，第二年我再以 90 万的市场价格买回名车还给你，那这一年我就净赚了 10 万。"

江迟景听懂了其中的原理，名车即指代股票，又问道："那这辆名车从何而来？"

"有专门的券商，缴纳保证金或手续费，约定好归还日期，就可以从券商那里借到股票。"郑明弈道。

"也就是说，"江迟景思量着道，"恒久先大量借进老钟表的股票，约定一个日期归还，接着高价卖出手上的股票，等这只股票下跌之后，再低价买回来归还，从中赚取差价？"

说到这里，江迟景突然想到一个问题，又道："那万一股价上涨呢？"

"那当然就血亏啦。"莱特道，"做多和做空的区别在于，做多要是亏损，顶多就是股价跌到谷底，而做空要是亏损，可以无限大，因为股价的上涨不会封顶。"

江迟景逐渐明白了郑明弈的意图，心里震惊得无以复加："你要搞垮恒久？"

"嗯。"郑明弈的眼底闪过一丝狠戾之色，"要玩就玩大的。"

莱特又被叫去打扫会议室的卫生，没能在图书室里待上多久。而他一走，洛海也离开了，偌大的图书室里又只剩下江迟景和郑明弈两个人。

"问你件事。"江迟景假装语气随意，"你不会已经算好出狱的日期了吧？"

"没有。"郑明弈道，"要看丹尼尔那边的进度。"

那还好。江迟景也说不上来是什么感觉。他当然希望郑明弈尽快出狱，但如果郑明弈连这一步都早已算到，他估计会被打击得彻底自闭。

这个周五，各大媒体的经济新闻铺天盖地地报道了一件业界大事，××科技公司的董事长的情妇私吞公款，准备潜逃海外，在机场出境通道被警察抓获。

"董事长声明与本人无关，但为平民愤，决定引咎辞职。"

江迟景念完新闻，关掉网页，看着身旁的郑明弈问："刚才丹尼尔找你就是为了这事？"

距离纵火事件已经过去了一周，纵火的小弟独自揽下责任，被调去了其他监狱，瑞恩从禁闭室里被放了出来，而南部监狱也降了戒严级别，恢复了书信和会面。

丹尼尔第一时间来到南部监狱申请跟郑明弈见面，也正因如此，今天的午休时间郑明弈又晚了一阵才来图书室。

"他的速度还算快，没几天就查清了这件事。"郑明弈道，"那个董事长跑不掉，被抓不过是时间问题。"

江迟景思量着点了点头，问道："那这家公司的股价是不是会大跳水？"

郑明弈摸着下巴道："那必须跳水，你点开他们家的股票看看。"

江迟景在炒股软件上输入这家公司的名字，按下回车键，跳转出来的 K 线图上有好长一根绿柱，旁边的信息显示这只股票已经跌得暂停交易。

"跌幅超过 10% 就会跌停。"郑明弈一边解说，一边凑上前来，"这家公司的股票下跌，对老钟表的股价也会有影响。"

江迟景又在键盘上输入"老钟表"的公司名，打开了这只股票的走势图。和先前那只股票不同，老钟表的股价一路上涨，已经涨到了历史最高位。

"老钟表为什么会涨这么厉害？"江迟景不解地看向身旁的郑明弈问。

"首先，人们看涨这个行业板块，当他们卖掉手中 ×× 科技的股票之后，多余的仓位会倾向于买入同板块的股票。"郑明弈停顿了一下，继续道，"其次，散户喜欢跟风，最近老钟表很热门，加上 ×× 科技出事，因此有大量散户买入了这只股票。"

江迟景点了点头，脑子里还在消化郑明弈话里的信息量，这时只听郑明弈又道："郑老师的讲解还清楚吗？"

听到某人自称老师，江迟景不禁觉得好笑，这个人当老师还当上瘾了。不过不得不承认，对炒股小白来说，郑老师的讲解又耐心又详细，完全值得给个五星好评。

"清楚。"江迟景做出一副诚恳的模样，"很荣幸能上郑老师的私教课。"

"那就好。"郑明弈像是搁这儿等着江迟景一样，公事公办地朝他摊开左手道，"给学费。"

江迟景没想到郑明弈给他来这一出，皱眉道："学费？"

就在这时，办公桌上的内线电话突然响起来，打断了郑明弈要说的话。

监狱长来询问郑明弈的准备情况，江迟景如实汇报了郑明弈重点关注的股市行情，监狱长也没有多说什么。

等挂掉电话后，江迟景忍不住问道："恒久要做空老钟表，现在这只股票涨得这么厉害，他们还怎么做空？"

"很简单。"郑明弈道，"他们会发布行业调查报告，竭力抨击这家企业，让市场对这家企业丧失信心。股票的涨跌本来就跟人们的期望有关，即使你相信这只股票会涨，但也会担心其他人是不是看跌，从而恐慌地抛掉手里的股票。"当大多数人开始抛售时，股价就会像跳楼机一样狂跌。

"别人为什么要相信恒久发布的报告？"江迟景道，"他们这样不是操纵股价？"

"因为老钟表的核心研发能力的确存在问题，恒久的报告并不是空穴来风。"郑明弈看着江迟景道，"这也是我以前做的工作，所以我很了解他们的套路。"

这还是郑明弈第一次对江迟景提起他的工作，如此看来，散户根本没法跟机构抗衡，因为他们总是慢机构一步，一不小心就会被当作"韭菜"。

炒股论坛上 Go 的出现，为散户提供了一定指引，但人性难料，就像有些人忍不住想卖掉股票一样，总有人因心里的贪婪或胆怯，掌握不好买卖的时机。

"那等报告发布出来，那些股民岂不是会亏惨？"江迟景问。

"放心。"郑明弈道，"我会想办法稳住股价。"

"你这么有神通？"江迟景问。

"不相信你大哥我？"郑明弈道。

"我……"江迟景正想反驳，突然意识到郑明弈嘴里说出来的话不对劲，瞪向他道，"你是谁大哥？"

这人是不是有点蹬鼻子上脸了？

"没什么。"郑明弈从容地站起身，对江迟景道，"今天下午要摘的草莓有点多，我该去工作了。"

郑明弈被允许在图书室多待半小时，每天他都会赖到最后一刻才走。然而今天不知为何，才两点多一点，他就已经打算离开。这实在有点反常。

走出工作区后，郑明弈像是忽然想起了什么，又转过半个身子，对江迟景道："对了，待会儿监狱长应该会找你，记得好好回答他的问题。"

江迟景："监狱长？"

"嗯。"郑明弈没再多说，转身离开了图书室。

江迟景不知道监狱长是不是对郑明弈什么安排，也没将郑明弈的故弄玄虚放在心上，临近下班的时候，甚至忘了这件事。

结果监狱长一个电话打过来，把他叫去了三楼。而当他来到办公室里时，待客沙发上坐着好几个人，有掌管行政部门的主任、一号监舍楼的监舍长以及草莓种植组的组长。

"来来来，艾伦，先坐。"监狱长朝最后到来的江迟景招了招手，接着又对其他几个人说道："最近××科技的事，大家都听说了吧？"

几个人点了点头，江迟景莫名其妙地在沙发边上坐下，也跟着点了点头。

"这个××科技，就是之前凯文·郑的案子里，被做空的股票之一。"监狱长道。

这时候江迟景总算有了些头绪，监狱长叫他们这些人来，很明显是想讨论郑明弈的事。但他还是没想明白，为什么这只股票出事，监狱长要专门开个小会来讨论郑明弈的事。

"这个案子曝出来之后，导致先前凯文·郑的案子出现了很多疑点。"监狱长继续道，"负责凯文·郑的案子的丹尼尔警官，今天来跟我沟通了很久，希望带凯文·郑出去一天，协助案件调查，不知道各位有什么想法？"

监狱长的话说得很慢，话里的意思也浅显易懂，并没有弯弯绕绕，但江迟景听到后面直接蒙了，好半晌都没有跟上监狱长说话的节奏。

　　敢情今天丹尼尔来找郑明弈，还顺便找了监狱长？不对。江迟景立刻否定了心里的想法，不是顺便，一定是郑明弈让丹尼尔去找的监狱长。也就是说……在江迟景以为郑明弈还要很久才会出狱时，郑明弈早就设计好了借助丹尼尔短暂地离开监狱。想到这里，江迟景的后背不禁又开始发麻。

　　"凯文·郑的表现分一直是满分，他也没有主动闹过事，只要能确保他出去之后能准时回来，我这边就没什么问题。"行政部主任道。

　　"丹尼尔警官会 24 小时跟在他的身边，他的脚腕上也会戴上定位的电子镣铐。"监狱长道。

　　"他平时挺配合我的工作，我觉得他还算老实。"一号监舍楼的监舍长道。

　　"他工作认真负责，我对他也没什么看法。"种植组组长道。

　　三个人轮番交流着对郑明弈的看法，而江迟景一个字也没听进去，脑子已经神游到了外太空，直到监狱长看向他，问道："你觉得呢，艾伦？"

　　"我觉得……"江迟景干巴巴地开口，身体就像生了锈的机械一样不听使唤。他现在才明白过来郑明弈的那句"好好回答"意味着什么。

　　人都有逆反心理，别人越要你做某事，你就越不想做某事。因此郑明弈要江迟景好好回答，江迟景偏偏就不想好好回答。但郑明弈的可恶之处就在这里，他知道江迟景即便抗拒听他的话，也抗拒不了心底里正义的想法。江迟景希望郑明弈出去，所以没法不好好回答。换句话说，郑明弈早已拿捏住了他。简直可恶。但不得不承认……江迟景还是没法在背后说郑明弈的坏话。

　　"我觉得，"江迟景清了清嗓子，重新开口道，"我……赞同他出去。"

　　今天是周五，这个小会一直开到晚上六点钟，早已超过了江迟景的下班时间。

　　不难看出，主持会议的监狱长本身就不想为难郑明弈，所以这件事讨论得异常顺利。

最后郑明弈的出去时间定在周六上午八点至周日上午八点。丹尼尔会 24 小时跟在郑明弈的身边，并且负责在周日上午八点之前把他带回监狱。

从监狱长的办公室出来之后，江迟景直接开车回了家，接着便一直处于神游的状态，做什么都无法静下心来。

丹尼尔带郑明弈出来是为了查案，并且会一直跟在郑明弈身边，那么……郑明弈会回来看看他家被烧成了什么样吗？查完案之后，他会不会顺便来江迟景家吃个晚饭？

各种杂乱的念头爆炸般出现在江迟景的脑海中，直到半夜三点，他仍旧清醒得跟打了鸡血一样。不，要，再，想，了。江迟景不停地催眠自己，郑明弈是出来查案，离开监狱之后肯定会直接前往市里，自己就不要操心了。再说有丹尼尔跟着，郑明弈不可能乱来的。是的，不可能……

江迟景在自我催眠中逐渐睡着了，不知道过了多久，耳边突然响起扰人清梦的门铃声。

本来就没有睡好，大清早被人吵醒真的感觉很不好，江迟景一脸烦躁地从床上爬起来，撩开窗帘看了一眼。而就是这一眼，让他彻底从睡梦中清醒了过来。

周六的早晨静谧而美好，透着一股清新的感觉，宁静的社区还没有人早起出行，只有偶尔从远处传来的鸟叫声，提醒江迟景眼下并不是睡梦中的画面。

铁栅栏外站着一个熟悉的身影，那个人穿着一件白色的衬衣，领带一丝不苟地系在胸前，西装外套随意地搭在左手的手肘上，右手举到半空中，对着江迟景晃了晃手指。

"早安，江警官。"郑明弈道。

第十一章
Chapter 11
周末

　　自从搬来郊区之后,江迟景一直是一个人生活。他偶尔周末回一趟家,跟家里人聚一聚,但他的那栋房子自始至终没有别人来过。

　　现在,大周六的早晨,他的家里出现了一名入侵者,堂而皇之地跟他坐在餐桌边,一起享用着早餐。

　　"还要草莓酱吗?"郑明弈把玻璃罐递到江迟景的面前,动作自然得好像他才是这个房子的主人。

　　"不用。"江迟景低着头吃吐司面包,双肘拘谨地夹在身侧。郑明弈毕竟是个犯人,虽然他相信郑明弈是被冤枉的,但这个场景多少有些奇怪。

　　解决手上的吐司和牛奶之后,江迟景把盘子和杯子拿到水槽边,一边打开水龙头,一边对身后的郑明弈道:"吃完了拿过来。"

　　身后立刻响起了郑明弈站起来的声音,紧跟着是他逐渐靠近的脚步声。

　　下一秒钟,郑明弈从江迟景手中拿过盘子,挽起衬衣的衣袖道:"我来洗就好。"

　　江迟景愣了一下,没想到郑明弈会这么自来熟。他不习惯有人入侵他的私人领地,这会让他感觉非常不自在。他回到客厅沙发上坐下,手上拿着手机刷新闻,眼神却一直停留在郑明弈的背影上。

　　郑明弈身上的西装应该是他穿去参加庭审的那套,被当庭羁押之后,就直接带去了南部监狱。衬衣上没有笔挺的熨痕，随着郑明弈洗碗的动作，出现了不规律的褶皱。他的衣袖挽到了手肘，露出小麦色的手臂，往常这两条手臂多是在打拳，现在却在江迟景家的厨房里洗着碗。

不一会儿，厨房里的水声停了下来，郑明弈来到客厅，在沙发的另一头坐下，而这时江迟景才注意到郑明弈的脚踝上戴着电子镣铐。电子镣铐上闪烁着卫星定位的红光，这提醒江迟景，坐在他身旁的人是个犯人，好歹让他有了些真实感。

"丹尼尔呢？"江迟景问。

"在办案。"郑明弈拉松领带，解开了衬衣上方的两颗纽扣。

西装确实不适合在家里穿，比不上家居服穿着舒适。江迟景身穿一件白色棉T恤，下身是一条长及膝盖的短裤，两条腿随意地蜷在身侧，手肘撑着他那侧的扶手。

"在办案是什么意思？"江迟景问，"他不是应该守着你吗？"

"他何必守着我？"郑明弈道，"他把我送到你家门口，看着我进来，现在我的定位也显示是在你家，他知道我跟你待在一起，完全可以放心。"

"那你不去查帕特里克吗？"江迟景奇怪地问。

"不用我亲自去。"郑明弈道，"克里斯的人帮我盯着帕特里克，有消息会直接跟丹尼尔联络。"

"你不亲自去的话，"江迟景云里雾里地问，"那丹尼尔为什么要保你出来一天做调查？"

尽管郑明弈是个值得放心的人，但再怎么说他也是个犯人，中间要是出了什么差错，对丹尼尔的职业生涯也会有所影响。

"我上次给了丹尼尔好几条消息，其中××科技自己露了马脚，但其他几家公司都很难查。克里斯的人路子广，可以有一些'非正常'手段，我让他们当丹尼尔的眼线，此时正在配合丹尼尔做调查，而我也一直在随时配合啊。"

江迟景若有所思地点了点头，郑明弈给克里斯和丹尼尔搭线，的确可以加快查案的进度。想到这里，他又问道："那你今天出来的目的是……？"

"看丹尼尔抓内鬼。"郑明弈道，"我还没有彻底信任他。"

丹尼尔会在上午十一点来把郑明弈接走，现在还有一段时间。郑明弈走上江迟景家的二楼，扫了一眼卧室的布局，眼里当即露出了了然的感觉。他来到窗边，饶有兴趣地观察起了他自己家的房子。

漂亮的房子变成了一栋乌漆墨黑的破房子，从江迟景家的卧室看去，隐约还能看到被烧坏的衣柜和沙袋。

江迟景难免有些紧张，怕以郑明弈的高智商会看出些许端倪来。但郑明弈很快又看向对面，问江迟景道："那天晚上，你就是在这里朝我的卧室扔的香水？"

尽管这已经是两个人心照不宣的事，但江迟景本能地想隐瞒，没有正面回答，而是问道："你怎么就确定不是路过的人好心提醒你？"

"因为香水砸到了我的衣柜上。"郑明弈看向江迟景道，"如果是有人在楼下朝我的卧室扔东西，那东西不可能砸向我的衣柜。"

江迟景知道郑明弈家卧室的布局，衣柜在进门的那面墙上，正对着窗户，也只有在他家卧室这个位置，能够让香水接近直线地砸向郑明弈家的衣柜。江迟景没法再隐瞒，装作不在意地跟郑明弈闲聊道："那天晚上正好看到有人鬼鬼祟祟地在你家楼下徘徊。"

"正好？"郑明弈道，"我没记错的话，当时已经半夜一点多了吧。"

江迟景习惯在睡觉前观察郑明弈家的情况，但这一点他显然没法说出口。他立刻回想了一下那个晚上的情形，暂且松了口气道："那天我的手表坏了，修到半夜一点多，正好听到对面有奇怪的动静。"

其实那黑衣人基本没发出响动，也多亏那晚江迟景的手表坏掉，否则他还真没法那么凑巧地提醒郑明弈。

"这样吗？"郑明弈若有所思地点了点头，好歹是舍得离开窗边了。他看着江迟景继续问道："你是大约半年前搬来的吧？"

江迟景"嗯"了一声。搬家之前要经过装修，那么大的动静，郑明弈不可能不知道对面搬来了一个新邻居。

"一开始我没有关注过你，因为我本身对邻里之间的事不感兴趣。"郑明弈道。

这一点江迟景知道，郑明弈向来独来独往，从来不参加社区活动。而江迟景虽然对社区活动不感兴趣，但一般不会拒绝社区工作人员的邀请。

"直到几个月前，我开始查帕特里克操纵股价的事。"郑明弈继续道，"调查组没能查出个结果来，但从那时候开始，我发现帕特里克有意无意地针对我，应该是猜到了泄露消息的人是我。"

江迟景道："然后呢？"

"然后我发现有人动过我的电脑，还在我的办公室里安装了窃听器。我开始对周围的环境变得非常警惕，就连在家里的时候也不例外。"

江迟景恍然大悟："于是你就……"

"于是我就发现对面有个人在'监视'我，而且可能为了和我拉近距离，他们找的人还是个华裔。"郑明弈用的词是"监视"，应该是那时候以为江迟景跟帕特里克有关系，负责在他家对面监视他。

江迟景不禁觉得好笑："我有自己的工作，怎么可能是监视你？"

"起初我并不知道你有工作。"郑明弈道，"我出门上班的时候，你在家里，我下班回来，你还在家里，我以为你根本不会出门，这更让我觉得，对面的人的确是在监视我。"

江迟景的通勤时间只要十来分钟，早上基本上踩着点出门，而郑明弈在市区上班，每天出门时间早，下班回来时间晚，当然碰不到江迟景不在家的时候。

"可是我大半年前就搬来了，你都没觉得奇怪？"江迟景道，"就算我是帕特里克的眼线，也不可能半年前就开始监视你吧？"

"当时我不清楚对面的邻居是不是换人了，因为你刚搬来的时候我也没注意过。"郑明弈道，"我只是发现，对面有那么个人，没事就看我在干什么。"

　　江迟景心虚地道："你知道有人'监视'你，还故意在家也不避讳？"

　　"因为对面的那个人有点意思。"郑明弈笑道，"在我发现有人监视我的那个周末，我去附近的超市采购，发现监视我的人竟然在帮邻居提牛奶。"

　　郑明弈口中的邻居，应该就是住在江迟景家后面的老太太，丈夫和子女都不在身边，江迟景偶尔会帮她做一些事。

　　郑明弈说这些话的语气，像是觉得这件事很滑稽，江迟景挑眉问："怎么，监视你的人就不能帮邻居提牛奶？"

　　"这难道不奇怪吗？"郑明弈说道，"一个带着监视任务的人，竟然会去搞好邻里关系。而且当时我就在超市里，他压根没发现我，这实在不像个专业的监视人员。"

　　"然后你就意识到我并没有在监视你？"江迟景问。

　　"不，我只是觉得奇怪，然后开始观察你。"郑明弈道，"这也是为什么我发现有人监视我，却一直没有拉窗帘。"

　　拉上窗帘，江迟景不再能看到郑明弈，与之相应，郑明弈也无法再看到江迟景。而为了弄清楚对面的人到底怎么回事，郑明弈便一直敞着窗帘，任由对面的人"监视"他。

　　"总之经常看到你帮邻居的忙。"郑明弈道，"我觉得很奇怪，为什么会有这样的人来监视我？但那段时间我很忙，也没有多余精力去查。"

　　"你没精力去查，却有精力跟我玩监视游戏？"江迟景问。

　　"跟你玩游戏不需要精力，是放松。"郑明弈看着江迟景道，"那是我那阵子唯一的娱乐方式。"

　　江迟景明白过来，那阵子郑明弈应该是被帕特里克盯得很紧，全天精神高度集中，也只有晚上回家之后，能短暂地放松一下。

　　郑明弈长出了一口气道："后来我联系了丹尼尔，想把手里的线索交给他，而那天帕特里克直接警告了我，我预感到会出事，就提前下班回到了家里。"

　　"也就是那天，我下班回家，看到你在家里打拳。"江迟景接话道。

"是，我看到你从外面回来，以为你是去见了帕特里克。"郑明弈没有工夫去调查江迟景的背景，只拿他当监视自己的虾兵蟹将，因此即使江迟景在家里表现出了生活气息，郑明弈也会觉得那不过是他的伪装而已。

"所以你那天在家打拳那么狠，"江迟景莫名有点想笑，"其实是以为我去找帕特里克汇报，然后对我发泄情绪？"

"嗯。"郑明弈应道，"然后就到了出事那天晚上。我没想到你会来帮我，这让我感觉很困惑。"

"我对周围的邻居那么好，为什么不能帮你？"江迟景真没想到，原来在他不知道的情况下，对面那位邻居的心理活动竟然这么复杂。

"所以接下来我花了几天的时间调查你，才知道原来你跟帕特里克那边压根没有关系。"郑明弈道。

江迟景记得那天晚上出事之后，郑明弈就消失了。敢情这个人并不是完全消失，是在调查他的背景。

"大半年前搬来的人一直是你，没有换过。"郑明弈道，"你是南部监狱的狱警，以前在法院担任书记员，身上没有污点，家里也不缺钱，不会去跟帕特里克做交易。"

说到这里，郑明弈停顿了一下，总结道："也就是说，住在我家对面的人不是监视者。"

"咳。"江迟景难为情地清了清嗓子，说道，"你要是跟社区的人搞好关系，早就应该知道住在你对面的人没有换过。"

"确实。"郑明弈道，"但我懒得跟他们打交道。"

江迟景突然想到一个问题，看向郑明弈问道："所以你早在入狱之前就知我是谁，还一直在监狱里跟我演戏呢？"

之前江迟景去参加社交聚会，他还想不通自己怎么会暴露，原来是郑明弈早就知道他。除此以外，还有草莓果酱、住宅距离的远近、发现娱乐室的监控……郑明弈一直在跟江迟景演戏，只是江迟景没有反应过来而已。

"监狱那么无聊。"郑明弈笑道。

"你还真是厉害啊。"江迟景咬牙切齿地说道。

郑明弈道："其实我一开始并没有打算进监狱。"

"那不是没办法吗？"江迟景道，"自己下输了棋，也只有这条路可走。"

"不是只有这条路。"郑明弈道，"我可以暂时躲起来，想办法收集证据，或者聘请专业的律师，让帕特里克没那么容易给我定罪。总之当时摆在我面前的，有好几条路可以走，我没有想过就那么认输进监狱。"

"那你为什么改变主意？"江迟景问。

"因为你。"郑明弈看着江迟景道，"了解你之后，我突然打开思路，想到待在监狱里应该会很安全。"

"你……"江迟景愣了一下，"觉得我会帮助你？"

"嗯。"郑明弈道，"我想过慢慢向你透露我不是坏人，但没想到丹尼尔是你的朋友，这倒省了我不少事。"就如郑明弈所说，江迟景是个乐于助人的人，在他知道郑明弈是被冤枉后，的确会想办法帮助郑明弈。

而郑明弈与其躲起来，以逃犯的身份收集证据，或者请律师跟帕特里克硬碰硬，也不确定会不会又踩进什么陷阱，倒不如以退为进，躲进监狱里面，至少身边有一个帮助自己的人，可以不用再孤身奋战。

江迟景抿了抿嘴唇，又有些自闭地说道："原来进监狱都是你设计好的。"

"因为有你在，我才敢进去。"郑明弈道，"正常人都不会坦然地接受自己进监狱吧。"

江迟景突然又想到一个问题，问："那你手里的线索到底藏在哪里？"每次提到线索的事，郑明弈总是会岔开话题，这次也不例外。他看了看时间，说道："丹尼尔应该到了。"随之，门铃响起。

江迟景知道问不出个所以然来，也没再多问，把郑明弈送到门口，交给了丹尼尔。

屋子里又安静了下来，刚才发生的一切就好像是一场梦一样。江迟景忽然想起，郑明弈发现他在监狱娱乐室装监控时，说要再告诉他一个秘密，这算不算是那个秘密。

　　吃过午餐之后，江迟景开始收拾房间。床边的书桌上，他平时放表的地方，旁边多了一块名牌手表。那是郑明弈的表，江迟景知道价格，大概能换他平时代步的车。郑明弈应该是忘了拿走，不过这块手表带回监狱也是被收管起来，所以即使他带走也没有太大意义。

　　江迟景把表收进抽屉当中，接着继续打扫房间。

　　另一边，丹尼尔驾车将郑明弈带到了××科技公司楼下，除了丹尼尔以外，还有十来个丹尼尔的同事也来了，个个摩拳擦掌，像是准备好了去打一场硬仗。郑明弈看了看他们，问道："你们已经申请到搜查令了吗？"

　　"当然。不过查他们是次要目的。"丹尼尔道，"我们监听了他们董事长的电话，但是这段时间他跟内鬼一直没有联系。这次我们突击检查，如果不出意外，他们两个人会进行联系，这样我们就可以拿到内鬼的证据。"

　　他们查公司是次要，抓内鬼才是主要。郑明弈看了看一旁的通信车，点了点头。

　　丹尼尔和同事进去公司大楼之后，郑明弈坐进了通信车里。丹尼尔让郑明弈参与抓内鬼的过程，可以很好地证明他自己不是内鬼，因为不可能有这么多同事配合他演戏。

　　十多分钟后，监听设备亮起了通话提示灯，守在一旁的警察立马放大音量，只听里面传出了××科技公司董事长和另一个陌生人的声音。

　　"我公司里怎么会突然出现这么多警察？"

　　"不会吧，今天没有行动啊。"

　　陌生人的声音一出，车里的警察都表情复杂，应该是知道这人是谁，对此感到惋惜。

　　后续的事情就简单了，丹尼尔带队离开了这家公司，前往内鬼的家里抓人。

郑明弈可以彻底信任丹尼尔了，他自己的案子应该也会进展很快。

全部忙完之后，丹尼尔载着郑明弈离开了警局，朝南部监狱的方向驶去。

第十二章
Chapter 12

出 战

时间转眼来到周一，江迟景今天比往常起来得早一些。

监狱里一些做文职的同事嫌监狱的餐食没油水，偶尔会自带午餐，中午去微波炉里加热。江迟景嫌麻烦，从来没有带过，不过昨天他心情不错，特意去超市里买了几个玻璃保鲜盒。

拎着口袋来到监狱里，江迟景按惯例接受了检查。守卫跟他闲聊了几句，问他是不是学了新的厨艺，他只说是吃腻了监狱里的饭菜，偶尔想换换口味。

周一的信件总是比其他日子更多，毕竟积攒了周末两天的分量。而今天的信件格外多，因为监狱戒严了一周，重新解封之后，信件便纷至沓来。

江迟景迅速检查了每封信件的内容，其中有一封信让他感觉有些意外，因为这是这么久以来，第一次有人写信给克里斯。信封上没有详细的寄件地址，但从内容不难看出，这封信应该是从医院寄来的。

"克里斯，有你的信。"江迟景按照往日的习惯，先送了三号监舍楼和二号监舍楼的信，最后才来到克里斯的牢房前。从克里斯的表情来看，他对江迟景递进去的信似乎也感到非常意外。

"你应该已经知道消息了吧？"江迟景道，"老太太的手术成功了。"

"是。"克里斯时刻关注着那老两口的情况，应该是第一时间就知道了这个消息，他拆开信件看了看开头，瞳孔放大了一瞬，接着立刻把信折好，像是想独自一人慢慢品味。

"你如果有什么打算，"江迟景道，"可以随时联系行政科。"

"谢谢你，艾伦警官。"克里斯道。

江迟景没再多说什么，转身离开了监舍楼。

寄给克里斯的这封信是老两口中的老头子写来的，先是告知了老太太的情况，说是手术成功，还请了专业的护理，让克里斯不用担心。

从第二段开始，"画风"一转，老头子讲起了刚认识克里斯时的事情。从字里行间不难看出他并不恨克里斯，甚至很怀念当年的那些时光。接着便是第三段内容，看得江迟景心里"咯噔"一下。

老两口知道他们的儿子维格不太对劲，小时候就做过一些令人震惊的事情，但那时他们只当孩子还小，从来没有放在心上。

后来，当他们得知维格被克里斯杀死，感到震惊的同时也非常不能接受。不过随着时间的流逝，他们心里的疑惑越来越重，想不通懂事的克里斯为何会做这种事，而越是感到疑惑，就越害怕，因此他们也一直不愿意去面对。

直到前两天，有一位叫做丹尼尔的警官找上老头子，用猜测的方式向他透露了当年的隐情，老头子这才恍然大悟，感到了极大的煎熬。

十多年的时间过去了，当年的事件早已变得遥远无比，老头子想让警官重新调查那起连环虐杀案，让克里斯能够早日出狱。但警官说那起案件本身就证据不足，没办法重启调查，很难有个结果，并且他对老头子说的这些事，也都只是猜测而已。

话虽然这样说，事情也不是完全没有转机。老头子作为被害人家属，出具了刑事谅解书，虽然这时候才拿出来，已经不能让案件重新审理，但至少可以向监狱申请给克里斯减刑。

克里斯已经服刑十多年，加上他在监狱里表现良好，如果真的能够减刑，说不定几年之内就可以重获自由。到时候杜克也差不多能同时出狱，挺好的结果，连江迟景的心情都跟着变得更好起来。

老头子信中提到的警官肯定是江迟景认识的丹尼尔无疑。丹尼尔的年纪不算大，不可能是负责当年案件的警察，而他主动来插手这件事，江迟景只能想到一个理由——郑明弈。

郑明弈和克里斯的交易，是用金钱交换人脉。而前天郑明弈从监狱里出来时，曾对江迟景提过，他让克里斯的人去给丹尼尔充当眼线。

当时江迟景就觉得奇怪，为什么一场明码标价的交易，会突然多出一个条件来？克里斯也不是傻瓜，拿多少钱办多少事，郑明弈突然让他做交易之外的事，他应该不会同意才对，因为外面的兄弟帮他是情分，他不可能随随便便就差使人家做事。

不过当时江迟景也没有多想，只当郑明弈可能是又多给了钱。而现在看来，郑明弈应该是在丹尼尔和克里斯的人之间，又促成了一场人情交易。

丹尼尔处理好老两口这边的事，让克里斯获得减刑的机会，这样一来，克里斯这边的兄弟为了报答丹尼尔，自然会主动帮助他尽快破案。

想必克里斯本人也是被蒙在鼓里的，否则不会同意丹尼尔去打扰老两口。但他的担心只是出于老两口的健康考虑，十多年过去，老头子已经能坦然接受当时的真相，而老太太暂时不知道也不碍事，就目前来看，丹尼尔已经拿到了最好的结果。不对，不是丹尼尔，是郑明弈促成了最好的结果。

回公务楼的路上，江迟景不由得再次感叹起来，无论是帮丹尼尔破案也好，还是帮克里斯减刑也好，郑明弈都是在帮他自己。

丹尼尔原本只关注恒久的事，现在手上同时调查好几家公司，如果真能查个一清二楚，升职自不必说，对社会也是做了一件好事。

而克里斯原本只想解决老太太的医药费，现在莫名获得了减刑机会，对他来说大概就跟天上掉馅饼差不多。

这些跟郑明弈合作的人，利益都得到了最大化，江迟景自认以他把控事态的能力，应该是做不到这一点的。而且最重要的是，郑明弈还在监狱里坐牢。

　　刚想到这里，江迟景从连廊拐进走廊，便看见郑明弈已经等候在了图书室的门口。郑明弈又换上了橙色囚服，手上戴着银色的手铐，身旁站着负责押送他过来的狱警。

　　今天江迟景送信花的时间较长，看样子郑明弈已经来了一阵。等江迟景离得近了，郑明弈跟往常一样，对江迟景打招呼道："早上好。"

　　当着其他狱警的面，江迟景不敢表现得跟郑明弈很熟。跟狱警同事打过招呼后，江迟景没有叫郑明弈的名字，而是故意道："壹零壹柒，跟我进来。"

　　这个编号江迟景已经很久没有叫过，透着一股浓浓的生疏感。他相信没有人能想到，他口中只有编号的犯人，刚带着他去欣赏一出抓内鬼的戏。

　　"去后面把图书室的灯打开。"江迟景走进工作区内启动电脑，心安理得地差使着郑明弈做事。

　　江迟景原以为等狱警同事离开之后，郑明弈又会说他，但没想到郑明弈非但没有抱怨，还在开灯之后，规规矩矩地走到工作区前，问道："江警官，请问我可以进去吗？"

　　以前这个人进出工作区，从来没有征得过江迟景的同意。现在他突然变得这么老实，江迟景还有些不适应。他漫不经心地扫了郑明弈一眼，淡淡地道："进来。"

　　郑明弈来到江迟景的身边坐下，客客气气地说道："今天恒久要发布行业报告，麻烦念给我听，江警官。"

　　江迟景公事公办地对郑明弈道："监狱长交代的事，我自然会放在心上。"

　　郑明弈点了点头，问道："那要是监狱长没有交代的事呢？"

　　很显然，郑明弈听到江迟景叫他壹零壹柒，知道江迟景是故意表现得这么生疏。他会这么毕恭毕敬地对江迟景说话，也不过是配合江迟景而已。

　　但这种游戏的乐趣并不在于配合，在于看谁先绷不住。郑明弈问到监狱长没有交代的事，显然是率先设下陷阱，就看江迟景能不能接下去。

"监狱长没有交代的事，"江迟景面不改色地道，"我当然不会负责。"

"那江警官还真是公私分明啊。"郑明弈道。

"做我们这一行，当然要公私分明。"江迟景聊着聊着也就没了兴趣，打开网页道，"你的表落我家里了。"

"就放你那里吧。"郑明弈道。

也只能暂时放在江迟景家里，他这时候拿来监狱，也没法收进郑明弈的物品里。

"恒久发布行业报告是在哪个网页？"江迟景问。

郑明弈："公司官网。"

江迟景按着郑明弈的指示，点开了恒久发布的关于老钟表的行业报告。他正准备从开头念起，这时图书室的门口突然冲进来一个冒冒失失的人。

"偶像，不好了！"莱特拎着打扫工具跑到工作区前，上半身的重量全压到办公桌上，"老钟表的股价开始下跌了！"

"我先看看报告。"郑明弈道。

"你看不了吧？"莱特道，"我可以给你念！"

郑明弈有阅读障碍的事，最初还是洛海告诉江迟景的。而洛海知道这事，莱特想打探到并不难。

莱特伸着脑袋想看电脑屏幕。

江迟景皱了皱眉，道："我会给他念。"

"哦。"莱特收回脑袋，拿手撑着下巴，看着江迟景道，"那你快些念吧，艾伦警官。"

这篇行业报告的字数不少，江迟景的语速很快，有时念到一些不重要的信息，郑明弈会说"跳过"，但念下来还是花了十来分钟。

"辛苦了。"郑明弈把水杯递给江迟景，接着切换回了老钟表股票走势的页面。

莱特应该是觉得无聊，在旁边一边清理书架一边写写画画，见江迟景念完报告之后，放下手中的笔，问郑明弈道："偶像，我们要开始反击了吗？"

"现在还太早。"郑明弈道，"过早干预，帕特里克会发现不对劲。"

屏幕上的日 K 线绿了好大一片，就连江迟景这个门外汉也能看出，老钟表的股票跌得很厉害。

"那就等它继续下跌吗？"莱特问，"但是这样一来，就算它后面有反弹的趋势，大家也会采取观望的态度。"

"所以要先稳住股价。"郑明弈道，"你那边都准备好了吗？"

"已经联系好了，我的那些朋友都随时准备出战。"莱特道。

"出什么战？"江迟景忍不住问。

"舆论战。"郑明弈道，"股票的涨跌跟人们的心理预期有关，简单来说，只要能操纵股民的心理，就能操纵一只股票的涨跌。"

"意思是，"江迟景细思恐极，"只要让大部分人相信这只股票会涨，那这只股票就真的会涨？"

"是啊，艾伦警官。"莱特接话道，"你想啊，大部分人看好这只股票，那他们是不是都会去买进？那买的人多了，股票当然就会上涨。"

"不止是股票，"郑明弈对江迟景补充道，"在自由市场下，所有商品都是买的人多，价格上涨，这是市场规律。"

江迟景点了点头，明白其中的道理，但他越发觉得股票是个危险的东西。普通的散户只能是"接收信息"的一方，而他们根本无法判断"发出信息"的一方到底有着怎样的目的。只要他们开始随波逐流，除非运气好，否则大概率会成为被收割的"韭菜"。因此作为散户，判断一只股票的涨跌，根本不是去分析这家公司的前景，而是去分析处于上位的"信息发出者"们，到底有着怎样的考虑。现在郑明弈想要利用舆论搅乱市场，就是想破坏恒久"信息发出者"的身份。

"那我们要从哪些方面入手？"莱特撕下一页笔记本的纸，表情认真地等着郑明弈的下文。

笔记本是江迟景的东西，不过这点小事江迟景也懒得跟莱特计较。

"先从国家政策上吧，政策利好电子科技产业，老钟表建立起自己的核心研发团队也不过是时间问题，这只股票有煲下去的价值。"郑明弈思量着道，"然后再从品牌形象入手，讲讲它的品牌故事，比如几十年前生产的产品，现在也终生保修，尽量体现出企业良心的一面，唤起股民们的民族情感。"

关于情感这一点，江迟景也深有体会。前阵子他戴的老钟表就被他修得无法复原，没想到返给厂家之后，厂家只收取了很少的维修费用。而厂家之所以要收费，也只是因为他这是人为损坏。作为一个旁观者，江迟景也不希望这样一家良心的民族企业被恒久这样的做空机构盯上。

接下来郑明弈又说了一些细节的点，莱特一一记下。

"总之先把节奏带起来，大部分人会选择观望。"郑明弈道。

"好的，偶像。"莱特一脸崇拜地看着郑明弈道，"网上的事就交给我，保证完成任务！"

江迟景不太了解莱特的社交圈，但看莱特这样子，应该不是难事。莱特拿上做的笔记，拎着他的打扫工具，一溜烟地离开了图书室。

郑明弈继续浏览着股票的走势图，表情毫无变化，也不知道在想些什么。江迟景若有所思地看着他，郑明弈很快发现了江迟景的偷看，转过头迎上他的视线道："看我干什么？"

江迟景大方地道："猜你在想什么。"

郑明弈笑了笑，问："那你猜到了吗？"

"怎么让老钟表的股价猛涨？"江迟景道，"只有这样才能让恒久血亏。"

"没错。"郑明弈夸道，"还不算笨。"

江迟景本来就不笨，只是郑明弈更精于谋算而已。他问道："那你想到办法了吗？"

"一直就有办法。"郑明弈道，"只是在算时机。"

江迟景还想问到底什么办法？但这时郑明弈看了看屏幕上的时间，对江迟景道："我该走了，下午见。"

"郑明弈。"江迟景连忙叫住他，"那个，你……你中午少吃点。"

"为什么?"郑明弈问。

"因为……"江迟景回道，"我闲得没事，做了草莓派。"

安静了一秒钟，江迟景又皱起眉头道："很难吃，你也可以不吃。"

"吃。"郑明弈一边站起身一边道，"我会尽快过来。"

郑明弈离开之后，江迟景把莱特拿去乱写乱画的笔记本又拿回了面前。

在被撕走那页的前一页上，有许多莱特画的小人，还有他混迹于黑客圈里的标志性图标，一个发光的小灯泡。先前江迟景一直在念行业报告，也没有注意过莱特的举动，现在看这笔记本上的涂鸦，不难看出莱特刚才是相当无聊。

第十三章

Chapter 13

计谋

到了放风时间，郑明弈又去了操场。

随着天气逐渐转凉，去操场的人也跟着多了起来，但操场上能坐的地方有限，除了放着简易健身器材的区域，其他地方总共就只有一条长椅。

这条长椅常年被克里斯的人霸占，不过只要郑明弈的身影出现在操场上，那长椅的一半必定属于他。

江迟景看着窗外，郑明弈的嘴唇轻轻动了动，是在和身旁的克里斯聊天。由于距离太过遥远，江迟景听不清两个人的对话，但这反而像是在看一部无声默片，更能关注到主演的神情和姿态。

和手肘撑在膝盖上，略显拘谨的克里斯不同，郑明弈背靠着长椅，双手随意地搭在腿上，视线淡淡地平视着前方，嘴唇动起来时也没有过多的情绪泄露。

江迟景猜测两个人应该是在聊克里斯减刑的事。

克里斯原先被蒙在鼓里，在知道事情的经过后，肯定会来找郑明弈确认。他的视线大部分时间停在操场的地面上，极有可能是在对郑明弈表示感谢，或者吐露心声，否则不会这样略微难为情地看着地面。

郑明弈倒没有太大的反应，说话时仍然没有什么表情，以江迟景对他的了解，他应该不会跟克里斯交心，而是在告诉克里斯他这样做的原因。

半晌后，克里斯长出了一口气，跟郑明弈一样背靠在长椅上，双眼放空地看着前方，江迟景猜测这是在聊未来的事，比如老夫妇如何安置，和杜克怎样相处等。

这时，无声默片中突然出现了新的角色，瑞恩从画面的一角走向长椅，被守在长椅旁的小弟给拦了下来。

瑞恩恼火地推了面前的小弟一把，结果另外两个小弟立刻走过来，把他拦住了。他不得不偏起脑袋，视线越过这些小弟，对长椅上的克里斯喊话。无声默片中第一次出现了声音，但江迟景听得并不真切，只能隐约听出声音的主人希望得到回复。

克里斯淡淡地扫了瑞恩一眼，置若罔闻地继续和身旁的郑明弈聊天。

看到这里，江迟景突然有种感觉，尽管之前他就觉得郑明弈在囚犯中的地位不一般，但直到现在才有了真实感。

瑞恩就像被舍弃掉的"士"，在"将"面前丝毫没有存在感。而郑明弈并非顶替瑞恩成了克里斯的"士"，而是棋盘中的另一名"帅"，只有"将"能够跟他平起平坐。

图书室里响起了移动椅子和小声交谈的窸窣声，江迟景从窗外收回视线，只见不少犯人来到了窗边，跟江迟景一样看起了操场上的无声默片。

图书室里的这些犯人大多不参与监狱里的派系争斗，但越是边缘的人就越喜欢看热闹，已经有人聊起瑞恩在监狱里失势，身边的小弟都跑了几个。还有人说克里斯很看重郑明弈，中午吃饭时还要等郑明弈先动筷子。

江迟景呵斥了一声"安静"，沉迷于闲谈中的犯人们总算收敛了许多。

江迟景表情淡淡地重新看向窗外，只见瑞恩已经离开长椅边，返回了健身器械的区域内。

从江迟景的角度俯视下去，操场上的许多人一边看着瑞恩，一边在发笑，显然是在嘲笑瑞恩。而瑞恩拿起哑铃做着弯举，看似并不在意周围人的目光，但表情阴鸷，眼神发冷，内心应该没有他表现的那样平静。

没过一会儿，郑明弈结束和克里斯的交谈，朝着公务楼的方向走了过来。瑞恩放下哑铃，视线随着郑明弈的身影移动，眼神又变得冷了几分。

随着郑明弈的离开，无声默片里没了一个男主演，江迟景跟着失去了兴趣。

刚才有犯人为了来窗边看热闹，坐到了第一排靠窗的位置，而郑明弈一出现在图书室里，那个人立刻拿着书麻溜地回到了之前的座位。

郑明弈在老位子上坐下，用口型对江迟景说道：我好饿。江迟景用下巴指了指手边的环保袋，示意里面就是他做的草莓派。

等时针缓慢地走过两点的位置，图书室里终于只剩下两个人。郑明弈坐进工作区来，第一时间打开了江迟景带来的保鲜盒。

"好像卖相一般。"郑明弈看着手里的草莓派说道。

"那你别吃。"江迟景作势要收回保鲜盒。

"为什么不吃？"郑明弈拿起草莓派咬了一口，细细品味，好半晌没给个评价。

"怎么样？"江迟景忍不住问道。

"好吃。"郑明弈点了点头，"就是下次可以多放点糖。"

"我按照标准放的。"江迟景又想到了那瓶甜得腻人的草莓酱，皱眉问道，"你怎么吃那么甜？"

"我喜欢吃甜食。"郑明弈笑了笑，又拿起了另一块草莓派。

口味这事确实每个人不一样，江迟景没有再说这个话题，正色道："话说你最好小心一下瑞恩。"

"你觉得他不对劲吗？"郑明弈似乎真的很饿，没几下又解决了第二块草莓派。

"很不对劲。"江迟景见郑明弈吃得这么香，也拿起一块草莓派咬了一口，"他可能在计划报复。"

瑞恩被判的是无期徒刑，要在监狱里关很久很久。监狱就是他的整个世界，他不可能忍受自己突然间从食物链顶层掉落到任人嘲讽的底层。

"我会防着他。"郑明弈解决草莓派的速度很快，转眼间盒子里便空空如也，只有江迟景手里还剩小半块。

"那你一定要小心。"江迟景道，"光脚的不怕穿鞋的，他如果还要搞事，恐怕会不管不顾。"

郑明弈心不在焉地"嗯"了一声，专注地看起了股票走势图，给江迟景分析现在是怎样的局势。

老钟表的股价仍在下跌，但止住了狂跌的势头，总体在正常范围之内，没有引起大规模的恐慌。而被丹尼尔盯上的那几家公司，原先的政策出来之后股价一直在猛涨，但最近突然出现了疲软之势，跟不上大盘的涨幅，应该是有人觉得不妙，开始悄悄抛售。而这种情况一旦出现，说明丹尼尔已经逐渐接近胜利。

"只要丹尼尔能查清那几家公司的问题，我的案子就必定会重审。"郑明弈道。这几家公司的股票都跟郑明弈的做空案有关，如果公司的高层一开始就有操纵股价的嫌疑，那所有指向郑明弈的证据也会变得不那么可信。

"那快的话，大概一个月？"江迟景道。

郑明弈"嗯"了一声，不过这声"嗯"的尾音拉得有点长，像是肯定，又不完全肯定。

江迟景也没有多想，毕竟法院何时重审，郑明弈也无法确定。

下午两点半之后，郑明弈离开了图书室。此时离江迟景下班只剩两个半小时的时间，他无聊地整理着书架上的图书，而没过多久，洛海来到了图书室内。

"头疼。"洛海找了张椅子坐下，浑身无力地瘫在上面，用手揉着眉心。

"因为莱特？"江迟景来到洛海身旁，靠在一张桌子上。

"年纪小了果然不懂事。"洛海道。

他没有具体说是什么事，但江迟景多半能猜到，莱特的一颗心都扑在替天行道上，肯定会有些不懂事的举动。

"你既然要管他，那就得管到底吧。"江迟景道。莱特心地不坏，他相信在洛海的管教下，莱特会慢慢变得懂事。

"确实。"洛海无奈地道。

"但你还是得注意一下，现在他的身份毕竟是个囚犯。"

江迟景话音刚落，别在肩膀上的对讲机里突然响起了沙沙声，紧跟着是某个狱警焦急的声音："卡尔医生！卡尔医生在吗？瑞恩捅了人，麻烦来一下厂区这边！"

对讲机里呼叫的是洛海，但率先从图书室里冲出去的人是江迟景。他回想起瑞恩看郑明弈时的阴鸷眼神，一颗心立刻提到了嗓子眼。

这次瑞恩的心态明显跟以往不同，他失去了在监狱里的地位，被克里斯视作一团空气，被其他囚犯肆意嘲笑，巨大的心理落差必定会刺激到他，让他产生报复的念头。

而这次报复他不用再像上次挑衅江迟景那样，顾忌着克里斯的意思，因为克里斯就是害他沦落到今天的罪魁祸首。

但话说回来，当初阻止克里斯出狱的人是郑明弈，非要说的话，郑明弈算是幕后推手。因此尽管江迟景已经预料到瑞恩想要报复，却无法确定瑞恩报复的人到底是谁。

他一边跑出图书室，一边取下肩上的对讲机，提心吊胆地问了一句："瑞恩捅了谁？"

对方很快给出了回复——克里斯。算是预料之中的答案，江迟景稍微松了一口气，放慢脚步等着洛海，但心里仍旧紧张克里斯的安危。

虽然瑞恩的确憎恨郑明弈，也有可能对郑明弈下黑手，但相比起来，瑞恩最应该报复的人还是克里斯才对。

如果不是克里斯计划越狱，瑞恩也不会搞出纵火那晚的事来，结果被关了禁闭，还被延长关禁闭的时间，逼他写下丢脸到家的检讨书。

明明是克里斯自己要走，最终却没有离开，在瑞恩看来，肯定觉得克里斯这是拿他当猴耍。他当然可以报复郑明弈，甚至也可以报复克里斯最在乎的杜克，但无论报复这两个人中的谁，最终都会被克里斯加倍奉还，因此最简单的，就是直截了当地给克里斯一个痛快。况且在这些人当中，也只有克里斯跟瑞恩同在漆厂工作，瑞恩最方便下手。

洛海去医务室里联系了救护车，接着拿上急救箱，跟上了江迟景的步伐，两个人跑到一楼时，正好碰到莱特在打扫走廊。莱特一见两个人，立刻屁颠屁颠地跟上来问："出什么事了吗？"

洛海皱着眉头瞥了他一眼："打扫你的卫生去。"

"洛医生，你还在生气吗？"莱特跟到了公务楼大门口，"我说崇拜偶像不代表又会去犯罪啦！"

江迟景回过头去看了看莱特，心想你这臭小子就该被人收拾。

漆厂离公务楼不算太远，两个人跑过去只需要两三分钟的时间。当江迟景和洛海来到这边时，巡警队刚刚维持住秩序，瑞恩的脸上和身上都负了伤，对面站着几个急了眼的克里斯的小弟，双方都被巡警给押着，应该是刚才打了一架。

克里斯躺在地上，嘴唇发青，额头上满是汗珠，腹侧捅进了一根木条。

这根木条应该是拖把的后半截，用脚踹断之后形成了不规则的尖刺。肉眼看不出木条到底捅进了多深，但至少可以确定不是贯穿伤。

"克里斯，能听到我说话吗？"洛海立刻上前确认克里斯是否有意识。克里斯很轻地点了点头，示意他现在还清醒着。

江迟景好歹松了口气，但一旁的瑞恩似乎不满克里斯还有意识，朝着克里斯叫嚣道："让老子拖地？你去死吧！你自己要越狱，怎么还不滚啊？"

"安静！"两侧的巡警又把瑞恩往下按了按，但瑞恩还在骂骂咧咧地朝克里斯叫嚣。

克里斯的小弟不甘示弱，纷纷骂了回去，现场又吵成了一团。

江迟景被吵得实在不耐烦，索性取下警棍来到瑞恩面前，一棒子抡到他的脸上，呵斥道："安静点！"

吵闹的现场顿时安静下来，就连克里斯的小弟也面面相觑。因为除非受到威胁，狱警一般不会对犯人动手，更别说现在瑞恩还是在被制服的情况下。

瑞恩转过脸来，阴森森地看着江迟景道："你这人也不是什么好东西……"

"听不懂人话是吗?"江迟景用警棍指着瑞恩的鼻子,"还是要我拿这玩意儿捅进你的嘴里?"

这可不是什么好的暗示,要真的被捅,那会比写检讨书还要丢脸。瑞恩的表情非常不甘心,但他好歹还是闭上了嘴。

"情况不是很好。"洛海站起身道,"要赶紧送去医院。"

跟南部监狱常年合作的医院就在郊区,救护车开过来只需要十分钟的时间。

巡警队的人把瑞恩和克里斯的小弟押离了厂棚,没过一会儿,医护人员终于抬着担架出现,带着克里斯往救护车上转移。

洛海需要随车去医院,而江迟景在这里本来也帮不上什么忙。他跟着一行人走到厂棚外面,打算返回公务楼里,就在这时,一个橙色身影突然冲了过来,江迟景手疾眼快地拦下他,赶紧道:"没事的,有医生在,克里斯不会有事。"

冲过来的人正是杜克。江迟景不太清楚厂区的分布,但知道杜克所在的缝纫厂一定离漆厂很远。因为当初杜克也在漆厂工作,监狱里就是不想让他跟克里斯在一起工作,才把他调去了缝纫厂。

"那是根木棍?"杜克喘着气,眼神直直地看着前方,声音颤抖地问江迟景道。

江迟景回头看了一眼,杜克来得实在不是时候,正好看到克里斯被抬上救护车,身上插着的那根木棍格外显眼。

"你放心,他还有意识。"江迟景劝道,"现在他上了救护车,肯定不会有事。"

老实说,江迟景自己心里也有些没底,因为刚刚洛海还说克里斯的情况不是很好。但这一点一定不能让杜克知道,杜克本身就是个疯子,要是知道有人伤害克里斯,只会疯上加疯。

"瑞恩?是吗?"随着救护车离开,杜克收回了视线,目不转睛地看着江迟景问。他的眼神里没有愤怒和疯狂,只有一种诡异的镇静和专注,这让江迟景莫名觉得不寒而栗,下意识地咽了咽口水。

"你千万别做傻事。"江迟景道,"克里斯很快就可以出狱,你也没剩多少刑期,外面的世界还等着你们。"

"他很快就可以出狱?"杜克问。

看样子克里斯应该是想等结果出来之后,给杜克一个惊喜,但这时候江迟景也管不了那么多,继续说道:"被害人家属出具了谅解书,他大概率可以申请减刑。"

"是吗?"杜克突然冷笑了一声,"所以瑞恩连这都等不了?"

正常人听到江迟景的话,第一反应会是充满希望,把关注点放到未来的事上。而杜克倒好,首先想到的是克里斯很快就会出狱,等他走后瑞恩怎样作妖都可以,但偏偏瑞恩就是要报复克里斯,让克里斯不好过。

"瑞恩可能还不知道。"江迟景道,"总之你不要乱想,等克里斯的消息就好。"

杜克没有接话,脸上的表情仍旧让江迟景捉摸不透。

江迟景严肃地道:"你千万,千万,不要做傻事。"

"遵命,艾伦警官。"杜克不咸不淡地答应了一声,转身离开了漆厂的门口。不过他的这句"遵命",总让江迟景觉得别扭,感觉心里没底。

江迟景该说的都说了,也不知该怎么劝他,取下对讲机,叮嘱二号监舍楼的监舍长,让他最近多看着点杜克。

说完之后,江迟景转身朝公务楼的方向走去,这时余光瞥见草莓棚的门口站着一个人,便又掉转方向,径直走到那个人面前道:"头疼。"

"克里斯还好吗?"郑明弈问。

"不清楚。"江迟景摇了摇头,"希望没事。"

"他怎么会被瑞恩捅?"郑明弈问,"瑞恩哪里来的刀?"

草莓棚离漆厂有一段距离,郑明弈应该只是听说了大概情况,还不知道具体怎么回事。自从上次纵火事件以来,监狱里严查违禁物品,已经搞不到美工刀之类的东西。

"克里斯安排瑞恩去拖地,瑞恩偷把拖把杆弄断,然后趁克里斯的注意力在工作上,用拖把杆捅了克里斯。"江迟景长出了一口气,又道,"克里斯应该也没有想到，瑞恩竟然敢对他动手。"

"确实。"郑明弈道，"可能他想过，但是没放在心上吧。"

江迟景点了点头，道："克里斯那边还不知道会怎样，现在最头疼的是杜克，我怕他做出什么不理智的事来。"

郑明弈没有接话，江迟景下意识地看向他，眼神里的意思很明白：你难道没什么想法吗？

"担心也没用。"郑明弈道，"克里斯越狱是有计划的事，我们提前推测出他的计划，所以才能去阻止，但是杜克……"

郑明弈说到这里停了下来，江迟景自觉地接话道："我们根本不知道他在想什么。"

"嗯。"郑明弈道，"我会找机会劝劝他，你别太担心。"

"你劝他？"江迟景狐疑地看向郑明弈，"你别给他出什么馊主意。"

郑明弈的视线移开了一瞬间，江迟景敏锐地捕捉到了这个画面，皱眉道："郑明弈，你别乱来啊。"

"我乱来过吗？"郑明弈笑了笑，"放心吧，江警官。"

不知为何，江迟景这下是越来越不放心了。

杜克之所以是南部监狱里有名的疯子，是因为服刑人员当中增加刑期的人极少，普通的打架斗殴只会被关禁闭或受其他处罚，而当初杜克是真的差点杀了人。

江迟景也是从洛海那里听来的八卦，据说有人想抢克里斯的位子，带了一帮人偷袭克里斯，本来杜克已经快要刑满，结果为了给克里斯报仇，把那个人打了个半死不活，给自己延长了刑期。

如果杜克在冲动之下杀了瑞恩，那他接下来的几十年，恐怕只能跟克里斯一个墙里一个墙外了。又或者……克里斯为了照顾杜克，也不愿意离开监狱。

江迟景越想思绪越乱，完全无法预测事态的发展，偏偏郑明弈还一副顺其自然的模样。不对，看郑明弈这样子，江迟景甚至觉得他还会为杜克出什么馊主意。真是一个两个都让他头疼得不行。

　　好在晚上十点多的时候，江迟景收到了洛海发来的信息，说是克里斯手术顺利，明天早上应该就能醒来。

　　这让江迟景终于有了点思路。第二天一早，他向监狱里请了半天假，直接来到郊区的医院找到了克里斯。既然杜克不听他的劝，那他只能把克里斯的话带给杜克，总之无论如何也不能放任杜克去做傻事。

　　"艾伦警官，你觉得他会听我的话吗？"狱警驻守的特殊病房内，克里斯安静地听完了江迟景的叙述，但他的反应跟江迟景想象中的不太一样。

　　"你不劝他吗？"江迟景皱眉道，"他很有可能做傻事。"

　　"他如果听劝，"克里斯的身体还很虚弱，他没法一口气说出一句完整的话来，"现在就不会在监狱里了。"

　　江迟景沉默了片刻，缓缓地开口道："也是。"

　　当初克里斯肯定劝过杜克出狱，但杜克还是选择了留在克里斯身边。就如克里斯所说，如果杜克是个听话的人，那也不会还在监狱里了。

　　"那就不管他吗？"江迟景逐渐认清了没法阻止杜克的现实，说话的语气跟着平静了下来，带上了一丝感慨。

　　"只能麻烦你们多盯着他了。"克里斯看着天花板，长出了一口气，道，"他性子急，不爱听大道理，做事全看心情，有时真的拿他没办法……"

　　江迟景听着听着，心里逐渐浮起一团疑惑。他犹豫了一番，还是问道："那你为什么还这么照顾他？"

　　克里斯笑了笑，看向江迟景道："艾伦警官，你是不是觉得我有自虐倾向？"

　　是有一点，江迟景在心里说。

　　"他毕竟是我唯一的亲人了。"克里斯继续说道，"麻烦你们帮我盯到我回去，我会自己解决跟瑞恩的矛盾。"

　　"你等等。"江迟景抬起手来，阻止克里斯继续说下去，"你要怎么解决？"老天爷这是送他什么头疼套餐吗？

　　"我不会乱来的，我来解决总比杜克动手好。"克里斯道。

"你知道你现在是什么情况吗？"江迟景简直想发火了，"谅解书已经递交上去了，你很快就能减刑，这时候你还要多事？"

克里斯："艾伦警官，有些事不得不解决。"

昨天江迟景对杜克提到克里斯减刑的事，杜克的第一反应不是开心，而是更加怨恨瑞恩，当时江迟景就意识到，人与人之间的思维竟然可以有这么大的差异。现在克里斯也是这样，他和杜克更加看重的东西，江迟景根本无法理解。

"随你吧。"江迟景感觉有些心累，站起身来，"我会让同事多盯着他。"

"麻烦你了，艾伦警官。"克里斯道。

其实江迟景还有后半句话没有说，等克里斯回来，他照样会让同事多盯着克里斯。因为无论克里斯和杜克谁去解决跟瑞恩的矛盾，都会出现不好的结果。

江迟景在医院外的抽烟区里抽了一根烟，越来越想不明白，他为什么要多管闲事？这两位大爷真的是哪个都不领情。

摁灭手中的香烟后，江迟景打算返回监狱里上班，不过当他来到医院的停车场时，碰到了一个意外的身影。

"丹尼尔？"江迟景诧异地道，"你来看克里斯？"

"你也是？"丹尼尔的表情也有些惊讶，"他的那些兄弟托我来看看。"

"他还好，没什么大碍。"江迟景道。

"没事就好。"丹尼尔跟江迟景闲聊起来，"你知道他要减刑的事吗？我昨天去打听了一下，他很可能两个月之内就会出狱。"

"这么快？"江迟景一想到克里斯和杜克的态度，又变得头疼起来。

"还有案子的事，你顺便帮我给凯文·郑带个话吧，这周之内应该就能有结果。"

"那意思是，"江迟景思量着道，"快的话，凯文·郑月底之前就能出狱？"

"差不多，他的这个案子肯定会推翻重审，只是……"丹尼尔说到这里停了下来。

"只是什么？"江迟景问。

"要抓住帕特里克的把柄还有点难，得看看凯文·郑手里的线索有没有用。"

江迟景倒不担心抓帕特里克的事，知道郑明弈肯定有他的打算。

和丹尼尔分别后，江迟景开车返回了监狱里。

今天中午的放风时间，郑明弈还是先去了操场，不过诡异的是，这次坐在郑明弈身边的人变成了杜克。

江迟景眉头紧皱地看着窗外，完全没了欣赏无声默片的心情。

郑明弈说过会去劝杜克，但江迟景总觉得这不像是郑明弈会做的事。劝别人，需要动之以情，晓之以理，而以江迟景对郑明弈的了解，他根本就不会以理服人，只会跟别人谈交易。

就目前两个人谈话的氛围来看，也不像是一方劝说、一方听劝的样子。郑明弈一直在叙述，脸上没有任何情绪泄露，杜克偶尔会接几句话，表情不像跟江迟景谈话时那样捉摸不透，而是透露了有趣和好奇。

不出三分钟的时间，江迟景就完全确认，郑明弈的确是在给杜克出主意。聊到最后，杜克隐藏起了眼睛里的情绪，又变得捉摸不透起来。不过片刻后，他像是做了决定一般，伸出右手，对郑明弈说了一个词。如果江迟景没猜错，那个词应该是：成交。

郑明弈伸出右手跟杜克握了握，这时，杜克突然看向图书室的方向，戏谑地朝江迟景眨了眨眼睛，好似在显摆什么。

郑明弈松开杜克的右手，回头看向江迟景，露出一个浅浅的笑容，接着径直朝图书室的方向走来。

尽管江迟景心里好奇得要命，但他表面上还是从容不迫地等到了两点。

图书室里的其他囚犯陆续离开，郑明弈坐到江迟景身边来，开口的第一句话便是："今天没有草莓派？"

江迟景都头疼死了，哪里还有心情做草莓派？他淡定地吐出两个字：

"没有。"

"哦。"郑明弈懒洋洋地答应了一声，显然失去了说话的兴趣。

两个人之间沉默了一阵，最后还是江迟景先忍不住，问道："你到底给杜克出了什么主意？"

郑明弈笑了笑，像是就等着江迟景问他一样，道："没什么，让他悠着点来而已。"

"他怎么可能悠着来？"江迟景不解。

瑞恩可是想捅死克里斯，以杜克的性子，就算他弄不死瑞恩，也一定会把瑞恩搞得残废才对。

"他——"郑明弈的话还未说完，图书室门口突然溜进来一个人影，打断了他的下半句话。

莱特风风火火地冲到办公桌前，朝着两个人大喊道："大新闻，瑞恩被杜克捅了！"

听到这个消息，江迟景的大脑"嗡"的一声，他瞪大双眼站起身来，椅子撞到他身后的墙上，发出了不小的响动。

江迟景被这个消息炸得头顶发麻，这时只见莱特喘了口气，又补充道："用拖把杆，捅屁股，没受伤，就是一屁股印子，哈哈。"

这人还能不能好好说话？江迟景拿起手边的笔记本往桌面上一摔："他这是以牙还牙吗？"

这一天天的，他要气出心脏病来了。莱特却在旁边笑得直不起腰。

江迟景脱力地坐回椅子上，心有余悸地喝了口水来平复心情。杜克也是真干得出来，瑞恩就是用拖把杆捅的克里斯，而他以其人之道还治其人之身不说，这件事的侮辱性简直比捅伤的侮辱性要强上百倍。等等，杜克做事向来简单粗暴，怎么会想出这种办法来？

江迟景立刻看向身旁的郑明弈。和惊吓过度的他不同，郑明弈只是耸了耸肩，事不关己似的说道："他已经悠着来了。"

江迟景朝郑明弈竖起左手，做出一个"停止"的手势，右手用力地揉着眉心，无声地表达着他的意思：让他缓一缓。

　　郑明弈和莱特安安静静地没有出声，半晌后，江迟景终于缓了过来，发现不太对劲，看向郑明弈问：“瑞恩不是被关起来了吗？”

　　瑞恩捅克里斯是故意杀人未遂，监狱里在侦查结束后，会写起诉意见书，提交至检察院。在判决结果下来之前，瑞恩都不会跟其他犯人有所接触。也就是说，瑞恩身边一直有狱警守着，杜克应该找不到机会报复瑞恩才对。

　　“他今天中午出来了一阵。”郑明弈道，“被问询捅人的动机。”

　　“你……”江迟景愣了一下，“连这一步都算好了？”

　　郑明弈没有回答，算是默认。

　　“你就不怕瑞恩反击吗？”江迟景道，“要是他起诉杜克……”

　　“你觉得瑞恩会让别人知道吗？”郑明弈淡淡地问。

　　江迟景沉默下来。他很想说不怕一万，就怕万一，但仔细想了想，瑞恩的确不会这样做，因为这种事实在太过丢脸，简直是把他的自尊蹂碎了踩进土里。

　　“但是……”江迟景还是觉得这个做法不妥。无论犯人之间有怎样的争斗，外人都不应该推波助澜。

　　“我们再做个思维导图吧。”郑明弈道。

　　这次他没有动笔，而是直接让江迟景在脑子里梳理起了思路。

　　“首先第一个问题，杜克会不会报复瑞恩？会，还是不会？”郑明弈问。

　　江迟景毫不犹豫地答道：“会。”

　　这一点已经不需要再确认，连克里斯都认为杜克一定会做出不理智的事来。就算瑞恩现在暂时被狱警看守着，但总有离开单独牢房出来的一天，对监狱里而言，杜克也始终是个潜在威胁。

　　不等郑明弈继续往下说，江迟景思考着道：“杜克的报复只有两种情况，一是闹出人命来，二是不闹出人命来。”

　　“没错。”郑明弈道，“你希望是哪种？”

　　“当然是第二种。”江迟景道。

　　“那么顺着这条思路，只有三种情况不会闹出人命来。”郑明弈道，“第一，杜克本身没有这个打算。"

"不太可能。"江迟景接话道，"他的性格很极端，而且是非观念很淡薄。"

"第二，及时被狱警阻止，也就是杜克失手。"郑明弈道。

这种情况倒不是完全没有可能，像瑞恩捅克里斯就是失手，但这样一来就成了听天由命，显然不是一个最佳选择。

"还有第三，"郑明弈停顿了一下，才又道，"给杜克提供一个不闹出人命的可行方案。"

"所以你就替他想了一个报复的办法？"江迟景道。

"嗯。"郑明弈道，"最痛快的报复无非就是以牙还牙。"

以牙还牙倒是不难想到，但是这种伤害性不大、侮辱性极高的报复方法，江迟景自认为他是绝对想不出来的。

郑明弈像是看透了江迟景的想法，点到即止地说道："以牙还牙也分两种情况，第一种是身体伤害，第二种是精神伤害。"

郑明弈没有把话说透，应该是觉得有些话说出来，会显得心狠手辣。不过经他这么一分析，江迟景立刻明白了他的意思："比起身体上的伤害，精神上的伤害给人造成的打击要大得多。"

"没错。"郑明弈道，"而且精神上的伤害很难界定，这样杜克也不用增加刑期。"

何止很难界定，最关键的一点是，瑞恩这样的大老爷们绝对不会主动张扬这事。也就是说，这场报复完全是在悄无声息中做到了极致。

原本一件错综复杂的事情，在郑明弈的眼里，被拆分成了各个环节，他只需要在每个环节做出最佳选择，就能制造出一场完美的报复事件。

"话说，"江迟景突然想到了另一个问题，"瑞恩以前好歹也是混社会的人，杜克怎么制服得了他？"这种事狱警绝对不可能参与，只能靠杜克自己想办法。

"别忘了杜克可是大哥的表弟。"郑明弈道，"既然老大不在，那他的小弟会跟谁混？"

"难道克里斯的小弟也去了？"江迟景立刻瞪大了双眼。

在两个人说话的时候，莱特一直在旁边安静地听着，当江迟景问出这个问题后，他像是终于找着机会，接话道："不止杜克啦，有四五个人帮忙呢。"

"这……"江迟景皱起眉头道，"有点过了吧？"

江迟景发誓不是同情瑞恩，只是作为代表权威的监狱一方，想到在监狱里发生这种事情，便觉得有点难以接受。

人的心理就是这样矛盾，一方面，江迟景觉得瑞恩这样是罪有应得，但另一方面，他又觉得这样的做法有些不妥。

江迟景的想法全都写在了脸上，郑明弈又道："事情还没那么简单。"

"简单？"江迟景顿时觉得郑明弈对这个词是不是有什么误解，又是杜克，又是克里斯的小弟参与的事情，有他说的这么简单吗？

或许是江迟景的表情有些发蒙，郑明弈忍不住笑了一声，道："你觉得监狱长为什么没有严惩杜克？"

这倒是说到了点子上，江迟景就是觉得这一环实在是无法理解。

"杜克马上会被转监，这是监狱长的原则。"郑明弈道，"他可以对杜克报复瑞恩的事不做深入追究，但杜克必须为此承担结果，这件事结束之后，杜克必须离开这个监狱。"

"这……"江迟景先是觉得惊讶，但转念一想，这已经是最好的结果。

监狱长没有默许这种事情发生，他有他自己的原则，那就是杜克必须受到惩罚。

如果按照事态最初的发展，杜克很有可能面临几十年的监禁，而现在他同样达到了报复的目的。

江迟景突然想到先前郑明弈和杜克在操场上握手，应该是郑明弈把报复方法和即将面临的惩罚都告诉了杜克，而杜克在思考之后，接受了郑明弈的提议。

其实在江迟景看来，这些原本都可以避免，只要杜克不去报复瑞恩。但话说回来，如果杜克放任瑞恩不管，那他也就不叫杜克了。

　　郑明弈给杜克提供了新的选择，这不是什么空泛的大道理，而是实实在在摆在眼前、可以直观看到的结果。杜克再怎么不听人劝，也不至于傻到这种程度，去拒绝郑明弈的提议。

　　想到这里，江迟景叹了口气，道："这样也好，事情总算告一段落。"

　　"还没有，江警官。"郑明弈的声音打断了江迟景的思绪，"我什么时候说告一段落了？"

　　"还没有？"江迟景愣了愣。

　　"还要看瑞恩的反应。"郑明弈道，"我的预想当中，他应该会申请转监。"

　　江迟景不得不跟上郑明弈的思路，思考着道："自己被那样针对，这确实会让人感到很绝望。其他犯人都知道这件事了吗？"

　　"我是因为偶像让我关注，所以第一时间就知道了。"莱特接话道，"不过其他人差不多到晚上也就知道了吧。"

　　不得不说，瑞恩真的有点惨，不知道精神崩溃没有，但想死的心估计是有了。

　　"这样的话，"江迟景道，"那他的确很有可能申请转监。"监狱有很多，即使杜克和瑞恩都被调走，也不一定会去同一个监狱。

　　这时，江迟景突然觉得有点奇怪，看向郑明弈问："你怎么那么希望瑞恩被调走？"

　　杜克的事有了最好的结果，在江迟景看来，这件事已经可以画上终止符。

　　而郑明弈提到瑞恩转监，说事情还没有告一段落，这说明在他的计划当中，瑞恩离开才是真正结束。

　　"还能为什么？"郑明弈很轻地笑了笑，"因为我要离开了啊。"

　　江迟景的脑子里冒出了一个问号，他下意识地张开嘴，想问这句话是什么意思，但看着郑明弈的眼神，突然明白过来，原来这一切的一切，郑明弈都是为了他。

　　瑞恩待在南部监狱始终是个威胁，往阴暗了想，杜克的事跟郑明弈无关，他应该觉得杜克杀了瑞恩最好。但江迟景不希望这种事情发生，郑明弈这才想了其他办法。

"所以你……你知道杜克要报复瑞恩……一开始就打算利用杜克……把瑞恩赶走？"

简直细思恐极，江迟景就说郑明弈怎么会这么好心？敢情杜克也不过是他布局中的一环罢了。

"嗯。"郑明弈点了点头，"帮你把威胁解决掉，这样我才能安心出狱。"

第十四章
Chapter 14
决战

　　这个周末，数家上市公司内部发生了大地震，监管部门正式对这几家公司展开了调查，而在几个月前轰动全国的恶意做空案件，也开始重新审理。

　　网络上全是针对此次事件的铺天盖地的报道，和忧心忡忡的股民们不同，江迟景在家里倒是过得悠闲自在，不仅把窗户边的大床挪回了卧室中间，还去超市购买了新的漱口杯和男式拖鞋。

　　独居的生活往往是越简单越好，以往江迟景家的鞋柜中只有三双拖鞋、一双凉拖、一双棉拖、一双穿出去的人字拖。上次郑明弈来到江迟景家里，穿的就是那双平时不太穿的人字拖。

　　从超市回到家里，江迟景把新拖鞋摆进了鞋柜中。家里骤然出现为他人准备的物品，江迟景还有些不习惯。

　　郑明弈之前是提过一嘴，出狱之后来他家借住，但当时他说了不行，代表这事还没有谈拢。要是到时候郑明弈不来，那他岂不是浪费？应该不会。江迟景很快否定了这个想法。

　　他关上鞋柜门，把购物袋拎到厨房，接下来还有新学的花式草莓派要做。

　　最近烤箱的使用频率有点高，搬过来大半年，江迟景也就起初那一周尝试着做了许多美食，但等新鲜感一过，厨房的作用便成了填饱肚子。

单身久了，江迟景发现一条规律，厨房能反映一个人的生活品质。如果一个人平时没时间做饭，那多半工作压力较大，没有这份闲心；但若是经常自己做饭，甚至学习新的菜式，那多半生活轻松，对未来充满了期待。

现在江迟景就有这样一种心态，他希望郑明弈尽快出狱，回到两个人各自原本的生活环境中。当然，无论江迟景心里有多期待，表面上也不会让郑明弈看出分毫。

新的一周，克里斯从医院回到了监狱里。他的身体素质非常不错，虽然还不能参加劳动，但下地走路已经不成问题。

今天江迟景加快了送信的步伐，因为手里的一大堆信件中，破天荒地出现了寄给克里斯的信，并且寄件人不是那对老夫妇，而是一个叫作"杜邦"的人。

"他原来叫这个名字。"问候过克里斯的身体后，江迟景把这封信递给了克里斯。

"可能大家都习惯叫他杜克了吧。"克里斯倚靠在窗边，慢慢拆开了手中的信封。

江迟景已经读过信里的内容，无非就是吐槽新监狱的环境，还有让克里斯注意身体。杜克的书写差不多就是初级中学生的水平，歪歪扭扭，但好歹没有拼错单词，这一点比郑明弈要强很多。

"你知道瑞恩也被调走了吗？"江迟景问。

"知道。"克里斯粗略地读完信，小心翼翼地折起来，放回信封当中，"听说是凯文·郑出的主意，这的确很像他能办到的事。"

江迟景点了点头，又道："你出狱之后有什么打算？"

"没有太具体的想法。"克里斯道，"老老实实地过日子吧，把老两口照顾好，等着他出来。"

"他还有多久？一年还是两年？"江迟景问。

"一年零三个月。"克里斯道。

"如果他表现好，应该会提前假释吧。"江迟景道。

"不假释也好。"克里斯道，"让他把刑期服满。"

江迟景感到有些诧异："你不希望让他提前出来？"

克里斯摇了摇头，说道："他的脾气不太好，出来可能还会惹事。"

江迟景也想过这个问题，生活中的琐碎一点也不比监狱里少，杜克容易冲动，出狱之后说不定又会做出什么不理智的事来。但听克里斯这么一说，江迟景突然意识到让杜克单独坐牢，也算是个不错的惩戒方法。

"你想让他知道自由的可贵？"江迟景道。

"是的。"克里斯语重心长地道，"这些年他一直待在我身边，坐牢也没有吃太多苦，所以根本没想着出去。等他知道监狱是多么不自由，就会珍惜在外面的日子。"

对杜克的事，果然还是克里斯比江迟景想得更多。监狱之所以能起到惩戒的作用，是因为跟外面的世界形成了鲜明的对比。但有克里斯在身边，杜克反而觉得监狱的生活也不坏。

现在跟克里斯分隔两地，杜克很快就会觉得煎熬，每分每秒都想要离开监狱。这剩下的一年零三个月，对杜克来说，或许比他之前待的日子加起来都还要难熬。在这种情况下迎来自由，杜克也会倍加珍惜。

"这样也好。"江迟景叹了口气，"他的确需要沉稳下来。"

江迟景又和克里斯聊了两句，接着把要寄出的信件送去收发室，然后回到了公务楼里。

今天收发信花的时间有点多，江迟景知道郑明弈肯定已经等在了图书室的门口，但没想到的是，莱特竟然也在这里。

"你不去打扫卫生吗？"江迟景一边打开图书室的门，一边问莱特道。

莱特的工作就是负责整栋公务楼的卫生，平常这时候他应该还在楼上打扫办公室才对。

"今天情况特殊。"莱特一脸严肃地道，"我待会儿再上去。"

"有什么特殊？"江迟景随口问了一句，走进工作区内启动了电脑。

最近监狱里、监狱外发生了不少大事，江迟景的心态已经锻炼了出来，无论还有什么特殊的事发生，他也不会再感到惊讶。

"打开股市看看。"郑明弈坐到江迟景身边道。

周末发生了那样的大新闻，江迟景已经隐约猜到今天的股市行情应该会不太好。而打开股票软件一看，何止不太好，大盘简直绿得发慌，江迟景就从来没有见过这样的阵势。

"这是正常的吗？"江迟景忍不住问道。

"当然不正常啦。"莱特道，"今天的大盘跟几年前股灾那会儿差不多，越跌人们就越恐慌，人们越恐慌就跌得越厉害。"

江迟景看着屏幕上的大盘指数，几乎是直线下跌，他自觉地调出老钟表的 K 线图，只见也跌得厉害。

"这不会让股民亏钱吗？"江迟景隐隐约约地感到担心。

莱特似乎也摸不透郑明弈的想法，跟着问道："偶像，现在这股价不好维持了吧？"

舆论只能起到一时的作用，由于好几家上市公司曝出内幕交易的大新闻，市场上弥漫起悲观情绪，光是舆论也没法挽救下跌的大盘。

江迟景突然意识到，这是一个典型的两难困境。若是郑明弈不让丹尼尔去查这些公司，那他的案子就不会有被重审的契机；若是郑明弈搞垮了这些公司，就像现在，那股市必定下跌，这反倒让恒久这样的做空机构捡了便宜。

郑明弈很难在翻案的同时，让恒久破产。因为他的翻案必定导致股市震荡，而做空机构就是喜欢这样的市场行情。如今证券方面的法规还不算完善，操纵股市这样的行为通常会被处以罚款之类的行政处罚，而像郑明弈这样轰动全国的大案，他也才被判了一年。也就是说，即便最后帕特里克落网，只要恒久还在，他都能够东山再起。

"现在帕特里克肯定很高兴。"莱特念叨道，"老钟表跌成这样，他怕是要血赚一笔。"

"不会的。"郑明弈轻描淡写地说了一句，接着看向江迟景道，"江警官，我想申请一件事。"

这突如其来的正经语气让江迟景不由得愣了一下，问道："什么？"

"登录我的论坛账号。"郑明弈看着江迟景郑重地说。

江迟景思考了一下，认为经过这么久的相处，郑明弈是值得相信的，于是点了点头。

郑明弈拿过鼠标，打开炒股论坛，在网页上输入了他的账号和密码。电脑没有静音，郑明弈刚登录，就响起了疯狂的消息提示音。他关掉网页，重新打开，消息提示音总算缓了下来，但论坛里似乎有人注意到他上线，又不断有新的消息涌进来。

郑明弈打开消息列表，神情专注地往前翻着过往消息，那样子，显然是心里已经有了打算。

莱特忍不住凑过来，兴冲冲地问道："偶像，你在做什么？"

郑明弈目不斜视地看着屏幕，道："找某个人发的私信。"

江迟景的脑子里突然闪过一道白光，他之前为了耍郑明弈，瞎编了一个给 Go 神发私信的故事，结果没想到郑明弈还心心念念地记到现在。

他赶紧抽走郑明弈手里的鼠标，返回论坛主页道："股市都跌成这样了，你干点正事行不行？"

"那对我来说就是正事。"郑明弈看向江迟景道。

"没有私信。"江迟景索性破罐子破摔地道。

郑明弈："你自己说有。"

江迟景："骗你呢。"

"我就知道。"郑明弈淡淡地把视线移回电脑显示器上，"你果然是个骗子。"

江迟景反应过来，他一个有阅读障碍的人找什么消息？敢情是在装呢。

江迟景的额头上冒起青筋："郑明弈。"

郑明弈收起下巴笑了笑，接着换上正经的表情道："好了，干正事。"

说到这里，他把键盘推到江迟景面前，又道："江警官，我需要你帮我打字。"

　　江迟景刚被泼了一盆"脏水"，暂时不想帮郑明弈做事。但听到这是正事，他还是耐着性子拿过键盘，问道："要打什么？"

　　"好久不见，最近的确出了一些事情。"郑明弈简单地交代了几句，没说自己坐牢的事，只说不用担心他的安危。解释完消失的原因之后，郑明弈提到了今天大盘的震荡，然后给出了一条非常明确的建议：买进老钟表的股票。最后，他还不忘让江迟景故意打几个错别字，免得别人以为他是被盗号了。

　　在郑明弈说话时，莱特全程在旁边安静地听着，当郑明弈给出建议时，他猛地瞪大双眼，看向郑明弈道："偶像，你第一次明确地指出让大家购买哪只股票啊。"

　　江迟景在论坛上翻阅过郑明弈发的帖子，知道他只会分析看涨和看跌的板块，而从不会聚焦到某一只特定的股票上。

　　"现在当然要明确。"郑明弈道，"把论坛上的散户拧成一条绳，才有可能跟做空机构抗衡。"

　　帖子发出去不到一分钟，下面已经有几百条回复。版主把帖子加精置顶了，跟帖的人也越来越多。

　　江迟景终于明白过来，郑明弈到底要用什么法子抬高老钟表的股价。股票的涨跌跟人们的期望值有关，当大家都看涨某一只股票时，这只股票的股价就会上涨。现在郑明弈利用散户们信任 Go 的心理，给出买进老钟表的建议。这样一来，被股市震荡搞得慌了神的散户们，就好像找到了主心骨一般，很可能会纷纷跟随 Go 的建议，买入老钟表的股票。

　　"这招……真的管用吗？"江迟景还是不太确定地问道。

　　"可以看看老钟表的股票。"郑明弈道，"有些事情，一看股价的波动就知道了。"

　　江迟景切换回股票软件界面，只见在一片大跌的股票当中，唯有老钟表跟一个不合群的怪物一样，股价一路飞涨，已经快要接近涨停板。大盘指数也有了反弹的倾向，不像刚开盘时那样跌得让人绝望。

　　郑明弈只用了一句话，就扭转了老钟表股票下跌的趋势。怪不得他之前就说有办法，只是在等待时机而已。

　　江迟景确实被这个局面震撼到，这时候才意识到原来郑明弈被叫作 Go 神也不是浪得虚名。

　　江迟景曾经在新闻里见过帕特里克的照片，看起来像个大学教授，儒雅斯文，不像个浸淫金融界多年的老油条。他曾经也是站在散户的一方，在论坛里分析上市公司的前景，带领散户们与机构作战，但没几年后，便成立了自己的公司，变成了收割"韭菜"的一方。帕特里克的传奇有很多，近些年他已经逐渐隐居幕后。他在金融圈里混了这么多年，从来没有翻过车，可见这个人也是足够小心谨慎的。

　　"散户最大的劣势，就是容易跟风。炒股切忌跟风，一定要有自己的思想，学会研读各个行业发布的报告。像恒久的报告就具有足够的专业性，能够为散户提供指引和方向。"短短十分钟的视频里，帕特里克强调了好几次要相信恒久的报告。

　　从郑明弈在论坛里引导散户买进老钟表的股票以来，这只股票已经连续好几天涨停。帕特里克自然不会坐以待毙，接连接受了好几家经济类媒体的采访，抨击散户们的不理智行为。

　　"他在扯淡。"江迟景将双手抄在胸前，看着屏幕上的采访视频道，"为什么大家听你的话就是跟风，听他的话就是有自己的思想？"这是典型的"双标"行为。许多人会盲目地迷信权威，甚至连权威自己也认为，自己掌握着绝对的真理。

　　"不是所有人都能像你这样通透。"郑明弈将双手抱在颈后，懒散地靠在椅背上，就好像帕特里克批斗的捣乱分子不是他一样，"现在老钟表的涨势应该缓下来了。"

　　帕特里克毕竟是业界大佬，说话还是很有分量的。股市当中会有很多所谓的炒股"大神"，有的人是真有本事，有的人是纯属瞎掰，散户们要去分析谁的话更有可信度，这是很难的一件事。

　　加上最近各大媒体出现了许多带节奏的文章，凭空捏造了许多 Go

神的黑料，这也让一些不坚定的人开始抛售手里的股票。

"现在这样还能让恒久血亏吗？"江迟景忍不住问道。

"不能。"郑明弈道，"不用着急。"

说完之后，郑明弈从屏幕上移开视线，用下巴指了指办公桌上的棋盘，道："不走吗，江警官？"

木质的围棋棋盘上，摆着一盘下到一半的棋局。懂围棋的人一眼便能看出，黑子占了绝对的优势，已经把白子逼近死路。

江迟景手里拿着一颗白子，在拇指和食指中间不停翻转，许久没有下一步动作。他这完全是自虐，还以为啃完那本《围棋基础知识》，至少能跟郑明弈用围棋来娱乐，结果这哪里是娱乐，简直是单方面被虐杀。

郑明弈这个人也真是不够意思，他自己什么智商难道没点数吗？自己好心来陪他下棋，结果他就这样回报自己。

"要让你一子吗？"郑明弈歪着头看向江迟景问。

"不用。"江迟景面无表情地道。他承认他的脑子没郑明弈的好使，但这也不是他轻易认输的理由。

五分钟后，江迟景不自在地咳嗽了一声，指着棋盘上一枚关键的黑子道："这是你什么时候下的，我怎么不记得？"

不等郑明弈回答，江迟景便把那枚黑子扔回郑明弈手边的棋盒里，面不改色地道："这是不小心掉到棋盘上的吧。"

郑明弈看了看棋盒，又看了看江迟景，像是从没见过这么耍无赖的人，好笑地问道："这是什么下法？"

"这叫偷天换日。"江迟景大言不惭地把白子放到了刚刚那枚黑子的位置上。

郑明弈轻声笑了笑，没有跟江迟景计较，重新拿起一枚黑子摆在棋盘上。

这倒是提醒了江迟景，原来还有这一招可以用。他观察了一下棋盘上的局势，哪怕用了那招"偷天换日"，白子还是斗不过黑子，便漫不经心地问道："我下一步应该走哪里？"

郑明弈低头看着江迟景，片刻后，抬起头来，伸出手指点了点棋盘上的一个地方，果然是对白子来说的一个绝妙位置。

一盘死局骤然变得明朗起来，江迟景似乎能看到棋盘上的黑子在集体哀号，控诉他们的主公是个昏君。

这次轮到郑明弈走下一步。他拿起一颗黑子，瞅准了棋盘上的一个位置。

江迟景立刻看出这又是攻势强劲的一步，凑到郑明弈面前道："你真的要走那里吗？"

江迟景清楚地看到郑明弈停顿了一下，手上转了方向，把黑子放到了一个无关痛痒的位置上。

这下江迟景发现这盘棋变得简单起来，开始自己思考下一步该怎么走。他下了一步，对郑明弈道："该你下了。"

郑明弈扫了一眼棋局，迅速下了一颗黑子。棋盘上的局势风云变幻，转眼间白子便再次被逼近死路。江迟景这时候才意识到，原来之前郑明弈一直在让他，实际上早就可以结束这盘棋。

江迟景顿时觉得无趣，这时，一声划破长空的"偶像"，打断了两人的对弈。

"偶像，我查到了，恒久的股票归还日期就在下周五！"莱特冲到办公桌前道。

"是吗？"郑明弈冷静地说道，"那差不多可以开始逼空了。"

说到这里，郑明弈又看向江迟景，向他摊开手道："江警官，把你的手表借我一下。"

江迟景莫名其妙地问道："我的……手表？"

有些旧式手表的后盖上，会有一个小小的凹槽，即使不使用专业工具，也能用指甲把后盖给抠下来。当初江迟景能够在没有工具的情况下，完成徒手开后盖这样的高难度操作，也是因为他的手表就是这样的款式。

他一头雾水地把手表交到郑明弈的手里，接着就看见郑明弈动作娴熟地打开后盖，从里面取出了一张黑色的内存卡。内存卡应该是长期压迫着发条，刚被取出来，手表里的零件就弹得七零八落，好好的手表瞬间失去了计时的功能。

而作为手表的主人，江迟景完全没心思追究郑明弈弄坏他的手表的事。他看了一眼内存卡，又看了看郑明弈，发蒙地问："这个东西为什么会在我的手表里？"

"还能为什么？"郑明弈道，"我放的。"

"什么时候？"江迟景立刻想到了上次郑明弈来他家里的事。

"这个说来话长。"郑明弈没有立即回答，而是把内存卡交给莱特，道："这里面有一条我标注'备用'的视频，尽快把这条视频传到网上，让越多的人看到越好。"

"收到！"莱特似乎还想听一听事情的来龙去脉，但见郑明弈叫他尽快，便一溜烟地跑了。

"你之前说线索不在你的手上。"江迟景逐渐缓过神来，深吸了一口气，平复心里的震惊情绪。

"是不在我手上。"郑明弈耸了耸肩，"一直在你手上。"

线索还真是在江迟景的手上。江迟景已经不知道该说什么好了，只觉得他这辈子走过的最长的路，就是郑明弈的千般套路。

"你还记不记得，我之前说调查过你？"郑明弈道。

"在你消失之后。"江迟景道。

郑明弈被黑衣人袭击之后，就像凭空消失了一般。起先江迟景以为他是去亲戚、朋友家借住，但后来郑明弈告诉他，是在调查他的背景。

"那段时间我也在想，把线索藏在哪里会比较安全。"郑明弈道。

不用郑明弈提示，江迟景已经在脑子里思考起来。当时的情况是，郑明弈怀疑警察里有内鬼，并且不排除这个内鬼就是丹尼尔。

丹尼尔可以获取他的一切人际交往信息，因此无论他把线索放到哪个熟人手里，都有可能被丹尼尔找到。考虑到最坏的情况，被交付的熟人还有可能遭遇黑手，因此郑明弈不会把线索交给身边的熟人。

那么他把线索藏在自己身上呢？首先这个线索一定带不进监狱，因为他入狱前会有非常严格的检查，即便把线索藏在随身物品里，丹尼尔也完全可以以调查案件为由，把他所有的随身物品都拿走。

那除了监狱以外，他最容易想到的地方就是藏在家里，但这个办法同样有风险。因为郑明弈入狱之后，他的房子就是空置的状态，无论他把线索藏在地板还是天花板里，对方都有大把时间，把他的房子翻个底朝天，哪怕把庭院里的土壤全都翻一遍也完全不成问题。

那有没有可能藏在其他自己熟悉的地方？在这个监控遍布的时代，警方想要查清郑明弈去过哪里，简直是轻而易举的事。只要警方把他走过的路线再走一遍，一一排查所有地点，那找到他藏起来的东西也不是难事。

以上这些办法之所以全都行不通，是因为一个关键词：已知。这就好比捉迷藏游戏，一开始玩家就给"鬼"限定好了已知范围，在这个范围内，"鬼"把人找出来不过是时间问题。而无论是熟人，还是家里，又或是监狱的保管科，这些都是对方能够推理出来的"已知范围"。

因此郑明弈若要把线索藏得天衣无缝，就只能藏在对方无法推理出来的"未知范围"内。

那他随便找个路边的绿化带如何？没有必然联系，对方当然无法推理出这种地方，但反过来看，这对郑明弈来说同样未知。如果市政改道怎么办？如果发生车祸，撞坏绿化带怎么办？如果更换植物种类，翻新土壤怎么办？总之，不确定因素实在太多，郑明弈身处狱中，不可能连这些事情都能够完全掌控。

那么排除所有不可能选择之后，就只剩下唯一的选择——江迟景。他不在郑明弈的人际交往范围内，没有人会想到郑明弈把东西藏在他那里。他身上没有污点，家里不缺钱，也不会跟对方有阴暗的交易。他乐于助人，对邻居友好，分得清是非对错，是个靠得住的人。

最重要的是，他是南部监狱的狱警，每天都会出入监狱。从另一个角度来看，囚犯不能带东西进监狱，这个大前提就注定了线索一定不在郑明弈身上。无论他藏得多么隐蔽，只要线索不在他身上，那都有可能发生他无法掌握的意外状况。然而，他把线索放在江迟景那里的话，情况就完全不同。江迟景每天都戴着老钟表牌子的手表来监狱上班，等于线索一直在郑明弈的眼前。哪怕出现什么突发状况，郑明弈也能第一时间知道，并且采取相应的对策，而不至于人在监狱中，完全不知道线索怎么样了。

兜兜转转思考了一圈下来，江迟景发现自己并不是郑明弈的"最后选择"。他的偶然出现，反而让郑明弈找到了绝佳的藏匿地点，其他那么多办法，那么多个选择，都没有将线索藏在他这里来得完美。

"是我修表的那次吗？"江迟景心平气和地问道。习惯了郑明弈的作风，江迟景倒没有心生怨气。尽管推理至此的过程极度烧脑，但至少这一次不用郑明弈再带着他做思维导图，他只是沉思片刻，便理清了事情的过程。

"是的。"郑明弈如实答道，"我私自拆了你的快递。"

社区的快递通常是放在住户的院门外，大家都是凭着良好的自觉，不去动别人家的快递。

郑明弈的这种行为自然不可取，但当时他身处险境，现在倒回去看，江迟景也不是不可以理解。当然，他理解归理解，骂人还是要骂的。

"变态。"江迟景骂道，"你这算什么？"

"对不起，江警官。"郑明弈态度诚恳地道歉，"我不可能趁你不在，擅自闯进你的家里，也不方便把线索藏在你家庭院里，考虑到你有可能翻新庭院，所以看到你家门口摆着3个快递，我便想着打开看看，能不能找到什么新思路。"

何止是新思路，他简直是找到了最佳答案。江迟景每天都带到岗位上的东西，也就只有这块老钟表牌手表。说起来，要不是当初它突然坏掉，江迟景也不会大半夜的还没睡，偶然帮上郑明弈的忙。要不是江迟景将它返厂维修，郑明弈也不会有机会利用它藏线索。

"你怎么就能确定我会把这块手表戴到监狱里去？"江迟景问，"这么旧的表，我修好了也有可能只是收藏吧。"

"我之前见你去超市的时候都会戴上它。"郑明弈道,"在快递回来之前的那几天,你都没有戴表,说明你没有备用手表。"

的确是这样。只要郑明弈细心观察,就能发现这块老钟表就是江迟景的常用手表。

"你还知道我没有备用手表。"江迟景抬了抬下巴,指着桌面上凄惨的手表道,"你把我的手表弄成这样,我还怎么戴?"

"我不是把我的手表给你了吗?"郑明弈道,"你可以先戴着,那是我最喜欢的一块手表。"

"所以你……"江迟景微微一愣,"你知道可能会弄坏我的表,所以就先把你的手表留给我备用?"

"嗯。"郑明弈道,"我对我的修表技术没有信心。"

江迟景将双手抱在颈后,长长地呼出了一口气。他之前想过,以郑明弈的做事风格,应该不会这么不小心,把手表遗落在他家里。他猜测了许多奇奇怪怪的理由,比如郑明弈不想把这么贵重的手表交给监狱保管科。总之他想来想去,最后又绕回了原点——可能郑明弈就是不小心遗落了手表。

但现在看来,江迟景最初的直觉果然没错,郑明弈这只老狐狸不可能粗心大意,做的每件事都有他的目的。

"为什么不告诉我?"江迟景放下双手,不甚在意地问道。他大概猜到了理由,但已经懒得再一一推理。

"一开始是不想把你卷进来。"郑明弈道,"知情人越多,风险就越大。"

"确实。"江迟景认同这一点,"那后来呢?"

"后来是不想给你找麻烦。"郑明弈道,"你不知道这件事也没什么影响。"

"我看你是怕我好奇把手表拆了吧。"江迟景幽幽地道。老实说,如果他知道手表里有内存卡,也不确定能不能假装什么都不知道。

郑明弈轻声笑了一下,说道:"我发现你越来越聪明了,江警官。"

"少来。"江迟景拍掉郑明弈的手,"你让莱特发的视频到底是什么?"

"你很快就会知道了。"郑明弈道。

接下来的几天，江迟景发现了一个神奇的现象。

以往同事之间聊得最多的话题是体育新闻，而现在大家见面便问一句：你买老钟表了吗？

中午，气氛轻松的狱警食堂内，江迟景右边的那桌人在聊老钟表飞速上涨的股价，左边的那桌人在聊网上泄露出来的帕特里克的录音，总之，大家聊的话题全都跟最近的股市有关。

"你知道老钟表的股价涨疯了吗？"坐在对面的洛海问道。

"知道。"江迟景道。

前几天，郑明弈让莱特在网络上发布了一条视频，视频的内容是帕特里克跟别人的谈话录音，画面上还贴心地配上了字幕。

原本在帕特里克的反击之下，老钟表的股价已经逐渐趋于稳定，但此条视频一发出来，网上立刻掀起了轩然大波，老钟表的股价顿时就像坐上了火箭一般，涨势再也无法收住。

视频的长度不过一分多钟，几乎都是帕特里克在发表观点："散户能有什么思想？都是一群乌合之众。我这么说吧，股市就是一个赌池，既然有人赢，那就有人输，我们赚到的钱从哪里来？当然是从散户身上来。谁都知道羊毛出在羊身上，就羊自己不知道。当然，他们不是一群羊，就是一片韭菜，等着我们去割。"

当江迟景听到这段录音时，连他一个不炒股的人，都感到了一阵愤怒。

普通人似乎打骨子里就痛恨高高在上的资本家，更何况这个资本家还目中无人，把散户当韭菜看待。投资市场顷刻间燃起了熊熊怒火，适时 Go 神再次出现在论坛上，澄清那些所谓的黑料，并号召散户团结起来，一起对抗恒久。

原先相信帕特里克而抛售股票的人反扑得最厉害，不计后果地买入老钟表的股票。而这件事经媒体报道扩散之后，不少边缘散户也因为愤怒加入了这场金融大战之中。

"你不买点吗?"洛海问,"有凯文·郑给你指导,你多少能赚一笔吧。"

"谁说我没买?"江迟景挑眉。

反正他手里的闲钱多,也不介意为散户对抗机构的伟大事业添砖加瓦。就如帕特里克所说,股市是一个赌池,有人输就有人赢,既然现在帕特里克成了待宰的羔羊,那江迟景自然愿意去薅一点羊毛。

"我也买了。"洛海压低声音说了一句话,接着爽朗地笑了起来。

帕特里克的这番言论让散户们空前团结起来,只要是炒股的人,都会希望看到他栽跟头。而郑明弈的推波助澜正好给了这些散户足够的勇气,不断上涨的股价也让他们有了十足的信心。

这就是一场没有硝烟的战争,散户一方斗志昂扬,帕特里克一方慌了阵脚。按照这个趋势下去,机构的落败也不过是时间问题罢了。

"话说你看那条视频了吗?"江迟景问了一句废话。

"当然看了。"洛海道,"气得我直接满仓老钟表。"

"那条视频的右下角有一个标志。"江迟景隐晦地说道。

这次洛海没有立即接话,像是明白了江迟景的意思,收起义愤填膺的语气,缓缓地长出了一口气道:"小灯泡是吧?那个小屁孩儿行走江湖的标志。"

"上次他入侵政府网站,立刻被抓了起来,这次没构成违法,人家懒得追查。"说到这里,江迟景停顿了一下,"但你总得让他意识到不能在网上胡作非为。"

"是,我知道。"洛海低着头道。

"你不知道。"江迟景很少像现在这样直白地指责洛海,因为知道洛海一直将莱特当作弟弟进行管教,而莱特本性也不坏,但最近几次郑明弈交代莱特办事,无论是发布文章也好,还是发视频也好,他都会加上自己的标志,这说明在他心里,根本不觉得那是犯罪者的标志。

"我把之前你送给我的话还给你。"江迟景淡淡地道,"他是个罪犯,请你搞清楚你的立场。"

"我会好好跟他谈谈。"洛海道。

"事先说好，你要是再管不好他，我就让凯文·郑去教育他。他应该更听他偶像的话。"这一点毋庸置疑。

"我不是没想过这事。"洛海皱眉道，"我打算等他出狱之后，让他为警方办事，毕竟体系内也缺乏这样的技术型人才。"

听到洛海有具体的打算，江迟景好歹收起了咄咄逼人的气势："那你得好好给他做思想工作。"

"我会的。"洛海道。

郑明弈的这块名表比江迟景的老钟表牌手表沉了不少，墨绿色的表盘透着一股低调的张扬气息。江迟景总觉得这样霸气的手表戴在他的手腕上，跟他的气质不太相符。但他转念一想，这是郑明弈的表，说不定戴着能沾沾财运。

不少同事发现江迟景换了新表，不过他家境不错的事在监狱里也不算什么秘密，所以同事们顶多问一两句，也没有人觉得他戴这样的名表很奇怪。

"你的手表还没有返回来吗？"郑明弈来到江迟景的身边坐下，扫了一眼他的手腕问。

"嗯。"江迟景不会告诉郑明弈，他昨天已经收到了厂家寄回来的快递。

"你戴这个也不错。"郑明弈朝江迟景的手腕看了看，"不过这块表更适合搭配西装，你要不要穿上西装看看？"

江迟景很少会穿正式的西装，以前在法院工作时，也就是穿简简单单的工作正装，不会穿那种熨烫得笔挺的西装外套。他不介意做出新的尝试，看看自己扮成社会精英会是什么模样。

"以后试试吧。"江迟景语气自然地转移话题，"我今天看新闻，恒久已经亏了几十亿美元，它怎么还不破产？"

"因为恒久和券商的交割日期是在这周五。"郑明弈从江迟景的手里拿过鼠标，点开老钟表的股票页面，"你看这只股票涨得厉害，但其实只要没有落袋，这都不是你的实际收益。"

这个道理江迟景倒是明白，这就好比赌博一样，只要他一天没有离开赌场，那手里赢到的钱，都有可能再输出去。

"所以帕特里克在等翻盘的机会？"江迟景道。

"没错。"郑明弈道，"因为现在认输，他就必须扛下几十亿的亏损，这对恒久来说是致命的打击。"

"但是他继续等下去，也有可能亏损更多。"在郑明弈身边待久了，江迟景这个炒股新手也有了看清局势的能力，"他说那些散户没有自己的思想，他自己又何尝不是个赌徒？"

"精辟。"郑明弈看着江迟景笑道，"他就是在赌。"

"看你的意思，"江迟景推测道，"他会亏损更多？"

"那当然。"郑明弈道，"帕特里克应该考虑过割肉，但一只股票的流通数量是固定的。打个比方，比如老钟表的所有股票都在你手里，我出 10 美元，你不卖，我出 20 美元，你也不卖，最后我把价格提高到 100 美元，你终于动摇了，但这时股价也从之前的 10 美元，涨到了现在的 100 美元。"

"我明白了。"江迟景思量着道，"你是说他想把股票买回来平仓，到时候股价还会猛涨一波，他的实际亏损会比现在更多。"

"嗯哼。"郑明弈道。

"那他确实只有赌了。"江迟景道，"现在大部分散户捏死了手里的股票，有些场外的人想买都买不到。"尽管有个别投机者会趁机捞一笔就走，但从整体上看，散户还是无比团结的。

"因为现在散户们已经不是在做价值投资了。"郑明弈道，"他们的目标很简单，就是搞死恒久。"事实证明，引起众怒果然是一件很可怕的事情。

江迟景突然想到一个问题，问道："你怎么一开始不把帕特里克的录音放出来？"

"前面总要有铺垫，才能把撒手锏的作用发挥到最大。"郑明弈道。

前期老钟表的股价飞速上涨时，帕特里克接受了大量采访，在公众面前获取了不少关注度。也正因如此，当他的录音被爆出来后，才能引起这么大的反应。

"算你狠。"江迟景习以为常地道。

两个人一边聊天，一边看股票，没过多久，页面上老钟表的股票交易量猛然增大，江迟景立刻对郑明弈道："帕特里克开始反击了。"

之前郑明弈和丹尼尔都提到过，一只股票的数据能够反映很多事情。江迟景现在也学会了，见老钟表的股票开始波动，就知道是帕特里克在进行反击。

这时，莱特冲进了图书室里，高喊道："偶像，偶像！帕特里克发了律师函，说那个录音是伪造的！"

"那正好。"郑明弈将双手环抱在胸前，慢悠悠地靠在椅背上道，"把那条语音的视频版本发出去吧。"

"收到！"莱特又溜回了对面的医务室里。

莱特来无影去无踪，江迟景难以置信地看着郑明弈道："你还留了后手？"

"嗯。"郑明弈轻声答应道。

很显然，那个视频并不只有帕特里克的录音，而是完整地录到了帕特里克这个人。他现在高调地发律师函否认，等到视频流出来之后，他的下场可想而知。

也就是说，郑明弈并没有拿出真正的撒手锏，做这些只是为了给帕特里克挖坑，让他摔得更惨……

"郑明弈。"江迟景身体略微偏向另一侧，皱眉打量着郑明弈道，"你不会经常这么算计别人吧？"

"你想什么呢？"郑明弈好笑地说道。

但以防万一，江迟景还是严肃地道："不准算计我。"

郑明弈无奈地举起双手，做出一副投降的姿势道："遵命，江警官。"

大约半个小时后，网上流传起了帕特里克录音的第二个版本。这个版本的视频画面背景是一个饭局，除了帕特里克清晰的身影以外，跟他一起吃饭的人，全是近期被监管机构调查的那几家企业的高管。

帕特里克跟这些高管私下联络，意味着什么已经不需要再明示。新曝光的信息比上一条消息更加劲爆，炸得投资市场就好似飓风过境一般。

江迟景终于明白过来为什么郑明弈一直把这条线索捏在手里，直到现在才放出来。因为只有等其他人都落网之后，这条线索才能发挥实质性作用，否则这就是一场普通的饭局，不能证明任何事情。当然，现在这条线索除了证明帕特里克值得被调查以外，在搞垮恒久上面，也起到了关键性作用。就如郑明弈所说，时机非常重要，同样的东西在不同的时机拿出来，发挥的作用也会有所不同。

江迟景已经不再感到震惊，反而更在意另一个细节。这次的视频跟上次不同，右下角不再有小灯泡的图标，看样子莱特应该是听进去了洛海的话。虽然江迟景也知道，莱特不可能一朝一夕就改头换面，但至少有小小的进步就是好的。

帕特里克发布的律师函很快被撤了回去，取而代之的是恒久官方账号发布的一条爆炸性消息，算是给这场没有硝烟的战争画上了一个句号：恒久正式宣布进入破产程序。

网上一片欢呼之声，但江迟景倒没感到很意外。

郑明弈更是毫无波澜地看向江迟景，悠悠地道："江警官，你差不多该准备收留我了。"

想到新买的拖鞋，江迟景觉得总算未雨绸缪了一次，微微勾起嘴角，对郑明弈轻描淡写地道："已经准备好了。"

江迟景给郑明弈准备了拖鞋、漱口杯等生活必需品，但除此以外，想不出其他还能准备些什么东西，于是决定去对面的房子里找找灵感。

这么长一段时间过去，社区的人们似乎已经习惯了这栋废墟的存在。但江迟景真正进入院子之后，还是有一股浓浓的萧条感扑面而来。漆黑的外墙早已看不出房子原来的样貌，庭院里的杂草倒是异常顽强。

江迟景小心翼翼地绕过警方拉起来的警戒线，迈进了被烧得变形的门框之中。之前有警察来调查过房子的失火原因，但只确定了是人为纵火，之后再没有任何头绪。

　　袭击郑明弈的黑衣人倒是很有嫌疑，并且那个人早就从拘留所里被放了出来。但他咬定自己只是小偷，跟这次的纵火案无关，而警方也没能找到他纵火的证据。

　　去客厅看了一圈，江迟景记下了一个马克杯。卫生间里的洗漱用品已经不用再看，江迟景直接来到了二楼的卧室里。衣物和被褥自然被大火烧了个精光，而郑明弈的所有手表也都变成了一堆废铁。

　　江迟景大概估算了一下损失，手表的价格或许比这栋房子的房价还要高。按理来说，纵火的人应该是拿钱办事，却放着这么多名贵的手表不拿，这说明这个人非常有经验，知道名表在市场上很容易被追查。

　　江迟景不由得又想到了那个黑衣人。他身手矫健，动作利落，一看就是专业人士。他曾经两次出现在郑明弈的家中，第一次郑明弈把他扔下了二楼，第二次他来到屋子里翻箱倒柜，在丹尼尔到达之前就已经离开。这两次事件，包括后面的这起纵火案，对方都做得小心谨慎，的确很像是一个人的风格。但现在想这些也没什么用，江迟景不是专业的刑侦人员，连警方都查不到证据的案件，他自然也无能为力。他决定还是抓紧时间看一看屋子里还有没有什么烧剩下的物品。

　　床头柜的旁边翻倒着许多杂物，应该是黑衣人第二次来这里查找线索时，从抽屉里翻出来的东西。除了遥控器、充电器之类的常用物品，江迟景还发现了一个双筒望远镜。这个望远镜是顶级配置。之前郑明弈坦白过，发现江迟景的"监视"之后就一直在观察他。

　　当时江迟景也没有多想，只觉得观察就是普通观察，然而现在看来，什么"监视"，什么"观察"，都是文雅的说法罢了。

　　这天下午，郑明弈离开图书室之后，一个意外的人找上了江迟景。入职监狱大半年来，江迟景还是第一次在图书室里见到克里斯的身影。

　　"你今天就要出狱？"江迟景诧异地问道。

　　减刑的申请结果来得比丹尼尔说的时间还要快，克里斯的服刑期在昨天就已经正式结束。按理来说，他今天零点就可以离开监狱，但还需要办理出狱证明等手续，所以才会这时候出现在公务楼里。

"对。"克里斯感慨地道，"不知道凯文·郑还有多久出去？"

"他这周五会去法院出庭。"江迟景道，"应该会被当庭释放。"

"那就好。"克里斯点了点头，"那个帕特里克呢？"

"也是周五一并审理，但他应该会上诉，不会那么快被关进来。"

法院有对应的辖区，不出意外的话，帕特里克也会被关进南部监狱。

江迟景转移话题道："之后的事，你现在有打算了吗？"

"有兄弟给我介绍了个司机的活，先干着吧。"克里斯道，"我打算攒点钱，开个便利店，等杜克出来，就直接让他管理便利店。"

平平淡淡的小日子再好不过，江迟景问道："你待会儿出去，要不要去看他？"

"那当然。"克里斯道，"先去医院看看老两口的情况，然后就去邻市的监狱看看他。"

"他应该很想见你。"江迟景道。

"我也很想见见他。"克里斯轻轻地笑了笑，"对了，艾伦警官，之前你给老两口的两万美元，我会尽快还给你。"

江迟景想说不用，但也知道克里斯不会答应，便说道："我不急。"

"那我就先走了。"克里斯站起身道，"后会有期。"

"一切顺利。"江迟景道。

监狱里最不缺的就是犯人，旧的人离去之后，总有新的人补充进来。江迟景偶尔也会感慨，希望监狱里的犯人越来越少，但也知道这种希望不可能成真。

只要监狱里还有犯人，监狱的故事便会延续下去，不过对郑明弈来说，他的监狱之旅已经快要接近尾声。

周五的早晨，江迟景跟往常一样，开车来到监狱上班。

在到达监狱的停车场之前，会经过一条长长的林荫道，今天江迟景的车刚拐进林荫道，远处的停车场里便开出来一辆大巴。江迟景知道那是送郑明弈去市区出庭的车。他打开车窗，放慢了车速，当两辆车擦身而过时，看到了坐在窗边的郑明弈，而郑明弈显然也看到了他，淡淡地微笑着对他招了招手。

尽管郑明弈身上还穿着橙色囚服，手上戴着手铐，但两个人下次再见时，他应该就是自由之身了。

江迟景心情颇好地踩下油门，径直朝监狱停车场驶去，然而就在这时，他耳边突然响起了轰鸣的引擎声。

江迟景很确定这不是他的车发出的声音。在这路面开阔的郊区，经常会有些小年轻过来飙车，但江迟景从来没有见过。这大清早的，也有人把车飙到郊区来？他下意识地看了看后视镜，只见后方林荫道的尽头出现了一辆黑色小轿车，车头微微向上翘起，一眼便能看出这是铆足了劲地在向前加速。

江迟景心里顿时出现了不好的预感，而就在下一瞬间，小轿车突然拐进逆向车道，面对面地朝大巴车驶去，并且一点也没有减速的倾向。

大巴车避之不及，只能猛地拐向隔壁车道，突然变道让车身一侧微微翘起，而小轿车看准时机，直直地撞了上去。

这一切发生得实在太快，当江迟景忙不迭地踩下刹车向后看去时，只见大巴车已经翻转 180 度，变成了车顶朝下。

心脏骤然停止跳动，脑子里"嗡"的一声，江迟景整个人仿佛被毫无预兆地丢进了冰冷的海水里一般。他猛地回过神来，以生平最快的速度将汽车掉头，就连车头剐蹭到了路旁的树上也无暇顾及。

和翻倒的大巴车相比，黑色小轿车只被撞坏了保险杠，安全气囊没有弹出，应该是刻意做过改装。

开车的人从车上下来，似乎想去大巴车里确认情况，但江迟景的车不停加速地向他冲过去，他明显脚步一顿，犹豫了一下，又赶紧回到了车上。

随着两辆车之间的距离越来越近，江迟景逐渐看清了坐在驾驶室里的那个人。那个人头戴黑色棒球帽，身穿黑色冲锋衣，就跟之前江迟景见过的黑衣人一模一样。

前方的黑色小轿车迅速掉头，显然是想要逃离现场。江迟景原本想直接追上去，但在靠近大巴车时，不由自主地松开了油门。

大巴车的玻璃碎了一地，不祥的气息一点一点地往外蔓延。江迟景下意识地屏住呼吸，屏蔽四周的一切声音，眼睛里的画面自动变成了逐帧播放的慢镜头。

窗户里伸出了一双被手铐铐住的手，右边的那条胳膊上有明显的血迹，染红了那侧的衣袖。紧跟着从窗户里出来的是跟跄着的身体，由于窗户的高度不高，他只能半弓着腰身前行，或许是重心不稳的缘故，身体向前晃悠了两下，好歹没有摔到地上。

看着郑明弈还能站立，江迟景悬在嗓子眼里的一颗心总算是落了回去。郑明弈耷拉着双肩，两条胳膊自然下垂，他抬起眼睛，看向江迟景的方向，两个人正好视线相对。

翻倒的大巴车作为画面背景，增强了劫后余生的感觉。郑明弈的眼里充满了暴躁和凶狠，因为黑衣人的目的显然是想阻止他出庭，往更坏的方向想，黑衣人可能就是来消灭他这个证人的。

不过郑明弈的表情在见到江迟景时立刻变了，应该是江迟景的出现缓解了他紧绷的神经。他转过脑袋，看向黑衣人逃跑的方向，尽管眼里没了暴戾的情绪，但眉头还是紧紧地皱在一起。

慢镜头在这里结束，外界的声音重新涌入江迟景的耳朵。

既然郑明弈还能行动，说明他的身体并无大碍，江迟景没有选择停车，而是重新踩下油门，朝前方的黑色小轿车追去。

先前两车之间已经离得很近，但现在又拉开了一段距离。江迟景知道短时间内没法追上小轿车，便分心报了警，又叫了救护车。

监狱附近的道路车少，视野开阔，江迟景扫了一眼仪表盘，车速已经到了 100km/h。在这种车速下，方向盘打猛了都会导致翻车。

好在前方出现了一条通往市区的道路，路上的车辆逐渐多了起来，小轿车也只能压着车速往前开。

有些车辆会自动给黑色小轿车让路，但不是所有车都反应那么快，有的车慢悠悠地让开，便会耽误小轿车的时间，而江迟景紧随其后，两车之间的距离肉眼可见地缩小了不少。

这条道路不宽，路上又有许多大货车，有时黑色小轿车需要超车，还得借用旁边的那条逆向车道。江迟景为了不被甩开，也只能跟着小轿车一起逆行。尽管江迟景知道这违反了交通法规，但此刻情况特殊，他如果不紧紧跟上，很可能会让嫌犯逃脱。

道路上的喇叭声和刹车声此起彼伏，有的车闪躲不及，直接撞到了路旁的行道树上。江迟景越来越焦急，只见后视镜里的道路乱成了一团。

此时前方出现了一个大型"丁"字路口，像这样的 90 度直角弯必须减速才能通过。

江迟景知道黑色小轿车也会减速，所以没有看仪表盘，而是注意着两车之间的距离，尽量跟住黑色小轿车的车尾不被甩开。

但这时奇怪的事情发生了，小轿车并没怎么减速，平稳地拐过了这个直角弯，而江迟景以差不多的车速过弯，车身一侧却危险地翘了起来。

江迟景赶紧踩下刹车，好不容易追赶上来的距离又被拉开了不少。他很快反应过来为什么两辆车会有这样的差异，因为小轿车显然经过专业改装，车辆的稳定性更好，恐怕黑衣人也想到了可能会出现有车辆追赶他的情况，所以提前做好了准备。

在这一点上江迟景的确吃亏，而且看黑色小轿车的行驶路线，对方应该是想开去车少的路上，这样改装车辆的优势才能得到充分发挥。

江迟景在心里过了一遍郊区地图，沿着这条道路继续往前开，会经过一个新规划出来的经济开发区。那里的道路最近才修好，路面宽阔、平坦，并且经济开发区还没有正式启用，平时很少会有车辆过去。

如果让黑色小轿车逃到那里，那江迟景可以肯定，自己一定会被甩开。

没过多久，前方又出现了一个 90 度的直角弯。按照上次过弯的经验，江迟景知道他又会被拉开一段距离，所以这次提前观察起了弯道的情况。

这个弯道比刚才的大型"丁"字路口要窄得多，这说明以刚才的车速，江迟景完全没法过弯，只会从道路上冲出去。而道路的尽头没有种树木，放眼望去是一片草地。

前方的小轿车已经开始减速，但车速仍然很快。正常来说，有了上次的经验，江迟景应该会减速减得更厉害才对，但他并没有这样做，而是猛地加速，直直地朝小轿车的车尾撞了过去。

改装车或许各方面的性能都很强，但江迟景想到了它致命的缺点——没有安全气囊。小轿车必须撞上大巴车，才能让大巴车翻车，而安全气囊只会成为驾驶者的阻碍。事实证明刚才江迟景在观察黑衣人时，车内的安全气囊也的确没有弹出来。

两辆车撞在一起，由于车速相差不多，江迟景受到的撞击感并不强。他继续踩下油门，顶着黑色小轿车冲出道路，两辆车一前一后地栽进了道路外的草地里面。

不对，准确来说，不是草地。由于道路高出一截，之前江迟景没能看清，其实道路外是一条浅浅的水渠。

两辆车以差不多的车速栽进水渠里，失去了动力。这次江迟景的安全气囊弹了出来，尽管他知道撞击力会很强，但在真正撞上的那一刻，还是被撞得脑子发蒙，几乎快要失去意识。

好不容易缓过劲后，胸口却有种喘不上气来的感觉，江迟景没有时间感受太多，甩了甩脑袋，强迫自己打起精神，接着打开车门，从驾驶室里走了出来。

水渠的底部生长着许多青苔，走起路来极易打滑，浅绿色的渠水打湿了江迟景的裤腿，他只能尽力维持住重心，朝一旁的黑色小轿车走去。

黑衣人的情况比江迟景要严重许多，额头上满是鲜血，双眼只能勉强睁开。不过他还有意识，也打开车门，跟跄着摔了出来。

江迟景加快脚步走到黑衣人身边，想趁黑衣人还没有缓过劲来，先把他控制住。

但黑衣人不愧是职业杀手，哪怕整个人四肢着地，连站都站不起来，也不忘从腰上掏出一把黑色的手枪，不管三七二十一地先开了一枪。

江迟景早有准备，手疾眼快地闪到了一边。黑衣人举着胳膊，显然还想开枪，而江迟景用脚踢起水花，扰乱黑衣人的视线，然后迅速躲回了自己的车后面。

两个人之间的较量，硬实力是第一，心理战同样重要。江迟景走过去这一下，已经摸清了黑衣人的状态，黑衣人身上只有这一把枪，也不像有弹匣，或许还带着匕首之类的武器，但以他现在的身体状况，也不见得能发挥什么作用。

而反过来看，黑衣人并不知道江迟景的情况。江迟景出现在监狱门口，还这么勇猛地追车，肯定是司法体系内部的人。以黑衣人小心谨慎的性子，他一定会往最坏的方向想，那就是江迟景是警察，手里也有枪。

黑衣人开始朝着江迟景的车胡乱开枪，但子弹大多打在另一侧的车门上。没过多久，枪声变得越来越远，最后响起了几声扣动扳机的声音，显然是子弹已经被打光。

江迟景总算可以从车后面站起来，只见黑衣人果然如他所料，知道自己身体情况不好，没敢跟江迟景硬碰硬，开枪只是为了争取时间逃跑。

此时黑衣人已经跑出了几十米，江迟景从背后看去，他的身影晃晃悠悠的，速度实在是算不上快。

江迟景立刻拔腿追了上去，两个人之间的距离一点点缩小，两三分钟后，在两个人还有一两米之隔时，江迟景实在懒得再追，索性飞起一脚踹在黑衣人的后背上，把他踹到了路边的草地里。

江迟景跟着跳进草地里，用膝盖重重地压住黑衣人的后背，同时把他的两条胳膊控制了起来。

黑衣人的右手上拿着一把蝴蝶刀，看样子还想反抗一番。为了解除危险，让黑衣人再也无法反抗，江迟景直接夺过那把刀，在空中动作娴熟地甩出刀刃，然后一刀扎在了黑衣人的肩膀上："我让你跑！"

第十五章
Chapter 15
尾声

　　远处的夕阳被厚重的云层遮了个严严实实，只有几缕微光从云层的缝隙间透出，形成了美妙绝伦的丁达尔效应。

　　江迟景坐在医院顶楼的小花园的长椅上，一边欣赏着城市尽头的景色，一边从嘴里吐出了一口烟雾。

　　傍晚的微风在吹走烟雾的同时，也带走了城市的喧嚣，空气中弥漫着一种一切归于平静后的恬淡和惬意。

　　片刻后，江迟景又点了一根香烟，递到了身旁的郑明弈面前。郑明弈跟江迟景一样，悠然地坐在长椅上，欣赏着傍晚的景色。他扫了一眼江迟景的手指，拿走香烟，接着深吸了一口气，懒洋洋地抬起左手，把香烟夹在了指缝中。

　　郑明弈不是左撇子，之所以用左手抽烟，完全是因为右边的胳膊刚刚缝了针，动一下就会很疼。

　　黑衣人已经被警方控制了起来，江迟景和郑明弈也做好了笔录，在医院进行了全身检查。除了郑明弈的胳膊受伤之外，两个人的身体都无大碍。

　　由于新增了买凶杀人的嫌疑，帕特里克一案的庭审不得不推迟。按照原本的计划，郑明弈今天就能出狱，结果待会儿他还得回到南部监狱里去。

"计划赶不上变化。"郑明弈道。

"确实。"江迟景附和了一句。

江迟景不动声色地扫了一眼郑明弈的斜后方，那边站着负责看管郑明弈的狱警。因为和两个人已经很熟了，也知道郑明弈很快就会出狱，所以他同意在把郑明弈带回监狱之前，让他跟江迟景来小花园里坐一会儿。看这个距离，狱警应该是听不见两个人说话的。

郑明弈笑了笑，说道："如果把我的案子跟帕特里克的分开审理，最快我下周就能出狱。"

"那你想下周出狱吗？"江迟景看着郑明弈问。

"想。"郑明弈停顿了一下，又道，"又不想。"

果然。江迟景知道郑明弈在心里打着什么算盘，也懒得说透。

郑明弈似乎没想到江迟景会是这种无关痛痒的反应，挑眉道："你不催我？"

江迟景道："等你改造好了再出狱。"

证券市场上的违规操作，通常不是重案、要案。虽说帕特里克逃脱不了法律的制裁，但在判决下达之后，他必定会不断地提起上诉，因此江迟景早就知道，要等帕特里克进监狱，应该还会等上很长一段时间。

但那是之前的情况。现在帕特里克涉嫌买凶杀人，这跟之前的经济案件完全不是同一个性质。黑衣人在行凶途中被抓了个正着，只要审讯顺利，帕特里克应该很快就会入狱。而他即将进入的南部监狱，郑明弈也在那里。

江迟景多少有点看戏的心态，所以没有急着催郑明弈出狱。

郑明弈突然转过头，看了看斜后方的狱警。那个人的身上带着手机，此时正专心致志地看着屏幕，可能是在看搞笑视频，偶尔还会笑一笑。

转眼间，天色越来越暗，似乎意味着一切即将落下帷幕。狱警走过来催促了几句，郑明弈站起身道："等我去投奔你，江警官。"

江迟景抓住的黑衣人是一个潜逃多年的连环杀人犯，黑衣人被判了死刑，而江迟景意外地获得了一大笔奖金。正好他的车被撞得报废了，他便重新换了一辆更结实的越野车。

郑明弈房子的封条不知何时被法院撤走了，社区的人来找江迟景打听，房子是不是会迎来新的主人，而江迟景回答凯文先生很快就会出狱，那些人的脸上都露出了失望的表情，看样子是不太喜欢郑明弈这个冷漠的邻居。

大约半个月后，监狱里来了一名新的囚犯。江迟景跟往常一样，拿上《服刑人员守则》，来到小型会议室里，给这个新人上教育课。

尽管对这个人的名字已经非常耳熟，但这还是江迟景第一次在现实中见到帕特里克本人。和新闻里相比，帕特里克沧桑了许多，头发白了一大片，完全看不出才四十出头的年纪。在江迟景做过简单的自我介绍后，他也一言不发，一副心事重重的模样，似乎还在回想他为何会落到这个地步。

"把你面前的《服刑人员守则》翻开。"江迟景用食指敲了敲桌面，公事公办地提醒道，"这些内容都要考试。"

帕特里克这才回过神来，动作缓慢地打开了桌上的小册子。

想当初江迟景也是这样给郑明弈上教育课的，而现在教育的对象换成了陷害郑明弈的人，果然人生就是这样充满了戏剧性。

"第七条，不打架斗殴，不自伤自残。第八……"

"等等，教官。"帕特里克终于开口说话，毕恭毕敬地举起右手，打断了江迟景的话。

"如果有别人殴打我，"帕特里克道，"狱警应该会阻拦吧？"

帕特里克应该是已经知道郑明弈就在这所监狱里。

江迟景没有直接回答，而是慢悠悠地道："你不惹别人，别人怎么会殴打你呢？"

帕特里克："不是，是有一些入狱前的恩怨……"

江迟景："你可以放心，打架斗殴的人都会受到处罚。"

听到这话，帕特里克明显松了口气，不过江迟景又补充道："不过，监狱里的犯人比较多，而且有的人不怕处罚，所以你最好还是注意自己的人身安全。"

"这……这样吗。"帕特里克紧张兮兮地十指交握，眼里充满了不安的神色，"那请问，凯文·郑他……他是个服从管教的人吗？"

"凯文·郑吗？"江迟景道，"你就放心吧，他非常配合狱警的工作。"

"那就好。"帕特里克长出了一口气。

"毕竟他的人缘很不错，很多事也轮不到他亲自动手。"江迟景又道。

帕特里克的脸上先后出现了无比震惊、接受现实、惶恐不安的表情，好半晌后他抿了抿干涩的嘴唇，问道："教官，我这种情况真的没法申请转监吗？"

"也不是不可以。"江迟景道。

帕特里克的眼里立刻燃起了希望。

"审核得花不少时间，至少这周之内你肯定是不能离开的。"江迟景停顿了一下，友善地提醒道，"比起转监，你要不要先考虑一下，入狱考试怎么通过？"

入秋以来，公务楼里没有再开空调，江迟景习惯性地打开图书室的窗户，享受窗外吹进来的自然风。

今天的放风时间，操场上聚集了不少囚犯，就连驻守的狱警也比平时多了一倍。

郑明弈站在离公务楼最近的那个角落，隔着铁丝网跟江迟景打了声招呼。其他犯人都以郑明弈为中心，呈放射状散开，不难看出今天的主角又是他。

打开图书室的窗户后，操场上的声音能够清晰地传到江迟景的耳朵里，他看了许多次的无声默片，今天变成了有声电影。

不多时，远处的人群自动散开了一条通道，几名犯人推着瑟瑟发抖的帕特里克走到郑明弈面前，道："凯文，找到了，躲在厕所里。"

江迟景不禁觉得有些好笑，克里斯离开之后，这些小弟就像是没了精神寄托，又把满腔热情放在了郑明弈身上。

在帕特里克看起来，恐怕他会更加坚信郑明弈的确在这里"人缘不错"。

"欢迎。"郑明弈熟络地对帕特里克道，"还习惯吗？"

江迟景又有点想笑，郑明弈也是够损的，明明是他把帕特里克送进监狱来的，还亲切地问帕特里克习不习惯。这就好比他打断了帕特里克的腿，对着趴在地上的帕特里克问：地面的空气还好闻吗？

"不是很习惯。"帕特里克脸色复杂地道，"凯文，我有些话想对你说，之前我们之间……"

帕特里克还没说完，就被身旁的人推了一把。

帕特里克识相地双手合十，做出乞求原谅的姿势，"凯文先生，我们心平气和地聊一聊如何？"

到现在江迟景基本可以确定，今天的电影不是动作片，而是一部喜剧片。

"聊吧。"郑明弈无所谓地道，"要我传授一些经验给你吗？"

"经验？"帕特里克愣了一下。

"浴室里进门右边第七个花洒的水量最大。"郑明弈道，"冲起澡来最舒服。"

江迟景实在没忍住，轻轻地笑了一声。郑明弈的思维还是一如既往地跳跃，帕特里克要跟他聊正事，他却告诉帕特里克如何在监狱里生活得舒服。

事实上，那个花洒并不是谁都能使用的，曾经还有犯人为此大打出手。如果帕特里克真的敢去使用那个花洒，一定会因为不懂规矩而被收拾。

"凯文……先生，"帕特里克咽了咽口水，又把话题拉了回来，"之前我们闹得有点不愉快，我承认是我对不住你。现在既然你已经快要出狱了，肯定也不想多生事端，不如就让过去的事过去如何？反正我也会在监狱里受到应有的惩罚，你还有美好的生活等待着你……"

"我本来已经可以出去了。"郑明弈淡淡地道,"你知道我为什么要等到现在吗?"

帕特里克也不傻,当然知道郑明弈是在等他。他小心翼翼地问道:"那你现在也看到我的下场了,是不是心里稍微舒服了一些?"

换作江迟景的话,心里的确是非常舒服,不仅亲手把陷害自己的人送进监狱,还在监狱里以这种姿态欢迎对方入狱。这就好像在告诉对方:我在监狱里过得很好,都是在给你铺路,而你现在来到我的地盘上,恐怕就没那么好过了。

"就这?"郑明弈突然问道。

"什么?"帕特里克又愣了一下。

"我是说,你的下场就现在这样?"郑明弈道,"站在我面前跟我说话。"

帕特里克环顾了一下四周,像是下定了决心一般,艰难地低下头去,缓缓地在郑明弈的面前跪下,表情恳切地道:"是我的错,是我自讨苦吃,你大人有大量,我求求你,不要跟我一般见识。"

郑明弈慢悠悠地抬起右脚,踩在帕特里克的肩膀上,等帕特里克受不住力,趴在地面上后,他才没什么表情地俯视着帕特里克道:"我没有听清楚,你再说一遍。"

帕特里克双手合十举在头顶,不停地向郑明弈求饶。

郑明弈静静地看了帕特里克一阵,没有继续为难他,从他的肩膀上收回了右脚。

其实江迟景知道郑明弈没打算拿帕特里克怎样,其他狱警也知道,所以才一直站在操场外没有动作。跟帕特里克的陷害和追杀相比,郑明弈只是把他踩在脚底下,这已经是"以德报怨"的做法了。

郑明弈收起脸上冷漠的表情,转过身来对着江迟景露出了一个开心的笑容。那个笑容仿佛在说:结束了。

监狱之间的评比如期举行,郑明弈和莱特分别拿下了投资大赛和计算机大赛的第一名。

郑明弈出狱那天是周五，江迟景特意向监狱请了一天假。

别的人来接人出狱，都是守在监狱门口，等人一出来就上去嘘寒问暖。而江迟景接郑明弈出狱，是生怕被同事看见，故意把车停在了遥远的林荫道尽头。

落叶铺满了道路两侧，当郑明弈穿越林荫道走向江迟景时，江迟景就那么透过车窗，静静地看着郑明弈，像在欣赏一幅动态画报。

郑明弈的腿又长又直，他每走一步，身后的高墙就缩小一点，等他靠近江迟景的越野车时，背景中的监狱大门已经显得无比遥远。

"新买的车？"郑明弈坐上副驾驶座问道。

"嗯。"江迟景道，"怎么样？"

郑明弈回头看了看后座的空间，漫不经心地问道："需要买这么大的车吗？"

江迟景启动汽车，反问道："你觉得呢？"

郑明弈笑了笑，答道："需要。"

两个人回到江迟景的家里时，上午的时间才刚过去一半。

江迟景走在前头，率先换好了鞋，继续往客厅里走时，郑明弈突然毫无预兆地叫住了他。

"江迟景。"郑明弈轻声道。或许是久违的自由让郑明弈心生感慨，江迟景能感觉到他此时的心情跟往常不太一样。

"干吗？"江迟景问道。

"我在想，"郑明弈道，"如果没有你，我现在会是什么样？"

这个问题还真不好说，不过可以肯定的是，江迟景的确救过郑明弈很多次，包括黑衣人入侵郑明弈家、郑明弈被瑞恩堵在浴室里，还有前不久大巴车翻车事件。要是没有江迟景，郑明弈肯定会被黑衣人补枪。

"你可以问一下平行空间里的你。"江迟景道，"说不定他遇到的是一个完全不同的人。"

这显然是个无厘头的提议，然而郑明弈似乎真的在思考这个问题。

片刻后，他说道："那我一定比他幸运。"

江迟景经常被郑明弈这个逻辑怪搞得头大，但不得不承认，有时也会被他的逻辑给戳到心窝。

"好了，快进来吧。"江迟景拍了拍郑明弈的肩膀。

"先来厨房。"江迟景接着道。

"去厨房做什么？"郑明弈问。

"过来先把东西吃了。"江迟景来到厨房，从冰箱里端了一碗奶白色的东西出来。

郑明弈跟着来到江迟景的身旁，问道："豆腐？"

刚出狱的人要吃豆腐，去去晦气。不过这碗豆腐跟普通豆腐似乎不太一样，看起来丝滑 Q 弹，周围还有红色的果肉。

"草莓味的奶豆腐。"江迟景道，"应该是你的口味。"

这个甜点江迟景尝试了不下三次，最后才勉强拿得出手。他大可以给郑明弈一块普通的白豆腐，但那样就太无趣了。或许郑明弈的出现，给江迟景带来的最大改变，就是让他对生活有了更多的想法。

"谢谢。"郑明弈拉开餐桌旁边的椅子坐了下来。

安静的午后总是让人昏昏欲睡。

不知道过了多久，江迟景被郑明弈叫醒，车窗外已经是繁华的城市街道。

郑明弈的所有物品都被大火烧了个精光，江迟景可以给他准备生活必需品，但像衣服之类的私人物品还是要他自己挑才行。

郑明弈一下买了十几套西装，正式的，休闲的，各种场合下穿的都有。新买的衣服都让店员送去停车场的提货处，接着两个人又来到了一家老钟表的门店里。

江迟景虽然一直戴老钟表，却没怎么关注过老钟表其他的产品，实际上老钟表有一些不错的设计，丝毫不比国外的高档手表差。只是这个品牌总给人一种"土"的感觉，所以销量才不那么高。

不过经过前阵子的股市大战，这个有故事的品牌重新回到了大众视野里，现在不少人愿意支持它的发展。

"你不戴你的高档手表了吗？"江迟景一边挑选手表，一边随意地问郑明弈道。

"还是老钟表更有意义。"郑明弈道。

的确，江迟景也这样认为。把老钟表牌手表戴在手上，就好像每时每刻都在回顾两个人相遇、相识的过程。

围绕着监狱发生的故事已经画上了句号，但江迟景和郑明弈各自的新生活，这才刚刚开始。

和谐友爱的社区活动

郑明弈的房子经过重新装修，变成了他的私人工作室。一楼用来待客，二楼用来办公，江迟景曾经在电影里见过同时用六块屏幕炒股的情形，在现实中亲眼见到还是觉得新鲜感十足。

"你有客户资源吗？"江迟景打量着郑明弈的办公空间问。

"有。"郑明弈倚在办公桌上，"当然你也可以给我介绍。"

江迟景身边有不少炒股的同事，但普通人达不到私募的门槛，就算江迟景想把他们介绍给郑明弈，郑明弈也不见得会带他们玩。

"那我只能把我家亲戚介绍给你。"江迟景道。

"也没什么必要。"郑明弈道，"不过你家要是需要投资理财顾问的话，可以聘请我。"

这个点子倒是不错，毕竟现在郑明弈是投资圈的大红人，想要跟他接触的人多的是。

这时，突然响起了门铃声。

"凯文先生，你在家吗？"

"你家大门敞着，应该在家的吧？"

庭院外传来了社区工作人员的声音，郑明弈道："为什么他们总是这么闲？"

江迟景："他们不是闲，是尽职尽责。"

郑明弈似乎无法理解为什么会有人把搞好邻里关系当成工作来做，不过在江迟景的催促下，他还是走到窗边，耐着性子朝楼下问道："什么事？"

一个社区工作人员举起手中的小篮子，热情地对郑明弈道："欢迎回家，凯文先生，我们给你带来了小礼物！"

另一个手拿宣传单的工作人员补充道："是社区活动时大家一起做的小点心，味道很不错的！"

其实郑明弈已经出狱好几个月了，周围的邻居也大多知道他借住在江迟景家里。而社区工作人员之所以现在才找上门，也是因为郑明弈的房子现在才装修好。

"你觉得他们真的欢迎我吗？"郑明弈一边下楼，一边问身旁的江迟景道。

"放心，是真的欢迎。"江迟景比郑明弈更了解这些工作人员，"你不知道他们有多郁闷社区里有一栋被烧得焦黑的破房子。"

邻里和谐、社区美观，是这些社区工作人员最大的心愿。邻里和不和谐，表面上看不太出来，而社区美不美观，那是一眼便能知道的。或许郑明弈冷漠的性子的确不讨人喜欢，但总好过社区里空置了一栋破坏美观的房子。

"呀，艾伦先生也在，你们的邻里关系可真好啊！"

"艾伦先生要不要也来参加这个周末的社区活动？"

江迟景和郑明弈刚走到院子里，两个社区工作人员就对他们发出了邀请。

郑明弈接过对方手里的小篮子，客气地道了一声"谢谢"，然后不太熟络地回了一句："不参加。"

不过江迟景倒没急着拒绝，问道："什么活动？"

"这个周末会举办一个数学知识竞赛。"工作人员把手里的小传单递给江迟景，"如果你对数学不感兴趣的话，之后还会有音乐知识竞赛。"

"数学挺好。"江迟景随意地扫了一眼传单上的内容，接着看向身旁的郑明弈，用眼神催促他改变主意。

郑明弈皱起眉头：不参加。

江迟景的表情柔和了一些：试一试，参加吧。

郑明弈的眉头皱得更深：不，参，加。

江迟景用眼神示意传单的内容：这是数学竞赛，适合你。

郑明弈满脸写着不耐烦：不参加，不参加，不参加。

江迟景的脸色彻底冷了下来：没完了是吧？

郑明弈沉默了片刻，最后还是对两名工作人员妥协道："我们会准时参加。"

"那真是太好啦，你们是分别参加，还是组成一组呢？"社区工作人员问道。

"我们组成一组报名。"郑明弈道。

社区工作人员登记好后又跟他们寒暄了两句，接着离开了郑明弈家的院门。

等两个人走远后，郑明弈看向江迟景道："满意了吗，江老板？"

其实江迟景并不是多热衷于参加社区活动，只是不希望这些人不喜欢郑明弈。

"满意。"江迟景心情不错地说道，"老板今天好好犒赏你。"

周末，江迟景和郑明弈来到了社区中心的一块活动场地上。

江迟景偶尔会来参加社区活动，对这里并不陌生，但看郑明弈的样子，他显然是很少来这边。

活动场地的中间并排摆放着许多板凳，四周摆放着长方形的桌子，上面是随意享用的下午茶和小点心。

当两个人来到活动场地上时，板凳已经快要坐满，江迟景去领了题板和马克笔，而郑明弈在角落里找到了空位子。

"欢迎参加××社区的数学知识竞赛，不知道各位的数学知识有没有还给老师呢？"

时间一到，站在前头的主持人便开始炒热气氛。

由于两个人坐在后排，郑明弈压根懒得听，而江迟景听得也不太认真。大约五分钟后，主持人终于说完比赛规则以及参赛奖品，接着翻开了一旁工作人员手上的巨型题板。

"那么各位准备好了吗？首先请看我们的第一道题：有若干只鸡和兔子在一个笼子里，从上面数，有 25 个头，从下面数，有 74 只脚，问鸡和兔子各有多少只？"

江迟景刚在题板上写下"x+y=25"，就听一旁的郑明弈道："鸡有 13 只，兔子有 12 只。"

好吧。江迟景擦掉题板上的公式，假装什么都没发生过一般，写下郑明弈的答案，然后举起了题板。

"什么？已经有人得出答案了吗？答案正确！"

江迟景在其他人惊讶的目光中放下了题板。不知道为何，周围的人突然变得紧张起来，大约半分钟后，主持人道："呃，真可惜，还有好多小组没有做出来。按照规则，第一个正确答案出现之后，三十秒以内没有做出来的小组被视为淘汰。"

江迟景看向身旁的郑明弈："还有这种规则？"

郑明弈耸了耸肩："别看我，我更不知道。"

其实鸡兔同笼的问题非常简单，但这里的大多数参赛者已经很久没有接触过数学，只有少数思维敏捷的人和常年做题的学生，才能在三十秒钟之内得出答案。

郑明弈的"读题即解题"，直接淘汰掉了 2/3 的小组，而幸存下来的小组当中，还有两三组是不小心看到了江迟景手中的答案。

主持人显然也是没想到活动才刚开始，就直接进入了最后的白热化阶段。他隐晦地提醒道："那个，咱们也可以多思考一下的是吧？好了，来看第二道题：梨子、苹果、橘子、柿子共有 100 个，如果梨子增加 4 个，苹果减少 4 个，橘子的个数乘以 4，柿子的个数除以 4，那么 4 种水果的个数相等，问苹果有多少个？"

这道题的难度明显上升，江迟景相信郑明弈应该也需要思考一番，然而他还没来得及下笔，就听身旁的郑明弈道："20 个。"

江迟景在题板上验证了一下，还真是这样。这时已经有其他正确答案出现，他便不慌不忙地写上"20"，然后举起了题板。接下来，江迟景每次答题都在第二个举起题板，小组淘汰的速度也正常了下来。

十多分钟后，场上只剩下了两组选手，除了江迟景和郑明弈之外，还有主力输出为一名高中生的另一个家庭。

"加油，你是最棒的！"

"学校的数学竞赛你都没问题，今天你同样可以！"

江迟景能听到那边的父母在给自己的孩子加油打气，看了看身旁百无聊赖的郑明弈，竖起拳头道："加油，郑明弈。"

这句话江迟景说得很小声，也没带多少情绪，因为知道郑明弈完全游刃有余，压根不需要他的加油。

"好。"郑明弈懒洋洋地比了个 OK 的手势。

"现在比赛进入了最后的巅峰对决阶段！请听我们的下一道题：在正整数列 1，2，3，4……中依次删去 3 和 4 的倍数，但其中凡是 5 的倍数保留，则删完后，剩下的数列中的第 2015 项是？"

郑明弈思考了几秒钟，对江迟景道："3359。"

既然比赛已经到了最后阶段，江迟景也不需要再考虑其他人的参与性，直接写下答案竖起了题板。

"这么快？这两位先生难道是数学老师吗？"

江迟景放下题板，不出意外地从主持人的口中听到了"答案正确"这几个字。

那边的高中生没能在三十秒钟内给出答案，郑明弈和江迟景轻松获得了社区数学知识竞赛的第一名。

比赛结束后，不少邻居来问两个人有没有空闲时间给孩子当家庭老师，虽然江迟景也希望郑明弈搞好邻里关系，但看着这个场面还是觉得有些哭笑不得。

社区工作人员主动给两个人送来了第一名的奖品，包装盒上印着录音笔模样的东西。

起先江迟景也没放在心上，直到两个人慢悠悠地走到家门口时，想着要扔掉包装盒，这才拿起盒子仔细看了看。

结果这一看，江迟景差点没笑趴在地上。

"拿去，这个适合你用。"江迟景对郑明弈道。

"什么？"郑明弈莫名其妙地问。

"点读笔，哪里不会点哪里。"这东西正好适合这位有阅读障碍的郑小天才。

说完之后，江迟景再也忍不住，"扑哧"一声笑了出来。

郑明弈黑着一张脸，道："我讨厌参加社区活动。"

两年之后的一次重聚

老太太还是走了。距离那次动手术已经过去了两年时间，老太太的身体始终没能好起来，她的离开算是在所有人的预料之中。

江迟景和郑明弈驱车去送别，找了好一阵，又打电话去询问，才知道克里斯的便利店开在社区里面，楼上就是老两口的家。

社区虽然破旧，但邻居看上去很好相处，若是放在近几年新修的社区，物业的人压根就不会同意在社区里办遗体告别仪式。

"他们在看我们。"

走进社区后，江迟景不动声色地打量起了四周的环境。他和郑明弈都穿着郑重的黑色西装，跟这里居民的"画风"格格不入。

"不用管他们。"郑明弈低声道，"克里斯在这里应该挺混得开。"

"确实。"江迟景道。

克里斯身上有一股江湖气息，在这样人情味浓厚的地方，邻里关系一定处得很好。

不过当两个人走近遗体告别室时，才发现他们的想法似乎出现了一点点偏差。

"你这个小崽子，你妈没教你怎么上厕所？"灵堂旁边，一个身穿黑色短袖的瘦高男子正在教训一个哇哇大哭的小孩儿。要不是他说话太大声，江迟景差点没认出来那就是杜克。不对，现在的杜克已经出狱，或许还是叫他杜邦更加合适。

"你知道这是什么地方吗？在这儿尿尿，你家是穷到连水费都出不起了？"小孩儿的旁边有一摊淡黄的水渍，应该是一泡新鲜的童子尿。

杜邦还在"噼里啪啦"地骂着，这时另一栋楼里冲出来一个妇女，一把抱起自家小孩儿，皱起眉头对杜邦道："孩子还小，你骂那么难听做什么？"

"就是小才骂，从小就要教育好，这什么年代了还随地大小便？"

"孩子既然是孩子，肯定有不懂事的地方，至于这么凶吗？"

"我不是凶，是在教育他，现在连你也要教育！这是灵堂，你看不见吗？这小崽子不会上厕所就不要放出来祸害别人！"

"你！"

妇女显然骂不赢杜邦，这时从房子里又出来一个男人，拉了一下妇女，小声道："算了，那些人坐过牢，别惹他们。"

遗体告别室里面坐着不少克里斯的兄弟，一个个看着都不好惹。妇女瞪了杜邦一眼，一边抱着孩子往回走，一边对孩子道："以后看见这个人绕道走，不然要被关进监狱里去，知道了吗？"

"你家的崽子要是教育不好才会被关进监狱里！"杜邦又骂了一句，回过头时，正好看到了站在一旁的江迟景和郑明弈。他立刻收起吵架的气势，大大方方地跟两个人打招呼道："哟，二位好久不见。"

"好久不见。"江迟景回应了一句，克里斯正好从遗体告别室里走出来，身旁还跟着许久不见的丹尼尔。

丹尼尔还是那副模样，和江迟景印象中的样子变化不大，不过克里斯穿白衬衣的样子江迟景还是第一次见，曾经的监狱大哥如今变得斯文了不少。

"你们还有联系？"郑明弈问两个人道。

"经常联系。"丹尼尔给郑明弈和江迟景递上两支烟，"有些事我不好出面，还得麻烦克里斯的兄弟。"看样子郑明弈的案子结束之后，丹尼尔和克里斯的合作还在继续。

这时，小区的大门处传来了一声中气十足的"偶像"，江迟景循声看去，只见洛海和一个皮肤黝黑的年轻人走了过来。

克里斯邀请了许多狱警，洛海也在其中，只不过其他狱警不像江迟景跟洛海这样是双休，也不至于特意请假前来参加葬礼。

"这位是……"江迟景看着洛海身旁的人，有点不敢相信自己的眼睛。五官还能隐约看出曾经的影子，但江迟景实在没法把眼前的年轻人和以前的莱特联系起来。

"是我啊，艾伦警官。"莱特跟江迟景打了声招呼，接着径直走到郑明弈的身边，跟他的偶像聊了起来。

江迟景看了看莱特，又看了看洛海，难以置信地道："这……"

洛海叹了口气，道："我也没想到，把他送去特殊部队两年，回来他就成了这副模样……"

二十多岁的年纪正是一个人改变最厉害的时候。克里斯似乎对莱特还有印象，打量了他两眼，感慨道："时间过得真是快啊。"

"可不是吗？"杜邦接话道，"人都是会变的。"

"确实，以前我也没想到，我还能在四十岁之前出狱。"说到这里，克里斯看向郑明弈道，"要是没有认识你，我的人生还不知道会是什么样。"

克里斯和郑明弈完全是两个世界的人，如果不是因为郑明弈入狱，两个人永远也不可能认识。不止他们两个，今天这场葬礼，也不可能聚集江迟景、洛海、莱特以及丹尼尔等人。一切的起因都是郑明弈的入狱。

"所以才说人生充满了未知。"郑明弈说完之后看向江迟景，"不过这样的人生才有趣，不是吗？"

出乎意料的猜测游戏

最近南部监狱里来了个无期徒刑的囚犯，叫佩恩。

据说他策划了几起抢劫银行的大案，但始终没有被警方抓到，而他本人觉得无聊，竟然主动投案，又在监狱里策划了几起越狱事件。

每次越狱成功后，佩恩都会主动投案自首，等关到下一所监狱后，他又会开始计划越狱。对于佩恩来说，越狱就像是通关游戏一样，打通这座监狱的一关后，就开始冲击下一所监狱。

这次佩恩跨越了好几个州，被关到了南部监狱。

在上次的火灾以后，南部监狱重新整修了监舍楼。整个片区里，就没有其他地方比这里的防守更为严密。

这天中午，江迟景如往常一般在图书室里守着午休的囚犯。他手里拿着报纸，无聊地做着上面的填字游戏，而就在这时，办公桌对面响起了佩恩的声音："艾伦警官，横向第五题的答案是'普罗米修斯'。"

江迟景看了看空着的格数和已经填好的字母，还真是这个答案。

"谢谢。"他淡淡地瞥了眼佩恩手中的书本，"还书？"

佩恩把书递给江迟景，问道："还有什么解谜类的书推荐给我吗？"

江迟景随意扬了扬下巴："悬疑书架上的那些可以看看。"

"都看过了。"佩恩说完，突然用手摸着下巴，打量着江迟景道，"或者艾伦警官，你让我猜一猜？"

江迟景微不可察地挑了挑眉："猜什么？"

"你应该不缺钱。"佩恩扫了眼江迟景手腕上的手表，慢条斯理地道，"但狱警的工资不高，所以你应该是家庭条件不错。"

"你很闲吗？"江迟景问。

"既然你家庭条件不错，为什么要来这里当狱警？"佩恩自顾自地说，全当江迟景的话为耳旁风，"自愿还是迫不得已？"

江迟景无聊地转着笔，想着打发时间而已，索性配合地道："你觉得呢？"

佩恩观察着江迟景的表情，猜测道："迫不得已？"

江迟景毫无反应。

"应该是自愿。"佩恩立马改口，"如果你是自愿来到这里，难道是因为喜欢这份清闲的工作？"

有点意思。江迟景来了点兴趣，问道："然后呢？"

"清闲的工作有很多，为什么非要是监狱图书管理员？"佩恩顿了顿，又说道，"说明你的住处应该就在附近。"

其实江迟景是先决定申请调动，之后才搬来了郊区。所以佩恩颠倒了因果关系，江迟景并非因为住在这里，才来监狱应聘。

"猜错了。"突然觉得这游戏有些无聊，江迟景重新竖起了报纸，"没别的事就回去坐着。"

江迟景下班回到家，郑明弈正在厨房煎着牛排。

茶几上堆满了数字报表，江迟景把这些东西一股脑地收拾好，说道："跟你说了多少次，不要把工作带到我家里来。"

郑明弈的工作室就在对面那栋房子里，起初他每天早上还会穿上西装，有模有样地去对面上班，但不知从什么时候开始，他越来越没个界限，总是把手头的工作带回家里来。

既然如此，那为什么还要开个工作室？

郑明弈暂住在江迟景家里，江迟景还没有收过他房租。但现在江迟景开始认真考虑，或许还是得收收房租才行。

"我得赶在你下班之前把饭做好，孝敬你这个房东。"郑明弈把盘子端到餐桌上，"有些工作做不完，只能拿过来做。"

嗯……好吧。看在做饭的分上，江迟景还是可以不收房租。

"今天工作顺利吗？"郑明弈问道。

"还行，老样子。"江迟景说着突然想到了佩恩，又道，"对了，之前跟你说过，狱里来了个'越狱大师'。"

"嗯，怎么了？"

"他今天找我聊天，猜我的家庭背景。"

郑明弈倏地放下刀叉，挑眉道："什么？"

"他应该是无聊。"江迟景切着牛排道，"他确实还挺聪明，能猜到我家就在监狱附近。"

"有点脑子。他的智商和我比，差了多少？"郑明弈问。

江迟景不禁觉得好笑，不过为了给这位郑小天才面子，他还是说道："他还是欠缺了点，没能猜到我为什么要去监狱工作。"

至于江迟景为什么去监狱工作……他自己知道，郑明弈也知道，两个人心照不宣。

入夜之后，江迟景回了卧室睡觉。而郑明弈还得加班，对面的那栋房子始终亮着光。不知过了多久，窗外陷入了一片寂静。月亮已高高地挂在天上，对面的房子也黑了下来。

江迟景迷迷糊糊地翻了个身，而在半梦半醒之间，他突然发现有个黑影竟然站在他的床尾。

是郑明弈吗？

江迟景的脑子里瞬间闪过这个念头。

但黑影没有郑明弈身材高大，显然不是他。

难道是小偷？

静立着的黑影突然动了动，径直朝江迟景走了过来。危险气息瞬间席卷了江迟景全身，说时迟那时快，他迅速打开床头灯，翻身下床，警惕地喝道："谁？！"

眼前的人穿着橙色的囚服，正是那位"越狱大师"——佩恩。

他的手上拿着一张小纸条，表情略微有些诧异，应是没想到江迟景会突然醒来。

"晚上好，艾伦警官。"他说道，"本来只想留个纸条就走，看样子还是得打声招呼了。"

走？走去哪儿？江迟景自然不能放任囚犯越狱，这时郑明弈正好从门外冲了进来，在看到佩恩时，二话不说就抡起了拳头。

不是每个囚犯都会打架，佩恩显然是属于动脑的类型，根本招架不住郑明弈的攻击，没几下便被打趴在地，连忙求饶道："我没有想伤害艾伦警官！"

江迟景挂掉报警电话，皱眉问道："你来我家做什么？"

"是你说我猜错了。"佩恩被揍得鼻青脸肿，但还是一副得意的模样，"我明明没有猜错，你就是住在监狱附近。"

"所以你为了证实这件事，就越狱？"江迟景简直觉得不可理喻，"疯子。"

"是我赢了。"佩恩说着看了眼郑明弈，"只是我没想到，你还有帮手。"

警察很快赶来带走了佩恩，江迟景和郑明弈站在门口，看着警车离开的方向。

郑明弈悠悠问道："现在监狱里还有这种人？"

江迟景早已习以为常："什么人没有？"

郑明弈颇为认真地摸了摸下巴："那要不我再回去清理一遍？"

江迟景无语地抽了抽嘴角："少来。"